井上ひさし

野球盲導犬チビの告白

実業之日本社

実業之日本社文庫

野球盲導犬チビの告白　目次

野球盲導犬チビの告白

プロローグ

チビと呼んでくれないか。呼び捨てたりして気分を悪くするんじゃないか、だって。冗談じゃない、ぼくは自分をそんなに偉い犬だと思ってやしないんだ。偉大なのはぼくの主人の田中一郎一塁手であって、ぼくは田中選手の単なる付添い、ただの盲導犬さ。自分の「分」は心得ているつもりです。かまわないからぼくをチビと呼んでくれ。みんなもぼくをそう呼んでいるんだし、遠慮はいらないよ。みんな、というのはもちろん横浜大洋ホエールズのみなさんのことだ。御大の別当監督以下、みなさん全員が「チビ」と呼んでくださっている。巨人の王さん、張本さん、柴田さんなんかもチビって呼んでくれる。柴田さんとは仲よしでね、一塁から二塁まで駆けっこしたことさえあるんだ。大洋＝巨人戦のはじまる前、まだお客さんがスタンドに入っていないときにだけどね。勝ったさ、当り前よ。いくら向うがセントラルの盗塁王でも、しょせんは二本足だ、こっちは雑種のチビ犬だが四本足。二本足に負けるわけがない。

「チビは、ほんとうに速いや」

二塁ベースにお坐りして競走相手（つまり柴田さんのことだ）の到着を待っていたぼ

くに赤い手袋の盗塁王はいったものさ。

「たいしたものだな。ほれ、ごほうびだよ」

ポケットからビニールに包んだ骨付き肉を出してぼくにポイと投げてくださった。親切だね、柴田選手は、だって。ところがそうじゃない、彼はそのときぼくを買収しようとしたんだな。ぼくの主人の田中さんが例の、いまじゃすっかり有名になっちまった「電光ライナー」で右中間を抜く。主人はごぞんじのように目が不自由です。一塁ベースを踏み、二塁へ辿《たど》りつくには盲導犬のぼくの案内が要《い》る。柴田さんはぼくを骨付き肉で手なずけておき、ボールを追うのは柳田さんに任せて自分は二塁ベースの方へやってきて、

「やあ、チビ。骨付き肉をやるからそこで止まっていろよ。いいか、いま出してやるぞ」

なんていってぼくを二塁ベースの手前で止まらせ——ぼくが止まれば主人の田中さんも止まってしまう、これは改めていう必要もないでしょう。ぼくが田中さんを先導しているんだから当り前です——、柳田さんからの返球を受けてタッチアウト、これを狙っての懐柔作戦なんだ。ぼくには最初から読めてます。だから骨付き肉なんぞ、見向きもしなかった。ただ、そのへんに骨付き肉が転がっていると気が散るし、まさかのときに備えるというつもりもあってその骨付き肉は横浜球場の二塁ベースの後方、中堅手の守

備位置の前方、そのへんに埋めておきました。まだ埋めてあるはずだ。なんなら掘ってごらんなさい。

巨人では、長島監督もチビって呼んでくれるな。でもさ、チビチビっていかにも「可愛い犬だなあ」みたいな犬撫《いぬな》で声を出すでしょ。だからこっちもついほだされて傍へ寄って行くのよね。すると途端にスパイクで蹴っとばすんだよね、あの長島って人《ひと》は。気持はわかる。今年、昭和五十四年度のペナントレースで巨人はわが大洋に八つも負け越している。巨人の九勝一七敗〇分。巨人がこの昭和五十四年度の、セントラルのお山の大将の座を大洋に譲らざるを得なかったのも、大洋と二六回戦って九回しか勝てなかったせいだ。そして――いい、ここが肝腎なところなんだけど、巨人一七敗のうちの、すくなく見積っても一〇敗は、ぼくの主人の田中一郎一塁手のバットが原因さ。

打率	〇・四七四
試合	一三〇
打席	六〇二
打数	四一一
得点	一四二
安打	一九五

二塁打	三〇
三塁打	一五
本塁打	**五六**
塁打	**四二三**
打点	**一七〇**
盗塁	二一
盗塁死	〇
犠打	〇
犠飛	八二
四球	一〇九
（うち敬遠）	（九二）
死球	〇
三振	〇
併殺打	〇

これが主人の昭和五十四年度の成績。まあ、みなさんはとっくのむかしにごぞんじの成績表だけど参考までに掲げさせていただきました。太字の成績、なんだかわかります

ね。シーズンの最多記録ですわ。これまでのシーズン最高打率は昭和四十五年、当時東映にいた張本勲さんの〇・三八三四、これを主人は軽々と破っちゃった。また、これまでのシーズン最多安打は阪神の藤村富美男三塁手の一九一本だった。主人はこれを四本も追い越しちゃった。さらにシーズン最多本塁打——王さんが昭和三十九年に記録した五五本——も更新、昭和二十五年に松竹ロビンスの小鶴誠外野手のたてた三七六のシーズン最多塁打、同じ年に同じ小鶴のつくったシーズン最多打点一六一点も書きかえちゃった。とくに主人は巨人戦になるとよく打った。主人の対巨人戦での記録は、

打率	〇・八二一
試合	二六
打席	一二一
打数	六七
得点	三八
安打	五五
二塁打	一〇
三塁打	五
本塁打	二一

塁打	一三八
打点	五七
盗塁	七
盗塁死	〇
犠打	〇
犠飛	二
四球	三四
（うち敬遠）	（三一）
死球	〇
三振	〇
併殺打	〇

いやもうすさまじい当り方。これは噂だから責任は持てないけど、長島監督が堀内さんや新浦さんや加藤さんなんかに、

「おい、明日の大洋戦、おまえの先発で行くからな」

と告げると、三人ともおいおい泣き出すんだって。わかる気がするなあ。敗戦投手になるのは決まったようなものだし、通算防御率はさがるし、だれだって泣きたくなる。

まあ、そういうわけで巨人の選手にはずいぶん蹴っとばされちゃった。とくに長島監督には十五、六回はやられたんじゃないかな。

ぼくのことを一番しつっこく苛《いじ》めたのはシピンだな。この男には「さん」はつけない、いや、絶対につけたくないんだ。憶えてるかな、去年の大洋＝巨人戦で、この男がうちの門田さんに襲いかかった事件を。一回目の打席で死球を喰らった。二回目の打席に内角の球がつづけてきた。そうしたらこの男、いきなり門田さんにバットを投げつけ、マウンド向って駆け出した。門田さんを二塁ベース近くまで追いかけ、とうとう追いつきとびかかった。バカだ。イモ、サバ、三流、ドジ、間抜けってのは、この男のためにあることばじゃないかと思う。だって野球ってのはたがいに相手の弱点を攻めっこするゲームじゃないか。投手の守備が拙《まず》そうならバント攻めにする、捕手が弱肩ならどしどし二塁へ、また三塁へと走る。張本左翼手のところへ飛球があがる。三塁コーチャーは張本の肩の弱いのを見越して三塁走者を本塁へ突っ込ませる。一方、投手は打者の泣きどころを攻めたてる。そういうものでしょ。門田さんがシピンの内ぶところにつづけざまに投げたのはごくごく普通の作戦です。前の打席で死球を喰ったとはいっても、そのお返しに一塁へ行かせてもらったのだから五分と五分、貸し借りなしの痛み分けです。将棋の名人戦で、相手に二回連続して桂馬で「王手飛車取り」「王手角取り」とやられたからって相手に殴りかかる棋士がいるだろうか。もしいたら棋士の資格を剝奪されてしまうんじゃないかしらん。だいたい、そんなに死球がいやなら当る寸前に身体を躱《かわ》せばいいんだ。ぼくの主人をみてごらんなさい。盲目の打者なのに死球はシーズンを通して零ですよ。近い球は避けて好球はのがさず打つ。それでこそプロ野球の選手でしょ。球をよけるのも打者には大切な技術。その技術のないのを棚にあげて相手投手に殴りかかったりしてはみっともない。でも今シーズンのシピンは哀れでしたね。ぼくの主人とたら、味方の投手が門田さんという試合に限って、それこそ火の出るようなライナーをシピンの顔面めがけて叩きつけるんです。いつかの試合なんぞ、四打数四安打、その四安打がすべて二塁手シピンの顔面に命中するライナーの二塁強襲安打。最初のがシピンのあの尖《とん》がった顎《あご》をガン、二打席目のが鼻の頭にゴチン、三打席目のがおでこへデコン、四打席目のが口の中へガキッ。シピンの前歯が七本折れたそうです。え？　正確には八本折れた？　義歯代が二十五万？　それならなお結構。とにかくあれ以来シピンはぼくの主人が打席に入るとそのたびに捕手用マスクをかぶり十字を切りながら震えている。二塁手が捕手用マスクをかぶって守備につくなんて前代未聞ですが、これも主人の当りがいかに痛烈であるかということの一例といえるんじゃないかな。シピンがぼくを苛める理由はこれでおわかりでしょ、ぼくと主人は一心同体、ぼくの横ッ腹を蹴っとばすことで、シピンは主人に仕返しをしている気になるらしい。

どのようにして盲目の天才打者・田中一郎とぼくとは知り合ったか、これについてお話しするのが本日の眼目ですから、雑談を切り上げてさっそくそのことにかかりましょう。

今年の春のお彼岸までぼくは千葉県習志野市のさる植木屋に飼われていました。ここの次男坊が御年《おんとし》二十七歳と、だいぶとうが立っているのに、あるとき、どうしても後楽園の、甲子園の、神宮球場の、横浜球場の、ナゴヤ球場の、広島市民球場の土を踏みたいと一念発起した。これがそもそもの話のはじまりです。次男坊の、この決心を聞いた植木屋の大将、呆《あき》れるやら腹を立てるやら、さっそく次男坊を呼びつけて、

「中学の野球部じゃ補欠。習志野高校の野球部じゃ三年間タマ拾い専門。卒業してからは草野球チームの右翼八番《ライパチ》。そのお前がどうしてセントラルリーグの使用球場の土が踏めるんだよ。どうしてプロ野球の選手になれるんだよ。ばかな夢をみているひまがあったら植木の整枝《せいし》の型でも覚えな。そうだな、今日は父ちゃんの気分がいいから、整枝のなかの幾何学形作りというやつを教えてやろうな。幾何学形作り、主なやつは次の五つだ。球作り、長球作り、傘作り、角《かく》作り、それから梯《はしご》作り……」

「いや、どうあってもおれは後楽園の土を踏むんだ。それから甲子園の土、横浜球場の

土……」

「バカヤロ。お前はプロ野球にゃ入れねえよ。何度言ったらわかるんだ」

「選手にならなくったって後楽園の土は踏めるんだ」

「まてよ、まさかグラウンド整備員になろうってんじゃねえだろうな。いっとくがな、植木屋の方がまだ収入《みいり》はいいんだぜ」

「整備員じゃないよ。ただし、近い線だな」

「するとグラウンドボーイか」

「二十七歳でボーイってことはないよ」

「じゃあ、なんだよ」

「セーフ、アウト、ストライク、ボール……」

「審判か、おい」

「そう。父ちゃんよ、審判になりゃ王選手や松原選手と同じグラウンドの土が踏めるだろうが」

「勝手にしやがれ」

　次男坊は勝手にした。朝は四時起き、単車にマスクとプロテクターをくりつけ、市内のグラウンドを回る。昨今は草野球ブーム、おはよう野球ってのが大流行でしょう。グラウンドじゃたいてい試合が行われておりますね。そうすると次男坊は頭をさげて審判をやらせてもらう。午後はルールの研究です。

「投手のグラヴは全体が一色ならば何色でもよい。これは正しいか、誤りか」

「誤り。白色と灰色はボールの色と似ていてまぎらわしくなるからである」

「ホームベースの前縁（投手板に面した辺）に硬球が何個並ぶだろうか」

「ちょうど六個並ぶ」

「打球が直接投手板に当って本塁一塁間のファウル地域に転がり出た。これはファウルボールである」

「然り」

「救援投手の準備投球は六球である」

「否、八球である。ただし一分間をこえてはならない」

大声で自問自答する。夜はプロ野球見物に出かける。植木屋の大将が野球場から帰ってきた次男坊をつかまえて、

「今夜の試合、どっちが勝ったんだい、ええおい。おまえ、神宮のヤクルト＝大洋戦を観に行ったんだろう。じれったいな、はやく点数をいえよ」

と聞く。すると次男坊はうっとりした表情で、

「スコアはわからないよ」

こう答えるんだな。

「ただ球審は長野北高出身で阪急とヤクルトOBの松橋慶孝様だった」

審判に憧れるあまり、選手は呼び捨てだが審判にはかならず〔様〕をつける凝《こ》りようなんです。

「で、松橋様は今夜の一試合にストライク、ボール、セーフ、アウトなどの宣告を三百六十九回もなさった。審判というのはあれでなかなか声を酷使するものなんだな」

いつも小箒《こぼうき》を持って歩いていたな。ほら、ホームプレートの上の土を掃除する、赤ん坊用の箒みたいなものを審判がズボンの尻ポケットに入れているでしょう、あれを携帯していた。自分の部屋の掃除もその小箒でやるんだ。六畳間を掃くのに二十分もかかるんですが、本人は一向に気にしない。

さて、今年の二月上旬のある日曜日、横浜大洋ホエールズの多摩川グラウンドでセ・リーグの審判テストが行われました。次男坊、むろん駆けつけましたよ。二人採用のところへ六十人近い応募者が集まったといいますから、東大医学部そこのけの競争率です。

ぼくもこの一年、主人のお供でプロ球界人（正確には、史上初のプロ球界犬というべきでしょうが）として生活しましたので、審判員のことも知らないわけじゃない。そこでちょっと脱線させてもらいますが、テストに合格したからってすぐ試合に出ることはできません。五年間は二軍戦で修行です。一軍戦に上っても最初の二、三年は線審や塁審ばっかり、一軍戦の主審を勤めるようになるまでには、テスト合格のときから通算して〔ざっと十年〕が相場だ。しかも契約は一年契約、服装と用具は自前、下痢腹じゃっとまりませんから摂生が大切、飲物は控えなければならない。なかなか大変なんですよ。とくに最近の試合はだらだらと長くて、三時間半なんてのはざらですからね、この間《かん》、トイレに行かぬよう身体を調節するだけでも大騒動なんだ。こういうことを知っていたらあの植木屋の次男坊、あれほどまで審判に憧れたかどうか疑わしいものだ。

とにかく次男坊は筆記試験で落ちた。二十問中すくなくとも十八問には正解を出しませんと合格は覚束ないのに半分の九問しか的中しなかったんだから話にもならない。それから次男坊、ちょっと荒れましてね、ぼくなぞはさんざん痛ぶられましたよ。日向《ひなた》で昼寝をしてるでしょ。そこをいきなりガーンと蹴っとばすんですよ。ぼくがキャーンと悲鳴をあげると「ストライク」と気取った声をはりあげ、右の手を横へ突き出す。

（ここの飼犬でいるかぎり、そして次男坊が審判テストに合格しないかぎり、こっちは毎日のように蹴っとばされるぞ。それぐらいならいいがそのうち内臓破裂かなんかでくたばっちまうぞ）

ある午後、とうとうこう思いつめて、その植木屋を出奔いたしました。それが今年の春のお彼岸すぎのことです。どこへ行こうというあてもない。が、とにかく市川の国分寺をめざして千葉街道をてくてくと西に歩きつづけた。市川の下総国分寺、ここにはあのドン松五郎先生のお墓がある。先生の墓前にぬかずいて未来《さき》のことを思案しようと思ったわけです。

（犬族の仕合せのためにひとつしかない命を棄ててもろもろの悪と闘われた強くやさしいドン松五郎先生のことだ、きっとこの雑種犬チビを、宿無しチビを哀れと思し召し、この涙の谷の世の中を生きのびて行く智恵と勇気とをお授けくださるにちがいない）

下総国分寺に辿り着いたときはもうすっかりたそがれていた。月の光をたよりに広い墓地のなかを歩きまわった。するとありました、西北の隅に、ドン松五郎先生の墓が。情けないほどの小さな墓だった。墓石も骨付き肉を模した悪趣味な代物です。おまけに枯草がこの小さな墓をおおいかくしている。むろん、最近、供物をそなえた形跡もない。普段のときならぼくもそう腹を立てたりはしませんよ。しかし、お彼岸をすぎたばかりではないですか。枯草は抜くなり焼くなりし、墓石には水をかけ、墓前に線香の一本も立ててあげてほしい。それから肉団子ひとつ、ドッグフードひとつまみ。そうすりゃぼくだって一口ぐらいお相伴できるのに。

（あの小説家野郎……）

思わず唸《うな》り出したものです。

（ドン松五郎先生をモデルに小説をものし、小金をもうけさせてもらったくせに、この有様はなにごとであるか。ようし、あのヘボ小説家の住居を探し出し、やつの仕事部屋の外で夜《よ》っぴてワンワンキャンキャン吠え立ててやろう。やつめ、眠れなくなるぞ。睡

眠不足で小説が書けなくなるぞ)

ドン松五郎先生の墓前に腹這《はらば》いになり、四、五度、尻尾を振っておまいりをすますと、さっそくドン松五郎先生の元飼主の三文小説家の家を探しまわった。でも夜でしょ、腹ぺこでしょ、暗い上に目はかすむ、二時間もしないうちにくたばっちまった。野球場の右翼席の枯れ草の上にながながとのびちまった。あとで知ったことですが、これが国府台《こうのだい》の市川市営球場でした。腹の虫をごまかすために枯れ草の茎なぞをしゃぶっているうちに昼間の強行軍の疲れが出たのでしょう、眠くなってきた。

(ままよ、今夜はこの外野席で野宿としゃれ込もう。明日は早起きして餌をあさり、それから例のヘボ小説家のところへ押しかけよう)

そう思って目を閉じたとき、どこからかシュッ、シュッ、シュッ、シュッという音が近づいてきた。あの音、なんと表現したらいいか。そう、テレビでよくひと昔前の忍者映画をやっていることがありますが、あのなかで忍者が十字手裏剣を投げる。十字手裏剣が空気を裂いてシュルシュルシュルと飛ぶ。あれです。あの音とよく似ていた。そのうち、ぼくの鼻の二米ぐらい先にズボッという音がして、なにか白くて丸いものが突き刺さった。みるとこれがなんと硬式の野球ボールです。するといましがたのシュッシュッはボールが空気を切り裂きつつ飛来してきた音であったか。それにしても、ボールが外野席の土手にズブと突き刺さったきり、バウンドのバの字もしないとはすごい、これはよほどの腕っ節の持主の打球にちがいない。プロ野球公式審判員志願者の飼犬だったせいもあってこの程度のことはわかる。それにしても、照明灯も点《つ》いていないこの暗い球場でいったいだれが……。目をホームベースの方へ向けました。ぼくら犬族は遠目がききませんからはっきりとはわからないが、本塁ベースの上がぼーっと明るい。左打者用のボックスで男がバットを構えているのが、本塁ベースの上の灯りのおかげで見えます。男はのっそりと立っていた。バットは垂直に保持しております。

「なかなかいい」

投手板にもだれかいました。本塁ベース上の灯りが投手板にまでは届かないから、人相風体は一切わからない。野太い声から察するに中年の、ガッシリした男のようだった。

「では、第二球だ。いくぞ」

「お願いします」

打席の男がスタンスを広くとった。とても若い声なのでちょっとおどろきました。せいぜい二十歳。ひょっとしたら声変りのすんだばかりの高校生か。

「球場にはかならず観客がいて声をたてる。それからスタンドを歩くもの売りの声。両軍ベンチからの激励や野次。場内アナウンス。球場の外を走る電車や車……。球場はいってみれば音の貯蔵庫のようなものだ。そのなかで相手投手の投じてくるボールの、空気と摩擦する音が一郎に聞えればいいが」

「自信はありますよ」

「とはいっても、どこにもこんな静かな球場はないからなあ。まあ、いい。では構えろ」

「はい」

打席の男は広いスタンスのまま、バットを高く構えた。ピシッときまった待球姿勢です。ただ妙なのは顔の向き具合だ。顔はやや伏せ気味、ホームの上の灯りを向いている。投手板を正しく捉えているのは右の耳だけです。どうなっているのだ、こりゃ。呆れてみておりますと、投手板の男が投球動作に入った。只者じゃないぞ、とぴんときた。なめらかで力強いフォームだった。むろん、空には月がひとつ、本塁ベースの上に灯りがひとつ、明るいものはこのふたつだけだから、ボールは見えません。が、そのフォームから判断するに相当速い球にちがいない。ところが、打席の男がノーステップで――スタンスを広くとっていたのはステップせずに打つためだったんですね――腰を半回転させた。おくれてカーンという音。つづいてシュッ、シュッ、シュッ。それからズボッ。さっきボールの突き刺さったところから三十糎《センチ》ぐらい向うにボールがめりこんだ。おどろきましたねえ。二本つづけて同じところに本塁打を打ち込むなぞ常人のなすところじゃありません。しかも、ボールを見ずに、ですよ。顔を伏せたままで右翼席に打ち込んだんですよ。もっとも顔を投手板に向けて打ってもぼくのおどろきに変りはなかったでしょうがね。暗い夜の球場、どんなに大きく目を見開いていたってボールなぞ見えやしないんですから。

「腰の開きが〇・〇五秒ぐらいはやかったな」

投手板の男がきびしい調子で言った。

「第一球と第二球、おれは寸分ちがわぬ高さ、そしてコースに投げた。だが、いま打球は、ほんのすこしだが右翼線に寄っている。いいか、一郎、腰を開いてボールを迎えに行ってはいかんぞ」

「はい」

「もう一球、同じコースに投げる。内角低目膝元の速球だ。ただし若干シュート回転させよう」

「はい」

打席の男がまた広いスタンスで構える。顔が投手板を向いていないのも前回と同じである。投手板の男が投球動作に入った。そして息詰まる一秒。カンという乾いた音。シュッ、シュッ、シュッとボールが空気を切り裂く音。ズボッ。ボールはぼくの鼻先五十糎のところへめり込んだ。

「よし、そんなところだろう」

投手板の男の顔が小さな光のなかに浮びあがる。ライターを点《つ》けたんです。頬骨《ほおぼね》の高い男でした。

「ちょっと一服させてくれ」

「はい」

打席の男は素振りをはじめた。広いスタンスにしておいてノーステップで打つ。なるほどこれは王選手とは正反対のフォームだな、と思いましたよ。ぼくは土手にめり込んだボールを掘り出し、まずそのうちの一個を咥《くわ》えて右翼席から投手板まで運んでいってやった。

「おっ、市川にも利口な犬がいるぜ」

投手板の男は市川在住の犬族が聞いたら腹を立てそうなことを言い頭を撫でてくれました。ぼくはこのときはじめて近くからこの投手板の男を見たわけですが、そのときの印象をひとことでいえば〈ごつい〉となりましょうか。背の高さは一米七十五、六糎もあるのですが、肩幅とヒップが大きいので、そう背が高いとはみえない。手の大きなことにもおどろいた。指も太い。腕の先に台湾バナナが一房くっついていると思えばいいでしょう。中指にはそら豆大の胼胝《たこ》があった。

「野球を職業にしている人じゃないかな」という考えが浮びましたが、ラーメンの匂いがぷんぷんしている。どうも正体が摑《つか》めない。

打席の男は一米八十糎以上はありましたろう。ストッキングの上からでも腓腹筋《ひふくきん》、つまりふくらはぎですが、こいつが異常に発達していることがわかりました。まるでボウリング場のピンのようだった。太腿《ふともも》も太い。いわゆる外側広筋、バットを構えるたびにこの外側広筋がモコッと出てくる。ユニフォームの上からでもそれがはっきりと見えるんです。なによりも驚いたのは背中の、左側の筋肉の逞《たくま》しさです。ユニフォームの背中が破けそうに盛りあがっている。

もうひとつ、この素晴しい肉体の持主は盲目でした。ボールを打つ際、顔を伏せ、右耳を投手板に向けていたのは、目が不自由だったからなんですね。なお、本塁ベースの上の灯りというのは懐中電灯だった。竹棒に懐中電灯を縛りつけベースの前縁に突き刺してあったんです。あとで知ったことですが、これは永井さんのための目安《めやす》、懐中電灯の灯をたよりにボールを投げていたわけです。晴眼者《せいがんしゃ》（目明き）は不便なものです。いまぼくは「永井さん」といいましたが、これはむろんこの投手板の男の名前です。

打席の男、盲目の若者はそれから五十二回、バットを振りました。そのうち四十九回はボールを右翼観客席に運び、三回は右翼ポールを数十糎右にそれる大ファウル、内野ゴロも外野飛球もない。さらにおどろくべきことに、空振り、ファウルチップがゼロ。

ぼくは空腹をもいとわず、右翼観客席から投手板までせっせとボールを運びました。どうしてそんなことをしたのか、ですって？　わかんないなあ。強《し》いていえば心を打たれたんですね。夜の球場でプロ野球そこのけの見事なフォームで次々にボールを右翼観客席に打ちこむ盲目の若者。この若者のために、正確なコントロールでかなりの速球を黙々と投げる中年の男。なにが目的かは知りませんが、ふたりともひたむきでした。まず、これに打たれたんだとおもいますよ。

それになにかしらん、謎《なぞ》めいた雰囲気がありました。投手板の男、永井さんの身体にしみついているラーメンの匂い、これはなにか。もうちょっと若ければプロの投手としても立派に通用しそうなスピードとコントロール、その男がなぜラードや支那竹や鳴門巻や葱《ねぎ》の匂いをさせているのだろうか。打席の盲目の若者、田中一郎さんの生い立ちは？　どこでこれだけの身体をつくり、これだけの技術を身につけたのか？　そしてこの精進はなんのためか？　これらの謎がぼくを惹《ひ》きつけたんです。よし、どうせ今日からは宿無しの野良犬、時間はたっぷりある。ひとつこの二人の秘密を探ってやれ、こう決心しましてね、奇妙な練習を終えて市川駅の方角に向って歩き出した二人のあとをついて行きましたので。これがまあ、主人との出会いだったんですよ、ええ。

サンチョ・パンサ志願

国府台《こうのだい》の市営球場から市川駅まで十分もかかりませんでしたよ。これは、あなた、たいへんなことです。ぼくの主人の田中一郎さんは何度もいいましたように、盲人です。晴眼者（目明き）の足でさえ、あの距離を歩くのに十五分はかかります。それをわが主人は――もっともこのときはまだぼくたちの間に主人と従者、ドン・キホーテとサンチョ・パンサの関係は成立してはおりませんでしたが――白い盲人杖《づえ》を右、左、前、右、左、前と手早く突きながら、タッタカタッタスタスタスタ、ズイズイノンノンズイノンノンと大股歩き。よほど勘がよくないとこうは行くものではない。ただし、これはあとで聞いたことですが、主人はコーチ役の永井さんの手引きでこの市川駅＝国府台市営球場の往復を、それまで二年間、ほとんど毎日のように繰り返していたそうですわ。主人は、つまり、その区間の路面のすべてを諳《そらん》じていたわけですな。路面の曲り具合、どこから下り勾配《こうばい》がはじまり、どこに凸凹があるか、そういったことをすべて頭に刻みつけていた。簡単にいえば、超人的な記憶力の持主なんですよ。べつの言い方をすればこういうことになりますかね。

「天は田中一郎という若者に視力を与えなかった。がしかし、そのかわりに驚異的な記憶力と、ずば抜けた聴力をお授けになった」

　わが主人田中一郎さんは盲人でありながらどうしてあのような大打者になることができたか。これはまだ「秘密」に属することですが、アメリカのナショナルリーグのシンシナティレッズから、田中一郎氏を来年からレッズの正一塁手そして四番打者として迎えたい、報酬は十万ドル、という申し込みがきております。レッズにはご承知のようにピート・ローズというたいへんな打者がおります。去年、すなわち一九七八（昭和五十三）年の四月に三千本安打を達成した御仁ですがね、十六年間の大リーグ生活での通算打率が三割一分というのですから、テッド・ウィリアムス、スタン・ミュージアル、ジォ・ディマジオ以来の大打撃人でしょう。ただし、この御仁、一九四一（昭和十六）年の生れ、来年は三十九歳です。いかなる強打者でも年齢《とし》には勝てません。引退は時間の問題だ。そうなると別の大看板が要《い》ります。そこでわがご主人に白羽の矢が立ったと、まあ、そういうことです。こんなことがこれまでありましたか。はじめから四番打者として据えたい、こういう申し込みを大リーグから受けたプロ野球選手が、これまで日本におりましたか。いないでしょ。つまり主人は日本で最初の世界的な野球選手なんですね。なぜ主人はプロ野球生活一年目にして大リーグのスカウト連中も涎《よだれ》をたらすような強打者になることができたのでしょうか。その秘密は主人の、この記憶力にあったんです。雑種犬のぼくが言ってるんじゃない。あの王貞治さんが言ってることです。『ベースボールマガジン』という月刊野球雑誌がありましょう。あの雑誌の今年（昭和五十四年）の八月号で主人は王選手と対談している。その対談の最後のところで王選手は、はっきりとそのことを指摘しております。さすがは王選手です。そこんところをちょっと引用してみましょうか。

王貞治　ところで田中くんね、きみはバッティングで一番大切なことはなんだと思う？

田中一郎　ぼくの方が王さんにそれを聞きたいぐらいです。王さんはどうお思いですか。

王　まず、きみが答えてくれよ。なんたってきみの方がぼくよりは成績がいいんだから（この対談が行われたのは昭和五十四年六月十五日の午後です。このときまでの王選手の成績は、打率三割一分二厘、本塁打十六本。田中選手は打率四割七分六厘、本塁打二十四本でした。編集部注）、今日はきみがお客様なんだ。

田中　はあ。まず、なにがなんでも打ってやるぞ、という気迫ですね。

王　なるほど。

田中　それから、ぼくの場合は投手の方を向いている右耳に全神経を集中すること。

王　それから？

田中　その投手がこれまで自分に対してどのようなピッチングをしたか、それをすべて思い出してみること。

王　同感だなあ（とドシンとテーブルを叩《たた》く）。バッティングというのはね、きみが言ったように気迫と記憶だ、これに尽きるね。

編集部　気迫と記憶。ふたつのKですね。

王　打席に入る。たとえば対中日戦の九回裏二死満塁、得点は一点差、味方が負けている。もしここで自分に一本ヒットが出れば逆転サヨナラ勝ちだ。足の位置を決めて投手星野仙一を見る。このとき、一瞬のうちに、星野仙一と対戦した過去の全打席のことがパッパッパッと次から次へ思い出されてくる。そしてそのなかから、いまと情況のよく似た打席だけが頭のなかに残る。（そうだ、二年前の、たしか夏、そう旧盆、球場の食堂でカレーライスを一皿半たいらげた日のナイターの第五打席、あのときもこれと同じ情況だった。投手も同じこの星野仙一。あのとき星野は第一球から第五球まで連続してインコースを衝《つ》いてきた。王シフトを敷いているから高目へ打ちごろの球を投げなければ内角球でも大丈夫、と計算してきたのだ。二《ツー》ボールの後、ファウルを三本つづけて打って、カウント二《ツー》—二《ツー》。さて、第六球目。捕手の木俣がサインを出し終ってすうっと内角へ身体を移動させた。ははあ、とおれは思った。もう一球内角へ投げると見せて、じつは外角へシュートをほうるつもりだな。ちらッと三塁手の森本と左翼手の田尾の動きを見た。二人とも、右足に重心をかけている。投手が投げた瞬間、左翼線の方へスタートしようというつもりなんだな。第六球は、王シフトも木俣の動きも見せかけで、外角で勝負しようとしている。おれは外角球を確信した。よし、うまく合わせて三塁手の頭上を抜いてやろう。ところが第六球もまた内角のスライダー。バットの根っ子に当ててキャッチャー・フライでゲームセット。くそ、こんどはだまされるものか。三塁手と左翼手のニセの動きには釣られないぞ。王シフトの第一球は内角に決まっている。こいつを引きつけてセンター前へ打ち返してやろう……）とまあ、〇・五秒ぐらいのあいだにこれだけのことを考える。つまりよい打者の頭の中にはＩＢＭのコンピューターが一台しまってあるわけよ。そして、同じ情況下でその投手が過去にどんな攻め方をしてきたか、それをいくつも選《え》り出してきて配球を読むんだね。一流投手はそうでもしなければなかなか打ち込めるものじゃない。だから記憶力の弱い選手は大成しないんだ。広島のK選手ね、彼は打者としては凄《すご》い才能を持っている。でも、三番打ってたかと思うと六番に下ってみたり、ちっとも安定してないだろう。それで、シーズンが終ってみると二割三、四分しか打ててないじゃない。つまりKは頭が悪いのよね。記憶力がだめなんだな。……あ、きょうはぼくすこし喋りすぎかなあ。

田中　いいえ、そんなことはないと思います。いいおはなしでした。

編集部　本日は両選手ともお忙しいところどうもありがとうございました。

王選手、なかなかいいことを言ってるでしょ。打撃の名手はだれでも頭の中にＩＢＭのコンピューターが一台しまってある、けだし名言ですな。

ごめん、国府台の市営球場から市川駅までわが主人が晴眼者も顔負けの速度で歩いた、というところから大きく脱線してしまったけど、まあここでは主人が超人的な記憶力の持主であるということと、野球というゲームはじつは記憶力を競う戦いであるということのふたつをお心に留めておいてください。

さて、市川駅の北口に一杯のみ屋や焼鳥屋や焼肉屋などがごちゃごちゃとかたまった一角がある。主人とコーチ役の永井さんはそのなかの　軒、『小人《こびと》軒』という暖簾《のれん》のかかったラーメン屋へ入って行きました。この小人軒という屋号にもご注意いただきたい。そのうちコーチ役の永井さんがいかなる過去を持った人物であるかについておはなししようと思っておりますので、細かいことはそのときに譲りますが、ここでちょいとヒントを差しあげておきましょうかね。〔小人とは巨人の反対〕、つまり〔アンチ・ジャイアンツ〕という意味がこの屋号には秘められている。

暖簾は出ていたが、腰板のあたりにラーメンの汁や切れっぱしのくっついたガラス戸はぴしゃりと閉まっていた。永井さんは裏手の空地へまわると、ジャンパーから鍵を出

して、勝手口のドアを開けた。ぼくは、

（すると、ここがこの永井という男の住居か。なるほどなるほど。この男はつまりラーメン屋の主人なんだな。道理でラードや支那竹や鳴門巻や葱の匂いがするはずだ）

とこう合点しました。

やがて、永井さんが内側からガラス戸を開けました。なんの変哲もない造りです。ほらよくあるじゃない、コンクリの床、コの字型のカウンター、背の高い丸椅子、入口近いところにテレビ、カウンターの下には頁のまくれ上った週刊誌やマンガ週刊誌が突っこんであって、カウンターの向うがすぐ調理場って造りのラーメン屋が。あれです。品《しな》書《が》きっていうんですか、メニューのもっと軽便にして簡便なるやつ、あれさえもなくて、「ラーメン二五〇円」、「レバにらいため三二〇円」、「シューマイ五ヶ二〇〇円」、「白飯八〇円」などと書いた紙っ切れが調理場のうしろの、煙と脂《あぶら》で飴色《あめいろ》に変色した板壁に画《が》鋲《びょう》で貼ってあります。永井さんは大鍋を載《の》せたガス台にマッチで火を点《つ》けると、ジャンパーを脱ぎ、白衣を身につけました。白衣というのは正確じゃないな。むかしは白衣というものであったかもしれない、といった代物でした。襟ンところがね、垢《あか》と汗で薄墨色、背中は汗で黄色、前の方には汗の黄色とホウレン草の緑色（どういう接着剤を使ったのかは知りませんが、ホウレン草の葉ッパがぴたっとこびりついているんです）と赤色（これはたぶん豚肉の血でしょう）、全体で五色か六色になっているという、なんともはや凄い白衣です。

ぼくはこのときはじめてこの永井さんの顔をまともに見た。市営球場は暗かったから、頰骨の高い、ごつい人ぐらいしかわかりませんでした。市川駅までは永井さんや主人の後ばかり追っていましたし、それになにしろ夜道ですから前に回って見たところで、高は知れている。

相当に額が禿《は》げあがっておりましたね。おつむの真中も薄い。

（あ、これは元プロ野球選手だな）

とぴんときました。ア……って会社ごぞんじでしょ。ほら、かつらで売り出した会社です。あそこがね、どういう職業に〔若禿現象〕が多いか、調査したことがあるんですよ。まったく商売熱心なことで。それによればベスト・スリーが、プロ野球選手に土木現場労働者、それに白バイのおまわりさんなんですな。いずれも常時ヘルメットを用いる。やっぱり蒸《む》れるんでしょうよ。この調査を知っていたのでぴんときたんです。ア……社がそんな調査をやったなんて初耳だ？　ええ、この調査結果は公表されませんでした。いろいろと差し障りがありますのでね、門外不出になっちゃった。ただ例の習志野の植木屋の大将がある興信所の重役のお家へ出入りしておりまして、このことを小耳にはさんできた。ア……社の依頼で若禿調査を行ったのがその重役の興信所だったんです。そのころ、植木屋の大将は次男坊がプロの審判ではなくプロの野球選手を志しているとばかり思い込んでおりましたから、さっそくこの話を次男坊にいたしました。

「そういうわけでな、プロ野球の選手は、一見、華やかなようだが、あれでなかなか大変なのだよ。禿げない体質の人でも禿げてしまうところがおそろしいじゃないか。プロ野球の選手になれば若禿危険手当が出るとでもいうのならとにかく、いまはおよしよ」

次男坊はむろん一笑に付した。審判に若禿なし、ということが逆にわかったものだから ますます熱が入って……、どうも脱線ばかりですな。とにかく、ぼく、そのとき、その場にいて、この親子の対話を聞いておりました。それでこういう極秘情報に通じている。

暗い目をしておりましたよ、永井さんは。狸みたいな大きな目ですが、目刺しの目のように表情がない。「目刺しの目のように表情がない」か。われながら下らないたとえだな。目刺しの目に表情があったら大事《おおごと》だ。表情があるのは生きてる証拠、五、六匹、繋ったまま、泳いで逃げて行っちまう。ま、ここは平凡な比喩ですが「過去をじっと覗き込んでいるような目」とでもしておきますか。べつにいえば、暗い部屋の壁にかけられた鏡のような目。部屋が暗いんだから鏡に、なにが映《うつ》っているのかさだかではない、なんとなく薄ッ気味がわるい。つまり、覗くのが怖い、そういう印象を受けた。口は剃刀《かみそり》ですーっと切ったように薄い。ふつう薄い唇というのは「酷薄」な性質を感じさせますが、そのときの永井さんからは「鋼《はがね》の針金のような強い意志」を感じました。この薄い口へハイライトを嵌《は》め込むように咥《くわ》えて、ゆっくりと吸っていた。

「永井さん、客がきたら声をかけてくれますか。ぼく、ボックスでフライ打ちをやっていますから」

主人が空地から店のなかへ声をかけた。

「うむ……」

永井さんはハイライトを咥えたままで返事をした。空地の広さは二十坪というところでしょうか。もう七、八年は走ったかと思われる、ポンコツ寸前のカローラが停めてあった。あとでわかったことだが、このボロ車は永井さんのものだった。それからダンボールの箱が三つ四つ積み重ねてある。中身は古雑誌や古週刊誌。野球の雑誌が十数冊まざっておりましたな。空地の奥に奇妙な箱があった。箱というより掘立小屋の方が、みなさんとしてもイメエジしやすいでしょうか。四帖半ぐらいの大きさ。屋根は板葺《いたぶ》き。四本の丸太がその屋根を支えている。床はなく、底は地面です。それから壁はビニール。主人は蚊帳《かや》に入るときのように、ビニールの裾を素速くまくりあげて、この面妖《めんよう》な小屋のなかに入った。中央から、ちょっとずれたところに高さ四十五糎ほどの木箱が置いてありました。これもあとで知ったことですが、この木箱こそ田中一郎を今日あらしめた打撃練習機だったのであります。……ちょっとここでミルクを飲ませていただきますよ。どうにもこうにも咽喉《のど》がからからで、へえ。

　さて、打撃練習機の説明をいたしましょう。これはリンゴ箱を改造したものです。木箱全体に、直径二粍《ミリ》ぐらいの小穴が無数に穿《うが》ってありますが、これは空気穴ですわ。ラーメン屋ですから、大量の残飯が出ます。この残飯の、いかにも蠅の湧きそうなところをポリバケツに入れて、この木箱の中に置く。一方、この木箱の中には電熱ストーブの小さなやつが仕掛けてありましてね、ポリバケツの残飯を初中終《しょっちゅう》あたためている。すると、どうなりますか。真冬でも蠅がブンブンでさ。いわばこの木箱のなかは蠅にとっては極楽か天国です。ところで、木箱の蓋の中央に直径三糎の穴があいています。この穴を直径五糎の玉杓子《たまじゃくし》が覆っておる。ほら、ご家庭などで味噌汁をよそうときに用いるあれです。ただし、この穴の蓋の役目を果している玉杓子は木製ですが。ところでこれからがユニークな仕掛けになっておりまして、主人が広いスタンスでバットを構えましょう、すると投手に近い方の足（主人はご存知のように左打ちですから、右足ということになりますが）の、爪先《つまさき》のところにペダルがあって、これが玉杓子と連動しているのですよ。簡単にいいますと、主人が右足の爪先でちょいとペダルを踏むと玉杓子の蓋がひょいと持ちあがり、穴から自由を求めて別世界に雄飛しようという勇敢な蠅がぱっと飛び出してくる。主人はこの蠅をバットで発止《はっし》と打つ。

　これをはじめて見たときは驚きましたよ。むろんこの工夫にも仰天しました。しかしなににもましてぼくの胆っ玉をでんぐり返しさせたのは、主人の神技の如きバットの一《いっ》閃一閃《せん》で。御承知のように蝿の素速いことったらありません。蝿の平均秒速は七米だそうです。中日ドラゴンズの鈴木孝政さんの直球は時速百六十五粁だといいます。ロッテオリオンズの村田兆治さんも同じぐらいでしょう。これを秒速に直すと四十六米ですか。投手板から本塁ベースまで〇・四秒ってことになりますな。

　蝿の秒速が七米、

　鈴木孝政さんが四十六米、

　だいぶ開きがある。がしかし、蝿は野球ボールよりずっと小さい上に、なんといっても生きておりますからな、勝手気儘《きまま》な動き方をする。鈴木孝政さんの球がいくら速くったって、あなた、投手板から遊撃手《ショート》のあたりへ行って三塁のコーチャーズボックスをまわって本塁ベースの上を通ってストライク、というような按配《あんばい》にゃ行きませんぞ。多少、シュートしたりカーブしたりいたしますものの、所詮は投手板から真ッ直ぐ本塁板を目指すしかない。はるかに蝿を打つ方がむずかしい。にもかかわらずです、主人は穴から飛び出した蝿が小屋の中を狂ったように右往左往するのを凝《じっ》と耳で追い、蝿がストライクゾーンをよぎろうとする瞬間、目にもとまらぬ速さでバットを振る。哀れや蝿は五体潰れてバットにへばりつく。

ぼくはしばらく呆然として見ておりましたが、そのうちに思いついたことがあって、ビニールの壁の下を潜って小屋の中へ入り込みました。そうして主人の右の爪先をトントンと前足で叩きました。

「おや、さっきの犬だね」

さすがに鋭い勘です。

「市営球場で球拾いをしてくれた犬だね。それでずーっとぼくと永井さんのあとをつけてきたんだろう。知っていたよ」

ぼくはなおも主人の爪先を叩き続けました。

「ははあ、おまえもこのペダルを踏みたいんだな」

ぼくはこのとき自分の全未来を賭けて鳴いたね、ええ。人間の耳に「はい、そうです。ぼくはあなたのためにこのペダルを踏んでさしあげたいのです。というのはご自分でペダルをお踏みになるとバッティング・フォームに悪い癖がつくと愚考するからでございます。グラウンドで投手とあい対したときにひょいと右の爪先を動かす、そんな癖がついてはたいへんでございます」と聞えるように鳴いた。〔ウーウーウワンキャン……〕。つまりこういう鳴き方をしたわけよね。主人はわかってくれた。

「よし、それじゃやってみな。ぼくは打つ方に専念するから」

もちろん打算がなかったわけじゃありません。この人に胡麻を擂《す》って点数を稼ぎ、餌と犬小屋とにありついて生活水準を向上させようという計算がなかったといえば嘘《うそ》になる。ただ誓って申しあげますが、打算、計算はせいぜい二分か三分、七分か八分は感動です。盲人という、野球をするにはほとんど致命的とも思われるハンディキャップを背負いながら、おそらく想像を絶するようなすさまじい訓練を積み重ねて、ひとつのたしかな技術、それもきわめて高度な技術を習得しつつあるこの青年に尻尾の先から感動したのです。あ、「尻尾の先から」とは犬特有の言いまわしで、人間語では「心の底から」という表現に相当いたします。

打撃小屋は臭かった。残飯の饐《す》えた臭いで鼻が南部鮭《なんぶじゃけ》みたいにひん曲りそうだった。しかし、尻尾の先にまで溢れた感動がこの臭気を消しましたわ。そうですな、ペダルを百回も踏みましたかな。つけ加えるまでもないことながら、主人は一匹の蠅も逃さなかった。ストライクゾーンをよぎる蠅は例外なく主人のバットで打ちのめされましたぞ。百匹も打つうちに、バットの先のある部分が潰れた蠅の残骸でこう黒く盛りあがりましたわ。つまり主人は蠅どもを常にバットの真芯《ましん》で捉えていたのですな。おそるべきことです。まったく蠅どもにとって木箱の内部《なか》は極楽、そしてその外部《そと》は地獄というべきでしたねえ。

そのうちに永井さんから、

「おーい、一郎、店がぼつぼつ混んできたぞ」

と声がかかりましたので、フライ打ちはおしまいになりました。主人は店に入ってユニフォームの上衣を脱ぐと白衣に着換えた。ユニフォームのズボンはそのままです。ぼくはといえば、もうちょっと点数を稼ごうと考えて、空地に積みあげてあった例のダンボールの箱から『週刊ベースボールマガジン』誌を一冊咥え出しまして、そうっと店の隅へもぐりこみました。〔野球のわかる犬〕ということを主人や永井さんになんとか気付かせ、このラーメン屋の飼犬になろうという作戦で、エへ。ときにぼくが咥え出した『週刊ベースボールマガジン』は、七五六号本塁打を右翼スタンドに放った王貞治さんが両手を大きく掲げてベースを回っている写真が表紙の、昭和五十二年九月十九日特大号さ。写真の右横には赤地に白抜きで、

輝く栄光！　王貞治756世界最高記録

大きな活字が躍っている。左下の隅には定価二〇〇円と刷ってあったね。定価はまあどうでもいいか。

店には客が五人いた。客はぼくに背中を向けているので人品骨柄くわしいことはわからぬ。背中が見えないかわりに足はよく見える。手前から向うへ、サンダル、踵《かかと》を踏み潰したスニーカー、桐下駄、ゴム草履、そしてゴム長の順だ。このゴム長がよく喋って

いたね。

「おやじさんよ、いよいよ明日だね」

「なにが、明日だい」

永井さんはなにが気に入らないのか仏頂面《づら》、声も溝《どぶ》を棒で引っかきまわしたときにできる泡の、消えるときのようなぶつぶつ声である。

「多摩川行きよ。一郎ちゃんを巨人に売り込むのはたしか明日だったんじゃないのかい」

「そうなんです」

主人が永井さんに代って答えた。ファンファーレ用のラッパを吹くような声でしたわ。つまり活き活きしてうれしそうだった、とぼくは言いたいわけで。

「永井さんに明日、多摩川に連れてってもらうんです」

「一郎ちゃんなら合格うたがいなしよ」

ゴム長が道路工事用のドリルみたいな声と言い方で言い、がぶがぶとビールを飲む。なんだか、ぼくは「声」のことばっかりいってますけどね、背中しか見えなかったんだからしようがないのよ。

「がんばります」

主人は茹《ゆ》であがった麺を金網笊《ざる》に掬《すく》ってシャッシャッシャッシャッと水を切って丼にあけた。

主人の打撃フォームも見事だったけれど、このときの身振りもきまっていましたね。

「一郎の打撃は超一流品だ」

永井さんは主人から麺の入った丼を受けとると、大匙《おおさじ》で麺の上にミートソースのようなものを掛けた。ジャージャー麺だね、つまり。

「へい、お待《ま》ッ遠《とお》」

永井さんはゴム長の前に丼を置いて、

「ただし、一郎ははねられるだろうね」

「どうしてだい」

ゴム長の声の大きかったこと、まるで廃品回収業のおじさんの声のようだった。

「拝聴しようじゃねえか」

「打撃はいい」

「あったりめえよ」

「一塁の守備もまずまず」

「まずまずだと？　あんたは一郎ちゃんの育ての親だ。だからわが子同然の一郎ちゃんにきびしい点をつけるのはよくわかる。だがよ、『まずまず』はきびしすぎらァ。目が見えないのに一郎ちゃんは、ボールの飛んでくる音に機敏に反応してさ、ショートバウンドでも大暴投でもチョイのチョイのチョイとつまみ捕ってしまう。横浜大洋の松原誠より上手《うめ》えぜ。てえことは日本一だ。ダイヤモンドグラブ賞当確よ。送球だってコントロールがいいし……」

「ただし、投げる前に相手に声を出してもらわなきゃァならない。でないと送球する相手の位置がわからないからな」

「それぐらいはみんな協力してくれるさ」

「かもしれないが……」

「おっと、おれはまだ自分の意見を全部言ってやしねえぜ。いいか、永井さん、巨人は王貞治の後継者が欲しくてばたばたしている。いくら王選手が史上最強の強打者だからって寄る年波にゃ勝てねえし、それにあれほどの大打者をだよ、後継者が見つからないというだけの理由で、いつまでも野ざらし雨ざらしにしておくのは人道上の問題よ。おれは年間本塁打数が一八本、そいで打率が二割一分三厘、打順が七番なんて王貞治は見たくねえんだ。そういうわけでよ、永井さん、巨人軍は王の後つぎを……」

「走塁ではねられるね」

永井さんはゴム長を手で制しながらずけりと言った。

「これが一郎のアキレス腱《けん》だ」

「なにがアキレスケンだ。なにがウエハラケンだ。なにがタカクラケンだ。一郎ちゃんは俊足よ。百米を十一秒四で走るじゃないか。記憶力と勘が抜群だからベースの位置もちゃんと……」

「だが、たとえばこういうプレーをされたときには一郎はお手あげだ。一郎が右中間をライナーで抜いた。一塁ベースを踏んで二塁へ向う。右翼手が追いつき、球を拾って二塁へ返球する」

「滑り込まァ」

「その前に相手方の二塁手が間違ったふりをして一郎の走るコースにグラヴを落っことす」

それまでにこにこして二人の話に耳を傾けていた主人がここでふと翳《かげ》った表情になった。

「一郎は天才的な記憶力の持主だ。だからベースや投手板や内外野のフェンスなどの、すでに球場においてあるものについては万にひとつも間違うことはないだろう。また、ボールのような動くものについてもまったく心配はない。一郎の、異常なほどに鋭い聴覚力や勘が動くものに対しては万全に、かつ迅速に反応する。ところが、不意に置かれた動かないものに対しては赤ん坊同然なんだよ。走るコースの上にグラヴやヘルメットを置かれでもしたら処置なしだ。踏んづけて転んでタッチアウトさ」

このときです、ぼくが王選手の表紙を前足で軽くひとつ叩き「ワン」と吠えたのは。ぼくにはそのとき天啓のように閃《ひらめ》いたことがあったからなんですわ。この田中一郎という盲人打者には野球に委《くわ》しいこのぼくがどうしても必要だ、ことばをかえれば田中一郎にこのチビが合体すれば向うところ敵なしだ、という確信がぼくには湧いたんです。

「やっ、ワン公がワンちゃんの写真を見てワンだとよ。駄洒落《だじゃれ》の好きな駄犬じゃねえか」

ゴム長がはじめてこっちを見た。四十前後の人のよさそうなおじさんだった。

「野球の雑誌なんか眺めて、わかってんのかねえ」

「わかっていると思う」

主人が言った。

「市営球場ではボール運びをしてくれたし、……ま、これは、犬の習性だ、珍しくもなんともない、と言われりゃそれまでだが、さっきはフライ打ちボックスのなかでペダルを踏んでくれた。それもぼくが蠅を打って、構え直すと、ひと呼吸おいて、ポンと踏むんだ。あれは、打撃のなんたるかを知っている踏み方だったな」

「ほんとうか、それ」

永井さんの顔が太陽のように輝いたねえ。

「ほんとうですよ」

「お客さん、すまないがその犬が逃げ出さないように、何気なくそっと立って一気に戸を閉めてくれませんか。どうやらこれで一郎の運がひらけてきた。よし、この肉で釣っといてやろう」

　永井さんは調理場からカウンター越しに身体をのばしてきて、ぼくめがけて厚切りの焼豚を二枚も投げてくれましたわ。で、ぼくが焼豚をがつがつたべはじめたら、ゴム長だのサンダルだのスニーカーだの下駄だのが戸をぴしゃぴしゃと閉め立てたってわけです。エヘヘ、あのときの焼豚のおいしかったこと、いまだに夢に見るほどです。

大塚アスレチックスの星

いったいなぜ、市川駅前のラーメン屋『小人軒』の主人である永井さんは、客に頼んで店の戸を閉めさせたのか。雑犬のこのぼくを生け捕ろうとしたのか。その答は、ゴム長靴をはいてジャージャー麺をたべていた巨人ファンのおじさんに向って永井さんが言った、以下の台詞《せりふ》からご推察いただきたい。

「ありがとうよ、おじさん。ついでといってはなんだが、そのワン公の首ッ玉を押えつけてくれませんか。そいつ、一郎の盲導犬に使えるかもしれないのだ。えーと、このへんに麻縄があったはずだが……」

　永井さんは階段の段を利用して取り付けた引き出しを開けて、がちゃがちゃやりはじめた。ゴム長おじさんは猟犬そっくりの素速さでぼくの首を鷲掴《わしづか》みにしました。こっちは雑犬で、むこうは猟犬そっくり。かなうはずがない。ぼくはじっとしてましたよ。もっとも、こっちが猟犬で、むこうが雑犬そっくり、逃げ出す隙がたとえあったとしても、ぼくはやはり動かなかったでしょうよ。田中一郎さんの野球盲導犬になる。それこそぼくの狙いだったんですから。

「ばかに人懐《ひとなつ》っこい犬じゃないか。永井さんよ、こいつ、おれに首根ッ子をおさえられているのに顔色ひとつ変えないぜ。キャンともスンとも吠えやがらねえ」

「ますます有望だ」

永井さんが麻縄の先っぽを輪にして、ぼくに近づいてきた。

「盲導犬についてすこしばかり勉強したから知っているんだがね、盲導犬の第一条件は、動じないってことなんだよ。外で他の犬にどんなに吠え立てられても、たとえ噛みつかれても決して向っていかない、ただじっとしている。これがなによりも大切なんだそうだ」

永井さんは麻縄の輪をぼくの首にかけた。

「それから人間に足を踏まれても、煙草の火を押しつけられても、それどころか棒でぶたれてもじっと耐える。そうでなくちゃ盲導犬とはいえないらしいね」

輪をほどよいところまでつぼめると、永井さんは結び目を紙粘着テープでぐるぐる巻きにした。

「これでよし。これだけ結び目を固めておけば、こいつがいくら動きまわっても大丈夫だ。輪がひとりでに締って縄目が首を絞めるなんてことはあるまい。いいか、チビ、明日、首環と鎖を買ってやるからな。それまではその麻縄で辛抱するんだぞ」

永井さんはカウンターの下の、足掛け用の鉄パイプに、縄の別の端を結びつけ、それからぼくの頭を撫でてくれましたっけ。

「永井さんよ、盲導犬盲導犬と言っているようだが、いったいなんのはなしだね」

ゴム長はカウンターへ戻ってジャージャー麺の残りを片付けはじめた。

「だからさっきも言ったじゃないですか」

永井さんもカウンターの向うへ戻る。

「一郎はすでに球場においてあるもの、つまりベースや投手板や内外野やフェンスなどにまごつくことはない。また、ボールのような動くものに対しても、異常なほどに鋭い聴覚力や動物的な勘が働いて、万全に、かつ迅速に反応することができる。ところが不意に置かれた動かないものに対しては赤子も同然、走るコースの上にグラヴやヘルメットを置かれでもしたら処置なしだ。踏んづけて転んでタッチアウトだ」

「ああ、そういえば永井さんはそんなこと言ってたな、一郎ちゃん、お茶、おくれ」

ゴム長は湯呑でとんとカウンターを叩いた。主人、つまり田中一郎さんですが、主人は晴眼者よりたしかな手付きで、棚の上から茶筒をおろして蓋を外しました。次に、右手は茶筒の中へ、左手は左横の腰板に下っている茶漉《こ》しへと伸びます。さて、持った茶漉しに摘み出した煎茶を入れて、右手はガス台の上の薬罐へ。茶漉しを湯呑の上に掲げておいて、右手に持った薬罐の熱湯を注ぐ。八分目のところで注ぐのをやめて、薬罐をガス台にかけ、茶漉しの葉っぱは足許のポリバケツへ捨てます。茶漉しを水洗いして腰板へ戻し、右手で茶筒の蓋をし、腰板から帰ってきた左手を添えて、茶筒を棚の上に収める。これだけのことを三十秒でやってのけた。慣れた仕事だとはいえ、目が不自由だ、なかなかこう鮮やかに行くものではない。ぼくはすっかり感心してしまいました。

「この犬は、一郎に、その不意に置かれた動かないものを教えてくれるかもしれない」

永井さんは主人とぼくとに交互に視線を走らせながら言った。

「この犬にそれが出来れば、一郎は決して晴眼者にひけをとらないと思う。その自信はあるんだ」

「この雑犬にそんなことができるかね。一郎ちゃんにとって盲導犬てやつがそんなに大事な役割を果すというんなら、はじめっから本式の盲導犬を……」

「一匹百万もするんだよ」

ちょうど茶を口に含んでいたのでゴム長のやつ、噎《む》せ返った。いい気味です。

「それに全国に二百匹もいやしない。さらにいかに優秀な盲導犬でも野球はわからない。それで九分九厘まで諦めていたところだったのさ。だが、この犬はどうやら野球というものをすこし齧《かじ》っているらしい」

永井さんは叩きつけるような口調になった。心の底にたまっていたなにかをはげしく訴えるような調子でした。

「なんとかなるかもしれない。一郎に機会が巡ってきたんだ。この犬がもし……。さあ、看板だ」

とうとう永井さんはカウンターを右の掌でばしんと叩いた。

「すまんが帰ってくれ。明日は早起きしなくちゃならなくなりそうだ」

ゴム長はじめ、カウンターに居並んだ客の面々、あっけにとられて永井さんを眺めていましたな。主人だけでしたよ、そのときにこにこしていたのは。


あくる朝は五時に起されました。水を舐《な》めようとしたら、その暇もない、空地に停めてあったおんぼろカローラに押し込まれちまった。車は苦手でねえ。ぼくら犬族の鼻は人間様の四千倍もよくきくんです。ですからガソリンの匂いでべろべろに酔っぱらってしまうんですな。いまだに苦手の第一。車から降りて三十分間は、ものの像がだぶって見えてる。もっともその朝は五分も走らないうちに目的地に着いた。どこに着いたのかというと、これが江戸川の西の土手の下。いわゆる河川敷。何面もの野球用グラウンドがあるのはごぞんじでしょう。あそこです、あそこに着いた。おはよう野球というのですか、ユニフォームの胸に「仐《ヤマサ》」なんて変ったマークをつけた選手たちが、円陣になって柔軟体操をやっておりました。永井さんがぼくを引っ張って土手をおりて行くと、みなさん、

「オス」

と帽子をとってお辞儀をした。あとで聞いたはなしですが、永井さんはこの〓《ヤマサ》チームを、長い間、監督として面倒みていたようです。ですから、全員一斉に帽子を脱ぎ「オス」なんですな。江戸川区では飛び切りの名門ですぜ。なにしろ江戸川区おはよう野球大会で十六連覇してますもん。永井さんが監督していたころは都内でもベストファイブに入る強豪でしたそうで。とくに強かったのは昭和四十四年です。天皇賜杯全日本軟式野球第二十四回大会の東京地方大会で決勝に進出している。決勝戦の相手は新潮社という出版社のチームでした。スコアは0―1、惜しくも東京代表になり損ねちまった。しかしとにかく東京都の決勝まで行ったのですから大したものでしょう。ついでに申しておきますと、翌昭和四十五年の第二十五回国民体育大会一般軟式の部の東京都予選でも〓チームは決勝戦へ駒を進めていますな。対戦相手はまたもや新潮社チーム。このときも0―1で涙をのみました。これは余談ですが、東京代表となった新潮社チームは準々決勝まで勝ち進みました。長野の親和銀行に1―2で敗れて四位入賞は逃しましたが。ですから、まあこの時期の〓チームは全国的レベルに達していたといえるんじゃないですか。永井さんは二度も同じチームに決勝で負けてしまったことがよほど口惜しかったらしい。それから間もなく〓チームの監督を辞めました。特別コーチとしては残ったようですけれどもね。

さて、グラウンドにおり立った永井さんは正選手たちをそれぞれの守備位置につかせました。そうして、ぼくを繋いでいる縄のはしを主人のズボンのベルトの右腰にゆわえつけた。いや、いろんなことをやらされましたぜ。

まず、主人が何度も内野ゴロを打つ。ことわっておきますが、故意《わざ》と内野へゴロを転がしたんで。主人が真剣になれば、いくら相手は名門仐のエースでもアマチュアはアマチュア、来る球来る球、一球も逃さず江戸川の水の中ですわ。さよう、ぼくが野球盲導犬としてどれだけの能力があるのか、それを確かめるための内野ゴロです。内野ゴロですから主人は一塁に走らにゃァならない。その主人を一塁まで安全に案内するのがぼくの役目だ。ぼくは左打席に立つ主人の斜め右後方にヴィクターのお抱え犬と似たポーズで坐り、そのときの来るのを待つ。もっとも何回目かに、同じポーズで待っているのに飽きてちょろちょろっと捕手の前まで出て行き、サインを覗いたりして遊んでましたけど。そうして、

直球のときはワン

カーブのときはキャン

シュートのときはウー

と低く啼いて主人に球種をスパイしてさしあげた。さて、何球目かに主人はゴロを打つ。なかなかの俊足です。なにせ百米を十一秒四で走っちまうんだから。しかし、犬に

ゃかなわない、ぼくらの仲間でもっとも速いのはグレイハウンド種で百米＝五・九秒だ。これは競馬のウマとほとんど等速です。むろんこちとらは雑種だから、どうがんばってみたところで七秒を切ることはむずかしい。が、それでも人間よりははるかにはやい。そこでぼくは、主人を引っ張り立てるほどははやくはなく、かといって主人との間をつなぐ綱がたるんだりするほどは遅くもなく、つまり、主人の百米＝十一秒四に合わせて走り、見事、先導役をつとめましたよ。この間《かん》、永井さんはずーっと一塁のコーチャーズボックスに立っていました。やがて何回目かに、永井さんは主人がゴロを打った瞬間を狙って、ファウルラインの上にぱっとバットを置きました。〔不意に置かれた動かないもの〕は主人の唯一の弱点、どうしたらこの障害物を避けさせることができるか。あんまり急だったので、ぼくはもっとも単純な方法をとった、主人を外へ、ファウルラインの外へぐいと引っ張ってやったんですよ。主人はスリーフットラインへ難を避けて首尾よく一塁ベースへ達しました。

次は主人が一塁走者になった場合、ぼくが主人をどうリードさせ、また投手の牽制球にどう対処するか試された。こんなもの簡単でさ。〔リー・リー・リー……〕を〔ウー・ウー・ウー……〕と低い唸り声で、〔バック〕を〔ワン〕で、〔ゴー〕を〔キャン〕で表現した。主人はいっぺんでこの唸り分けや啼き分けを理解してくれました。なぜ、〔バック〕が〔ワン〕で、〔ゴー〕が〔キャン〕なのだ？　わかるわけないでしょ、そんなことは。こっちはとっさにそうやっちまったんだ。しかし後で気が付いたんですが〔ゴー〕が〔キャン〕というのは理屈にあっていたなあ。英語でキャン（can）は可能性を示す助動詞でしょうが、つまりぼくがキャンと啼けば盗塁の可能性ありと、こういう寸法で、えへ。

盗塁の際の先導能力、これも試験されたな。なあに、捕手の送球がどっちに逸《そ》れるか、それをよく見て右へ逸れると判断したら内側へ、左だと思えば外側へ主人を引っ張ればいいんだから、お茶の子サイサイ。主人が砂煙をあげて滑り込んでいるのに、従者のぼくがのほほんと突っ立っていては申しわけないと思ったもので、こっちも二塁ベースの後方二米ぐらいのところを自分用のベースに見立ててスライディングをやってみました。ぼくの先導がよろしかったのか、主人の俊足がものをいったのか、十回試みて十回ともセーフだった。セーフの声を聞きながら立ちあがり、ぶるぶるっと身震いして砂を払い落し、主人と共に二塁塁上に立つ。あんなに気分のいいものはそうざらにはない。そのたびに桃太郎さんと共に鬼ヶ島の城門の前に立ったときの、ぼくらの先祖の気持がしみじみとよくわかる。今年のペナントレース中も、主人と二塁塁上に立つたびに、ぼくは二塁ベースに小水を放ちましたが、そんなことをしたくなるのもあんまりいい気分だからで。もっともこの気持、あなたがたにはおわかりにならないかもしれません。もうひとつ、ぼくら、ここが自分の縄張りになったというときには、それを確認する意味からも、己が小水をもって匂いをつけるン、犬の習性だから仕方がない、人間がガッツポーズをするようなもの、相手捕手の弱肩や、二塁に入った内野手のタッチプレーの下手さ加減をばかにしているわけでは決してない。どうかそのへんをおわかりいただきたいものであります。

「よく野球を知っている。たいした犬だ」

ひと通り終ったところで永井さんが宙を浮いて歩くような、軽い足どりでぼくのそばにやってきた。

「一郎、十時には多摩川へ出発するぞ。帰って一休みしよう」

「はい。でも……」

「でも、なんだ」

「その前にこのチビのために首環を買ってやってください。それから革ひもも」

「そうだったな」

頷《うなず》きながら永井さんはぼくの頭を撫でてくれた。ぼくはへたへたとその場に坐り込んでしまった。うれしかったのです、それから腹ぺこだったのであります。

⚾　⚾

多摩川の巨人軍グラウンドに着いたのは午後一時ごろだったと思います。二軍選手がもう練習を始めていた。見物人は三百を超《こ》していたでしょう。噂《うわさ》には聞いていましたが、まったくたいした人気です。バックネットの一塁側の横手で、メタルフレームの眼鏡をかけた、血色のいい男が、数人の、血色のよくない男たちにかこまれてなにか話をしていた。あとでわかったことだが血色のいいのが球団事務所のお人、血色のよくないのがスポーツジャーナリストの方々でした。永井さんはしばらく地面をズック靴でかきながらなにか考えている風でしたが、そのうちに目をぎろぎろさせ、勢いをつけるように地面を蹴って、

「テストを受けさせてもらいたいんですが」

と血色のいい男に声をかけました。ぽかんとしておりましたよ、その血色男は。

「ちょっと見ていただくだけでいいんです」

「テスト生募集は去年のうちに終ってしまっているよ」

「知ってます。去年は事情があって受験できませんでしたので、ご迷惑だと思いましたが、直接《じか》におねがいに上りました」

「そんなこと言っても、だめですよ、もう」

「そこをひとつ……」

「どこにいるのよ、その子は」

「ぼくです」

主人が頭をさげた。そして元のように下を向いております。「おっ、いい身体しているね」「うん、お尻がいい」「骨太だよ」とジャーナリストたちがさっそく品評会をはじめた。血色男の心がちらっと動いたようです。舌打ちをしながらですが、

「だれか呼んでくるか。ちょっと待ってなさい」

グラウンドへ入って行きました。

「どこから来たんですか」

おでこの広いジャーナリストがさっそく永井さんに訊いてきた。この人、一座の中では一番若かった。三十歳《さんじゅう》にはなっていない、それはたしか。

「市川です」

「高校はどこです。あのへんなら習志野かな」

「千葉商大附属かもしれん」

頬の落ち凹《こ》けた男が言った。この人は四十歳ぐらいでしたな。

「あそこには結構いける子がいるぜ」

「高校へは行っていないんです。わたしが一対一で鍛えあげました」

みんな狐につままれたような顔をしていた。

「六年前になりますか、江戸川のグラウンドで見つけたんですよ。そのとき彼は江戸川区の松本中学の四番でした。それが河川敷のグラウンドから対岸の市川側まで三本も打

ち込んだ……」

「江戸川ってそんなに川幅が狭いの」

おでこが訊いた。

「いや、広いですよ。百二、三十米はあるでしょう。それにグラウンド分を入れて二百米は充分に飛んでいたと思います」

「つまり東京から千葉県へ打ち込んだってわけですか」

頬凹けがにやにやしながら言った。

「そういうことになりますね」

「ばかばかしい。野球のボールがそんなに飛ぶもんか。それとも市川辺にゃ重力のない地帯でもあるのかね」

「とにかく江戸川を越したのは事実です。すごい素材だと思った。これを自分の手で育ててみたいと思った。で、さっそくわたしがコーチをしていた軟式野球チームに入れました。今という大きな家具店がスポンサーのチームですが」

「おいおい、ここは天下の巨人軍だぞ」

頬凹けは鰐《わに》のようないやな目付きになりましたよ。

「ノンプロチームじゃないんだ。帰れ」

ぼくは腹が立った。巨人軍のだれかが言うならまだしも、関係のないやつが忠義面することはないじゃないか。ワン！　と吠えてやった。

「なんだい、この犬は」

「盲導犬ですよ、この子の」

永井さんは主人を指さしました。

「ただの盲導犬じゃない、野球盲導犬です」

みなさん、しばらく金魚みたいに口をぱくぱくさせていた。

「この犬はこの子といっしょに野球をするんです」

「するときみの秘蔵ッ子は目が不自由なのかい」

「いけませんか」

「いけなくはないが、しかし、野球ができるかしらん。ましてやプロ野球なんだぞ」

「公認野球規則に盲人がプロ野球に入ってはならないと書いてありましたかね。たしか公認野球規則の定義するところでは『野球は、囲いのある競技場で、監督が指揮する九人のプレヤーから成る二つのチームの間で、一人ないし数人の審判員のもとに行われる競技である』となっているはずです。九人のプレヤーの中に盲人が混っていてはならない、とはどこにも書いていない」

「それはだな、盲人がまさかプロ野球選手になるとは、だれも思っておらんから、そのう……」

頬凹けはついに絶句してしまいました。向うから75番のユニフォームを着た、がっちりした身体つきの男が血色男となにか話しながらこっちへやってきました。おでこがさっそく飛んで行って迎えます。75番は立ちどまっておでこの話にフムフムと頷いていましたが、やがておでこを制して、

「暇な人もいたもんだねえ」

永井さんに大声で言った。

「冗談きついなあ、ほんとに」

「いや、真剣なんです」

主人が永井さんの前へ出た。

「テストをしてください、おねがいします」

「もちろんもちろん」

75番はぴたぴたと主人の肩を叩いた。

「ほれぼれするような軀《からだ》してる。ワンちゃんと感触が似てるなあ。ところで今日はだめよ。秒刻みの練習スケジュールなんだ。今度、またいらっしゃい。そのときはタテからヨコからナナメから、じっくりテストしてあげるから。そうだな。いつがいいかな。うん、やっぱり公募テストのときが一番だね。専門家が集まってあらゆる角度からメキキしてくれるよ。じゃあ今年もうちを応援してね。はい、ご苦労さん」

一気にまくし立てて、

「あっ、こらァ、どうしてそう大股でボールを追いかけるんだよ。それが内野手のフットワークか。バレエ踊っててんじゃないんだぞ。大根を千六本に刻むように、タタタタとボールに寄ってかなくちゃだめだ」

とダイヤモンドに向って駆け出して行った。さすがと思いました。自薦他薦のテスト希望者がきっと大勢押しかけてくるんでしょう、扱い方がまことに堂に入っている。気がつくと永井さんと主人の周囲にはもう誰もいない。

「うまいことあしらわれてしまったな、一郎」

永井さんはしょげかえっている主人のお尻をぽんと叩いて、

「さあ、引き揚げよう」

「……はい」

「気を落すことはないさ。それより逆に巨人軍のツキのなさをこっちからあわれんでやれ。なにしろ巨人軍はたったいま大魚の中の大魚を釣り落したんだ。これで今季は優勝できないことに決った」

永井さんは気味が悪くなるぐらい上機嫌でしたよ。

「さあ、チビ。車まで一郎を案内してやってくれ」

ぼくにまで猫撫で声で言ったものです。正直に告白しますとね、このぼくもかなり落胆しておりました。横浜大洋ホエールズの一員、というか一匹になってからは、巨人を〔敵〕として見ることができるようになったものの、そのときはとてもそこまで徹してはいなかった。王さんと同じダッグアウトに入れるかもしれない、そう思っただけで頭のてっぺんから尻尾の先までぶるぶる慄《ふる》える。長島監督の〔動物的な勘〕というのはどんなだろう、こっちも動物だ、後学のためにぜひ見たいものである、いや、主人のテストの結果如何ではすぐにもその機会に恵まれるやもしれぬ、そう考えるたびにうれしさで腰が抜けそうになった。なのにあなた、テストのテの字もなく追い払われたのですから、これはがっかりしない方がよっぽど変でさ。主人とぼく、とぼとぼ土手をのぼりました。と、そのときです。

「ちょっと待ちたまえ」

後から追ってきた人がある。年の頃なら六十歳前後、一ケ月間使い通したシーツのようなこまかい皺《しわ》のある顔をしておりました。

「きみ、永井くんだろう」

老人は永井さんを追い越し、通せんぼでもするように立ちはだかった。

「大塚アスレチックスの星といわれていた永井増吉くんだろう」

「あ……」

永井さんが大声をあげた。

「奈良球人先生じゃないですか」

「やはりきみだったか。ひさしぶりだねえ」

「先生の野球評論はいつも読ませていただいております。ですから、こっちはひさしぶりという感じはしませんが」

「それはありがとう。しかし、こともあろうに巨人軍グラウンドできみに逢えるとは思ってもいなかった。だからだいぶ前から気付いていたのだが、どうも声をかけるのがためらわれてねえ」

「じゃあ、聞いておられましたので？」

「悪くなったのは歯だけさ。目も耳もまだたしかだよ。それにしてもきみがここへ愛子を売り込みにくるとは、どうしても信じられん。爆弾でも売り込もうというのならわかるが」

「この子が……」

と永井さんは主人を目で示し、

「巨人に入りたがりましてね」

「なるほど」

「すげなくされぬうちは諦めないだろう、と思って好きにさせてみたのです。口でいくら『たとえ実力があっても球界の紳士をもって任じる巨人軍が盲人選手を採用するわけがない』と言ってきかせても聞いてくれませんから」

「ふうむ……」

老人の口からかすかに溜息が洩れるのを、ぼくは聞きましたよ。

「本気かね」

「なにがですか」

「この子をプロ選手にしようと、本気で考えているのかね」

「六年間、死にものぐるいでこの子を育ててきました。この子は充分にやれると思います」

「あのときのきみも似たようなことを言っていたなあ」

老人は遠くを見る目付になった。

「こうだったな、たしか。『一年間、死にものぐるいでプロ野球選手労働組合について考えてきました。充分に成算があります』。変らないねえ、きみも」

「はあ……」

「きみがプロ野球選手労働組合に首をつっこむきっかけになった彼、なんていったかな、ほら、きみの親友の、同じ投手仲間の、バッティング投手をつとめている最中に打球を目に受けて失明した、ほら……」

「西上亮一……」

　永井さんは呻《うめ》くように言った。

「そう、その西上亮一だが、その後どうしているの」

「死にました、十年前に」

「死んだだと」

「自殺でした」

「……そうか」

　老人も同じような呻き声を発した。

「それで目は？」

「治らずじまい」

「気の毒な一生だったな」

　老人はしばらく目を閉じておりました、ちょうどお祈りでもするように。

「きみはその子のことをプロでも充分にやれるという。とするとこれからはちょいちょいきみと球場で会えるかもしれんな」

　老人は枯木のような腕を永井さんに差し出しました。

「ではまたな。なにかあったら相談にきたまえ。あのときはわしも三十歳になったばかりで力がなかった。もっともいまでも力はないが、それでもすこしは小狡《こずる》くなっている。役に立てるかもしれない」

永井さんと握手をしおえた老人は斜めに土手を下って行った。

車に乗り込み、ぼくらは帰途についた。永井さんはひとことも口をききません。ただ黙々と車を走らせて行く。二十分もしてからですかな、主人が、

「大塚アスレチックスってなんですか」

ぽつりとたずねました。

「プロ野球の、ある球団の名前だよ」

「聞いたことないなあ。太平洋戦争の前ですか」

「いや、敗戦直後、昭和二十二年に一年間だけ存在していたチームだよ」

「おかしいな。昭和二十二年なら一リーグ時代でしょう。チームは巨人・阪神・中日・太陽・阪急・南海・東急、それから金星の八つなはずだけど」

「それとは別に国民リーグというのがあった」

重たくてまるで石のような声でした。

「だれにも相手にされなかったけれども、たしかにもうひとつのリーグがあったんだよ。宇高レッドソックス、結城ブレーブス、唐崎クラウンズ、そして大塚アスレチックス。たった四チームだけの、小っぽけなリーグだった」

蝙蝠傘《こうもりがさ》

ぼくのご主人、田中一郎選手の育ての親である永井さんは、しばらくのあいだ、おんぼろカローラを多摩川の土手沿いに、東に向って走らせて行きました。

永井さんはこの間、民間放送局のディスクジョッキーたちも真《ま》っ蒼《さお》になるぐらい喋《しゃべ》り通しでありました。意外でしたなあ。前にも言いましたが、ぼくはその前夜、この師弟と邂逅《かいこう》、つまり巡り合っております。前夜から多摩川の巨人軍グラウンドを去るそのときまでの永井さんのお喋り量（こんなことばがあるのかどうか、よくは知りませんがね）は、総計で十分ぐらいなものでした。四百字詰の原稿用紙に永井さんのそれまでの発語行為（どうも熟さないことばを連発しておりますが御勘弁を。ぼくは犬。やはりどこかでボロが出るのです）を咳払《せきばら》いに至るまですべて書き留めても十枚にはならんでしょう。ですからぼくはそのときまで、

（この永井さんという人間は、無口な人間に属する）

という印象を抱いていた。ところがその永井さんが突然、猛然と喋りはじめた。ですから意外だったわけであります。

昔、人間世界には、廓《くるわ》というものがあったそうですな。永井さんのやっているラーメン屋『小人軒』は、駅前、深夜営業、安い、うまいといった好条件を備えておりますので、大勢のお客さんがみえます。そしてその客層たるや種々雑多。別にいえば多岐にわたる。幅が広い。上は天皇……はまさかおいでにならないが、建築会社の重役、商店主、近くのキャバレーの支配人、高校の教頭先生、市会議員の先生方から、下は市川駅の軒下を住いとする浮浪者まで、まことにバラエティに富んでおります。で、常連のなかのおひとりである高校の教頭先生が、なにかというとこの廓の話をなさる。何処で飲んできたのか、鼻の先まで赤くして、小人軒のカウンターに肘《ひじ》をつき、ラーメンを注文するなり、

「永井さんよ、向いの喫茶店を見てごらん」

こう切り出す。これがいつもの演説のはじまり。

「男どもが落ち着かない素振《そぶ》りでコーヒーを飲んでいるよ。みんな、そこのキャバレー『ドンドン』のホステスを待っているんだ。閉店間際に『ドンドン』へ行き、ホステスに一万円札を握らせて、逢引きの約束を取り付け、ああやってそわそわ女のくるのを待つ。バカだねえ。薄暗いキャバレーのボックスの中でみるホステスさんは、たいていだれにも一個所ぐらい良いところがある。口は河馬《かば》のように出ッ歯でかつ乱杭歯おまけに総金冠で、喋っているときはまるで獅子舞いの獅子頭のようだが、口を閉じていれば整

形美というのか鼻筋ピッと通ってまあ見られるとか、見つめられるたびに吸いこまれそうになるような巨大な団栗眼《どんぐり》で奥目《おくめ》だが、声は鈴を転がすように可愛いとか、閻魔《えんま》さまが出来損いの塩辛を舐めたような御面相だが肌は餅肌だとか、一個所いいところがあればもう他のところへは目をつぶって口説くわけだ。ところがやってきた女を見た途端、みんなゲッソリとなる。そうなるとも。嘘じゃない、いまに見ててごらんよ。一個所の美点が普通の灯りの下でみると、鼻筋がピッと通っているどころか通りすぎていてまるで市役所のカウンターに置いてある三角柱を貼りつけたようだったり、白粉《おしろい》を壁土よろしく塗りつけたのが餅肌に見えただけだったりするのだよ。で、鈴を転がすような声はじつは作り声、地声は銅鑼《どら》を叩いたみたいだったりしてな。わしは今年五十三歳になるが、わしと同年の仲間に昔の市川遊廓のお女郎さんを身請けして奥さんにしたのがおる。そうさな、昭和二十八、九年ごろの話だ。ちょっと佳い女でね、酒をのませてくれと言えばハイハイと二ツ返事で酒をのませてくれる、饅頭喰いたいと叫ぶと饅頭を持ってくる、寝たいと言えば寝かせてくれ、起きたいと言えば起してくれ、頭を張り飛ばしても怒らない、足で蹴っとばしてもニコニコ笑っている。こりゃア素晴しい女だ、こんな女を妻にしたらずいぶん仕合せになれるにちがいない。彼奴《やっ》はか——っと熱くなって、両親を半年がかりで説き伏せ彼女を女房にした。ところがよかったのは三日だったらしいよ。白粉落せば並の顔、赤や紫の衣裳がとれてみると色黒で毛深くまるで黒猫の縁者だ。朝は十時すぎまで鼻から提灯《ちょうちん》出して寝ているし、飯を炊かせれば半分はお粥《かゆ》で、半分は米のママだ、注意すれば歯を剝《む》き出して食いついてくる。張り倒せば仲人のところへ駆け込みあることないこと喚き立てる、買食いはする、尻は軽い、おまけに寝屁をひる。彼奴はそれからしばらく『意外だ、意外だ』を連発していたよ。それでついた綽名《あだな》が意外先生というのだが、喫茶店で女を待ちわびている彼等も、つまり意外先生の仲間さ」

長口舌を振ってラーメンを啜《すす》る。これがこの教頭先生の十八番なんです。ラーメンをたべ終えるころ、ホステスさんがぞろぞろ店の前を通って駅前広場の方へ散って行く。で、そのなかの一人が、コルク底の、踵《かかと》の馬鹿ッ高いサンダルをコトコト鳴して入って来ます、髪を池袋のサンシャインビルをそっくり乗っけたように高くいたしまして、たったいま人を喰ってきたみたいに真っ赤に唇を塗っている。顎は二重で、それも百円玉を四、五枚突っ込んでも落っこちそうにないぐらい、深く刻まれております。

「お待たせ」

相撲取りが風邪引いたような声で教頭先生にもたれかかる。店内、一瞬、金色《こんじき》に輝く。なにしろ彼女の前歯がずらーっと総金歯ですから。

「小岩に午前四時までやっているディスコがあるんよ。そこへ行こうよ」

教頭先生、愕然となって女を見据え、

「きみがあのみどりちゃんなの」

「そうよ。あたしを忘れちゃだめじゃないのさ。さっきはしつっこく口説いたくせに。バーカ」

「うーむ、意外だ。意外だなあ」

呟《つぶや》きながら女の手をとって店を出る。なんのことはない、この教頭先生が意外先生当のご本人なんですね。

どうも、永井さんが急に能弁になったのを意外に思った、というところからずいぶん遠くへ道草を喰ってしまいましたが、とにかくカローラを運転しながら、突然、憑《つ》かれたように喋り出した永井さんを後部座席から見ているうちに、ぼくはこの意外先生のような心境になったのであります。そして永井さんを雄弁家にしているものの正体はいったいなんであろうかと聞き耳を立てました。

「おまえはジャイアンツにあっさり蹴られてしまった。きっとがっくり来ていることだろう。しかしだ、一郎、おまえには悪いが、おれはうれしい。心の底からよろこんでいる。おれはこのときを待っていたんだ」

「よくわからない」

主人は助手台にぐったりとなっております。

「永井さんがなにをいいたいのか、ぼくには見当がつかない」

「納得のいくように話してやるよ。ま、長い話になるが、しかし横浜スタジアムに着くまでには終るさ」

「横浜スタジアムですか」

主人は身を起しました。ぼくも驚いた。市川へ帰るものだとばかり思っていたからです。

「するとぼくは横浜スタジアムでホエールズの……」

「そうだ、ホエールズのテストを受ける。ホエールズが断ったらヤクルト。ヤクルトもだめなら中日。とにかく巨人以外のチームならどこでもいい」

「でもいったいどうして」

「だから長い話になる。さっき、おれが昭和二十二年に大塚アスレチックスというプロ球団に所属していたと言ったろう」

「ええ。永井さんはその大塚アスレチックスの星、といわれていた。そこまでは知っています。野球評論家の奈良球人さんと話をしているのを傍で聞いていましたから」

「大塚アスレチックスの星か。そこからはじめたんじゃわからないだろうな。その一年前の昭和二十一年あたりからはじめるか。戦後のプロ野球はこの昭和二十一年にスタートした。もっとも正確には、敗戦の年の十一月に神宮球場、桐生市の新川球場、西宮球場の三球場で四回、試合が行われているが、これは東西対抗だから勘定に入れなくてもいいだろう」

「東西対抗か。いまのオールスターのようなものだったんでしょう」

「そう。この敗戦の年の東西対抗では大下弘が本塁打賞、殊勲賞、最優秀選手賞を独占した。知ってるだろう、この人の名前ぐらいは」

「ホエールズの長崎外野手の義理のお父さんでしょう。たしか長崎選手は大下さんの二番目のお嬢さんをお嫁に貰ったとか。こないだラジオのスポーツクイズでそんなことを……」

「戦後は遠くなりにけり、というがまったくだな」

　永井さんは乱暴にクラクションを叩きました。

「この人はプロ野球の恩人だぜ。現在のプロ野球の隆盛は、まずこの大下弘の力に負うところが多い、そういってもいいぐらいだ。たしかに川上哲治も偉大だよ。この人もプロ野球の土台を築いたひとりだ。しかし川上が野球殿堂入りしているのに大下が入っていないなぞは片手落もいいところでね、大下は川上と同じくらい、いやそれ以上に偉大だな」

「どうしてですか」

「ホームランのすばらしさ、こいつを日本人に教えてくれたところが偉大だ。昭和二十一年に大下は二十本のホームランを外野席に打ち込んで本塁打王になっているが、みんなそのときは仰天した」

「二十本で、ですか」

「今のボールとボールがちがう。当時のボールは再生品が多かった。飛ばないんだよ、ボールが。戦前のプロ野球では、試合数も少かったけれども、本塁打王は六本から八本の間で決っていた。それが一気に二十本だろう、お客が興奮したのは当然だ。それに当時は敗戦直後でもあり、食糧事情は悪い、物価はあがる、節電のための停電が毎晩のようにある、乗物はどれもこれも殺人的に混む、どっちを向いても気の滅入るようなことばかり、ところがそこへ長目のバットを担いであらわれた明大中退の若者が白球をぽんぽん外野席へ打ち込みはじめた。大衆はいっぺんでこの若者のことが好きになってしまった。そうしてついでのことにプロ野球そのものまで気に入ってしまったのだ。昭和二十一年の七月、熊本で田畑を耕していた川上哲治が巨人軍に復帰した。川上は元来が中距離打者だが、頭のいい、よく切れる人だったから、これからは大下式の打法でなければだめであると判断し、ホームランを打つにはどうしたらいいか研究した。まず、これまでのように球を上から見る打ち方ではだめだ、下から見るようにしよう、というコツを体得する。つまりだね、球を下から見るようにすれば一粍か二粍ばかり叩くポイントもさがってくる。叩くポイントがさがれば……」

「球の回転がそれまでとちがう上昇回転になる、ですか」

「その通り。球が伸びる。川上の打球は速い。例の弾丸ライナーというやつだ。だが、当りは途中でとまってしまう。フェンスの手前までライナーで飛んでいたのが、寸前でふーっと落ちてしまうんだな。川上はさんざん考えた末、これは自分のバットが堅すぎるせいだと思い当る。さっそく軟か目のを使い出す。そうしたらそれまでフェンス間際でふわーっと失速し、二塁打ぐらいにしかならなかった当りが外野席に飛び込むようになった。青田昇も川上と同じことを考えた。球を下から見るようにしてポイントをさげる打ち方を毎日三百回ぐらいやったそうだよ」

「青田さんか。あの人の解説は好きだな。結果が逆に出たら恰好《かっこう》悪い、なんて尻込みせずにはっきりものを言うでしょう」

「川上、青田は大下の打法に刺激されて、昭和二十三年には、二年連続してタイトルを独占していた大下をおさえ、ともに二十五本でタイトルを分け合った。つまり、大下が戦前の野球とはまた違った、打つ野球の胸のすくようなおもしろさを持ち込み、それを大下自身が、それから川上や青田が、大きく育てていったわけだ。おれはだから戦前のプロ野球の礎石となったのは巨人軍の沢村栄治投手、戦後のそれは大下弘である、と信じている」

「ふーん」

「スターが必要なんだよ、こういう見世物には。スターは時代感情の象徴だ」

永井さんの話が急に難しくなってきた。それに大下弘と〈大塚アスレチックスの星・

永井増吉〕とがいったいどこでどう繋っているのやら見当がつかない。

　ぼくは大欠伸《あくび》をひとつ発しました。すると永井さんはバックミラー越しにぼくをじろっと睨《にら》みつけ、

「チビまで退屈したような面《つら》をしていやがる。がしかし、ここがおれのような年寄には大事なところなのだ」

　といっそう大きな声になりました。

「大下の青バットが一閃する。快音。白球が青空へぐんぐん突き刺さって行き、やがて鳥のように外野席へ舞いおりる。この数秒のなかにそのころのおれたちが〔これこそ大切、これこそかけがえがない〕と考えていた、いわば宝物がいっぱい詰め込まれていたんだよ。青空を振り仰ぐ、これはちょっと前までは不吉な、いやな行為だった。日本の空には毎日のようにアメリカの爆撃機や艦載機が舞っていたからだよ。もっといえば、すこし前まで〔死〕は空からやってきていた。ところがその空をいまはこうしてのんびりと見上げている。平和になったんだなあ、という実感が、大下のホームランを見るたびにした。白球はその青空をのびのびと飛行して行く。それを眺めている自分もあの球のように自由なのだ、こういう感慨も湧く。だから大下のホームランは平和や自由そのものであるように思われた。大下のホームランは当時の人びとの『もう戦《いく》さだけはいやだ』、『たとえ貧しくとも自由でありたい』という願いの象徴だった。大下が偉大である

といったのはそういう意味なのさ。おれなども休みのたびに満員電車に乗って、大下のホームランを観たいというただそれだけの理由で後楽園球場へせっせと通った口だ」

「そのころ永井さんはどこに住んでいたんですか」

「千葉県の松戸だ。洋傘の骨を作る工場があったんだがね、そこの寮に入っていた。その工場はもともと軍需工場だった。ところが戦さに敗けちまってはもう兵器どころじゃない。そこで設備と、材料の鉄を使って洋傘工場に切り換えた。これが大当りでねえ、工員が三百五十人ぐらいいたが、総出で働いても註文をこなしきれない。一時は四百人を超えたこともあったぐらいだぜ。社長が野球好きでかなり程度の高いチームを持っていた。おれはそのチームの主戦投手だった。もっとも軟式の、ゴムマリ野球チームの、だがね」

「それで、その前は」

「昭和二十年八月十五日には福島県の山奥の隠密飛行場にいた。胴体がベニヤ板のボロ飛行機で飛行訓練をやっていたんだ」

「へえ」

「甲種飛行予科練習生だったのさ」

　主人は助手台から乗り出し、永井さんの肩に右耳をつけんばかりにしている。どうやらそのときまで、永井さんは自分の身の上話を主人にしていなかったようです。

「海軍の予科練習生が山の中に籠っているところがおもしろいだろう。教官がいつも『本土決戦になったらいよいよ貴様たちの出番だ。本土決戦となれば、敵の上陸艦隊はすぐ目の前にいる。いくらこのボロ飛行機でも、九十九里沖や東京湾ぐらいまでは飛んで行けるだろう。そのときまで急降下だけはできるようになっていてくれ』と言ってたね。まことに頼りのない航空隊さ。訓練が終ると野球、これが日課だったな。ミットひとつにグラヴが四つ、それからバットとボールがどういうわけかあったんだ」

「四個足りないなあ」

「投手と外野手は素手で守るのさ」

「その前は」

「東京の下町の旧制中学。入学してから四ケ月間は野球部に入っていた。毎日、球拾いばかりだったな」

「四ケ月間は……というと、あ、そうか、そのあとは野球をやめたのか」

「いや、野球部そのものがなくなってしまったんだよ。おれが中学に入学したのは昭和十六年だが、その年から全国中等野球大会が中止になってしまった。グラウンドは翌年から南瓜畑に転用だ。そういうわけだから本格的に野球をはじめたのは、戦さに敗けて山をおりてから、つまり例の洋傘工場で働くようになってからだよ。上級学校へ進みたいと思ってはいたのだが、家が空襲で全滅してしまったので、それはできない相談だった。家が残っていてくれたら、負け犬にならないでもすんだのだが。まあ、愚痴はよそう」

苦い笑いを口許にうかべながら永井さんは車首を右に向け大きな橋に乗り入れて行った。

「それにあの洋傘工場に入ったからこそ西上亮一という男にもめぐり合うことができたのだし、こじつけて言えば、一郎に出っ喰わしたのも、あの洋傘工場のおかげのひとつかもしれん」

「十年前に自殺した人ですね、その西上亮一というのは。その人のことも、さっき永井さんと奈良球人さんの話で知ったんですが」

「球速ではおれが上だったが、コントロールとなると西上にはかなわない。やつは洋傘工場チームの救援投手だった。年齢も同じだし、境遇も似ていた。寮でも同室でね」

橋を渡ったところで永井さんはすぐ左へ折れました。

「舞鶴の海軍機関学校にいるうちに、おれと同じように空襲で家が全滅してしまった。もっともこいつは大阪の出だが。仲間に松戸の農家出身のやつがいたので、しばらくそこで世話になっていたが、ある日『洋傘工場工員大募集。三食すべて白米。寮完備。野球部、卓球部、排球部も有』という貼りビラを見て工場へやってきたってわけだ」

狭い道になった。両側は密集した住宅街です。道は右に曲ったかと思うとすぐ左へ向い、南を窺《うかが》ったかと思うと東を覗き、まるで迷路のようでありました。永井さんはのろのろとこの迷路を縫って行きます。

「さて、昭和二十二年三月上旬のことだ。野球部員が全員、社長室へ呼び出された。社長はそのときびっくりするようなことを言ったね。

『本日をもって野球部は解散』

とこうだ。おれが主戦投手で三番を打ち、西上は三塁手で四番、もうひとり三十歳を越したおっさんで、戦前、全桐生《オール》で控えの捕手をやっていたという資材係主任が捕手で五番、柱はこの三本だけだが、当時は連戦連勝でね、千葉県下に敵なしという勢い。社長自身、四月から硬式に切り換えて都市対抗の予選に出てみてはどうかと言ってもいたし、全員、唖然《あぜん》となっちまった。

『なぜ解散かというとだね、わしは今年からプロ野球球団の持主になるからだ』

唖然に次ぐ呆然、床にへたりこむやつもいたね。そのときの社長の話はこうだ。大阪に宇高産業という日本一のラッパ工場がある。楽器のラッパではない、自動車のラッパ、つまりクラクションを作っている工場だ。トヨタ、日産、いすゞ、どこの自動車もこの宇高のラッパを取り付けなければ走れないというぐらいのたいした工場だ。この工場を経営なさっているのは宇高勲という方でな、この間、お目にかかったところ、『これからの国民の娯楽について考えてみると、アメリカ軍に占領されているときでもあり、やはり野球が一番であろう』とこうおっしゃる。まことに同感ですと答えると宇高さんはさらに『国民もまた野球を非常に好いておる。それは昨今の大下弘選手に対する、あるいは川上、千葉、土井垣、藤村、山本一人、別所などの諸選手にたいする国民の熱狂ぶりを見れば一目瞭然である。この野球熱をさらに高めるにはどうすればよいか。熟考の結果、もうひとつ別のリーグ、たとえば国民リーグというようなものを結成してみたらどうであろうかという結論を得た』とおつづけになった。『何度も言うようだが、いま日本はアメリカ軍の占領下にあることでもあり、やはり本場の制度をとり入れるのが最善である。二リーグ制を採用すれば国民の関心は野球により一層集中するにちがいない。それにこの隆盛ぶりを見れば商売としても、いや商売というと語弊があるか、そ、そう、企業としても採算がとれると思われる。国民によろこんでもらい、おまけにどうやら算盤《そろばん》も合う。こんな結構なはなしを見送っている手はない。そこで心当りにこの話を持ちかけてみた。まず第一が、大阪の社会人野球に加盟しようとしていた唐崎産業。この会社は戦時中に飲料水を海軍に納めていた。いまは同じものを進駐軍に納めている。なかなか羽振りがよろしい。しかも、ここのチームの選手は元プロばかり。監督兼投手が元阪急軍投手の笠松実、捕手が元南海軍の木村勉、錚々《そうそう》たるところが揃っている。みんな一度はプロの飯を食った強者たち、どうせなら社会人野球だなどとみみっちいことを言ってないで、もういちどプロで花を咲かせてみる気はないか、社長もいかがです？

こうすすめてみたところ即座に、よしやってみよう、という答が返ってきた。次に口をかけたのはわが社とも取引のある加藤自動車部品工場、ここでも話はすんなりまとまった。わが社が資金を提供して、結城ブレーブスというチームを結成することに決った。監督は元タイガース軍の石本秀一、遊撃手が元金鯱軍の濃人渉と、これまたたいへんな豪華メンバー。わが宇高産業は結城ブレーブスに資金を出すほか、宇高レッドソックスなるチームを持つことに決めておる。監督は元明大の大投手の渡辺大陸、遊撃手は去年近畿グレートリングでプレーをしていた宮崎仁郎、投手は同じく九年近畿にいた櫛田由美彦。とまあ、三チーム揃ったが、これだけでは具合が悪い。せめてもうひとつ、関東にチームがほしい。どうですかな、大塚さん、あなたもプロ球団をお持ちになっては。承知してくだされば、監督に三宅大輔先生を御紹介しよう。また現在の巨人軍遊撃手山田潔選手もお世話しますぞ。いまの予定では五月上旬に甲子園球場で国民リーグ発足披露ゲーム大会を行うことになると思うが、もし間に合わぬときは七月からでもよろしい。七、八月が夏季リーグ、九、十月が秋季リーグ、この夏・秋二シーズン制で行くつもりですから。では吉報を待っておりますぞ』。野球部諸君、監督が三宅大輔先生だよ。あの三宅大輔先生がわしの球団の面倒をみてくださるとおっしゃっているのだよ。こんな凄い話に乗らぬやつがもしいるとしたら、そいつはよほどのアンポンタンだ。わしは断然、決意した。プロ球団を持とうと決心した。諸君、そういうわけでゴムマリ野球部は解散だ。社長は興奮して叫び、おれたちを社長室から追い出した。まあ、大塚社長の気持はわからないでもなかった。三宅大輔は、昭和九年の秋にコニー・マック監督が率いて来日したオールアメリカ・チームと各地で十五試合戦った全日本チームの監督だもの」

「オールアメリカ・チームの主なメンバーは、投手がヴァン・ゴーメッツ、一塁ルー・ゲーリッグ、二塁チャールズ・ゲーリンジャ、三塁ジミー・フォックス、外野は主将のベーブ・ルース。その他。静岡草薙《くさなぎ》球場での第一〇戦で京都商から全日本に選抜された沢村栄治投手が登板し、五安打におさえ、三振九個を奪う。ただしその五安打のうちにゲーリッグの本塁打あり。一対〇で惜敗……」

　主人は目が不自由なかわりに、あるいはそれだからこそというべきでしょうか、抜群の記憶力の持主です。おそらく以前に永井さんから教わったことなのでしょう、それを頭の中の記憶箱の中から引っぱり出して、立て板に水で唱えました。

「このときの全日本チームの監督だったんですね」

「そう。で、この全日本チームが母胎となってその年の暮に大日本東京野球倶楽部が結成されるが、これがつまり東京巨人軍なんだな。しかし国内にプロ球団は自分のところがひとつだけだから相手を国外に求めなければならない。そこで翌年と翌々年、巨人軍はアメリカに渡って各地を転戦する。そのときも三宅大輔が監督をつとめた。いわば日本のプロ野球の生みの親のひとりさ。社長が興奮したのも無理はない。山田潔という選手も当時の有名選手だ。前年の昭和二十一年には巨人軍の遊撃手でね、背番号が1番」

「王選手の先輩ですね」

「そういうことになる。守備はじつにうまかったね。だが、バットを構えると案山子《かかし》と同じで、たまにヒットを打つとスタンドから野次が飛ぶ。『バカヤロー、変った真似するな』とね」

「粋な野次だなあ」

「ニックネームは『貧打軽快』だったと思う。唐崎クラウンズの監督の笠松実という人もおもしろい。戦前、阪急にいたころ、徹底した巨人軍キラーだった。他のチームに投げると滅多打ちされるくせに、巨人戦のマウンドを踏むと絶妙のピッチングをするのだ。巨人ファンから毎週、何通も脅迫状を送りつけられているという噂があったねえ。捕手の木村勉、この人も奇妙な芸の持主で、昭和十四年に南海に入団したときは投手だったのだが、やがて捕手になり、次は内野手をつとめ、最後は外野へ回った。馬鹿肩というのか、信じられないような強肩の持主でね、フェンスぎりぎりの外野飛球を捕ってバックホーム、本塁を狙った三塁走者を殺してしまうんだ。捕手をやっていたころにこんなことがあった。一塁走者が二塁を盗もうとした。木村が二塁へ送球する。ところがそれが物凄い球で、ノーバウンドでバックスクリーンに飛び込んでしまった。お客をよろこばせるために点差の開いているときなぞは故意《わざ》と大暴投をしてみせる、それもとてつもない大暴投をやってみせるわけだ」

「プロだなあ」

「結城ブレーブスの監督の石本秀一というのもたいへんだ。昭和十一年から昭和十四年まで大阪タイガースの監督をつとめ、巨人軍を倒せ、それには沢村栄治を叩きのめせ、というので種々な打撃練習法を考案した。なかでも有名なのは、打撃練習用投手に投手板の一歩前から投げさせるというやり方。これが効を奏し、昭和十二年の秋季リーグでついにタイガースは巨人をくだした。濃人渉はときどきばかでかい当りを飛ばすことで知られていた遊撃手だが、この人はむしろ国民リーグ以後の活躍で有名だ。九州のノンプロ日鉄二瀬のプレーイングマネージャーとして鳴し、ドラゴンズやオリオンズの監督にもなった。宇高レッドソックス監督の渡辺大陸は大正時代の大スターだな。明治大学の主戦投手だったころは、『三振か四球か』というので騒がれたらしい。前日、四球を一二個乱発して自滅したかと思うと、翌日は一八個の三振を奪ったりする。この人の三振奪取の最高記録は、大正十年の極東大会で対セザールフレザー戦に二十七人の打者を三振に討ち取った。ただし延長十三回で、だけどもね。櫛田由美彦は投手もやり捕手もやるというふしぎな選手、宮崎仁郎は国民リーグのあとに松竹ロビンスへ入団し、そこで名遊撃手として活躍している」

「その当時としてはみんな有名な人ばかりだったんだな」

「そうさ。間もなく新聞がこの国民リーグについて報道しはじめた。大下弘も国民リーグへ移るらしい、という記事も載ったが、そんなある日のことだよ、おれが三宅大輔とひょんなところで出会ったのは」

いつの間にか車は高速道路への入口に出ております。永井さんはアクセルを強く踏み込みました。おんぼろカローラは熱病にでもかかったように、がたがた震えながら料金所の坂をのぼりはじめました。

三宅大輔の夢

横浜に向う高速道路には車がぎっしりと詰まっておりました。のろのろ行っては停まり、のろのろ行っては停まりの繰り返しです。

「三時までにはどうしても横浜スタジアムに辿り着きたいのだが、まずいな、これは」

永井さんはカローラのブレーキを踏むたびに舌打ちをしております。

「下の道路を転がして行った方がよかったかもしれない」

「遅すぎるって叱られたら、また出直しましょうよ」

ぼくのご主人、田中一郎さんが申しました。

「それよりぼくは永井さんの話をできるだけ詳しく聞きたいのです。永井さん、あなたはぼくの恩人です、育ての親です。ぼくを引き取って生活の面倒をみてくださっただけでなく、ぼくに数え切れないほどたくさんの野球の技術を叩き込んでくれました。でも、これまで永井さんは無口だった。自分のことはなにひとつ話そうとしなかった。ぼくはそこにもうひとつ打ちとけないものを感じて、永井さんを尊敬し、永井さんに感謝しながらも、はっきりいって、親しめませんでした。なんて他人行儀な人なんだろう、と恨みがましい気持を持ったことさえあります。でも、今日はいい機会です。永井さんの過去になにがあったか、なにもかも話してください。永井さんはなぜ巨人軍をあれほど毛嫌いしているのですか。その巨人軍を嫌うことと昭和二十二年ごろに存在したという国民リーグと、いったいどういう関係があるのですか」

ぼくは盲導犬として、この九ケ月間、主人の田中一郎さんと朝から晩まで一緒に行動しておりますが、このときぐらい真剣な主人というのは見たことがありませんでしたね。主人は見えない眼をひたと永井さんに向けていいました。

「昭和二十二年の春、松戸市にあった大塚という洋傘会社の社長がプロ野球の球団のオーナーになる決心をして、永井さんの所属していた野球部を解散した。話はそこまででしたね。永井さんはそれからどうしたのですか」

「むろん会社に残って洋傘の骨を作っていたさ。昭和二十二年ごろの日本、それがどういうものだったか、一郎には想像もつかぬだろうな。食糧はない、衣料もない、生活必需品はないないないづくしの世の中だった。これはちょうどその時分の実話だが、鶴岡一人が監督をしていた南海では『勝利投手には白米二合をご褒美にやる』という、内規のようなものがあったぐらいでね。当時の南海には、いま野球評論家をしている別所のほかに丸山二三雄と松川博爾と、三人しか目星しい投手がいなかったが、昭和二十一年にはちゃんと優勝している。この『勝利投手に白米二合』がきいたんじゃないか、という噂がもっぱらだったねえ。別所などは、火曜、木曜、土曜と完投して、日曜にリリーフ、一週間に四勝するという離れ業を演じたことがあるが、おそらく『勝利投手には白米二合』が、マウンドの上の別所を支えていたのではないかしらん。まあ、とにかくそういう世の中だったから、生活に必要な品物を持っている連中は逆に大威張りだ。うちの社長もこの『大威張り連』のひとりだった。なにしろ洋傘の出来上るのを待って問屋や小売店の人たちが工場の正門に行列作って、泊り込んでいたくらいだからねえ。社長室には、大袈裟《おおげさ》でもなんでもなく、百円紙幣がいつも舞っていた。そんなわけだから給料もよかった。野球部が解散になってもその洋傘工場を辞めようとしなかった理由はつまりその給料にあったわけだ。休日になると、おれたちは仲間を募って、市川や柏や我孫子《あびこ》へ出かけて行った」

「食糧の買出しでしょう」

「その通りだ。ただし、百円紙幣を出して米や甘藷や落花生を買うんじゃない。だいたいそのころの農家は紙のお札《さつ》じゃ首をウンと縦に振ってはくれない。食糧が欲しけりゃなにか物資《もの》を持っておいで、とこうさ」

「そうか。すると永井さんたちは工場から洋傘をちょろまかし、それを持って買出しに出かけたんだ。そうでしょう」

「ちがうね。洋傘会社の社長はそれほど甘くはなかったよ。工場から寮へ帰るときに守衛が厳重な身体検査をする、とても持ち出せるものじゃない」

「それじゃいったい何を持って出かけたんですか」

「グラヴとバットさ」

永井さんはなにがおかしいのか、ここでしばらく、クスクス笑っておりましたな。

「そのころも、いまと同じように草野球がさかんでね、休日になると、江戸川の河川敷や学校の校庭はグラヴを持った連中で、銭湯の洗い場みたいに混雑していた。おれたちは、つまり洋傘工場の元野球部の連中は、そういった草野球チームの中から農家の長男や次男がメンバーに入っているチームを見つけて、賭試合を申し込む。こっちは一張羅の背広や親の形見のウォーターマンの萬年筆やまだ四、五回しか履いていない軍靴を出す、向うは米や薯《いも》を出す。勝った方が相手の出したものを取り上げる」

「なるほど、そうか」

「ただし、こちらが強すぎると敬遠される、試合をさせてもらえない。そこで仲間で一番下手なやつを主戦投手にした。おれや親友の西上亮一は内野手をやった。相手チームがよほど弱いと見れば、外野へ回ることもあった。攻撃するときも、わざと左打席に入る。右で打つとつい本気になってしまい、安打なんか出てしまう。そうなってはまずい。もっとも、相手チームも賭品を取られたくないから、中学でエースだったやつとか、名遊撃手だったやつとかを引っ張ってきて、自軍のメンバーに混ぜておく。だから油断は禁物だ。中学といっても現在《いま》と学制がちがうよ。現在《いま》の高校が当時の中学に当るだろうな。相手が手強《てごわ》いぞと思えば、前半まで左打席に入っていたのを後半から本来の右打ちに直し、マウンドのヘボを引っこめて第五か、第四の投手を立てる。そうやって出来るだけ接戦や混戦になるよう心掛け、『やっと勝たせていただきました』といったような試合をするわけだ。相手チームは『もう一度やればこいつらには勝てる』と思って、また挑戦してくる」

「詐欺だな、まるで」

「分捕った食糧は寮に持って帰って炊事のおばさんに預ける。こういうわけで、おれたちの寮の食事は当時としてはなかなか充実していたよ。ところでその昭和二十二年の四月上旬の日曜のことだ、市川国府台の原っぱで例の賭試合をし、また例の如く接戦で勝って帰り支度をしていると、ソフト帽に背広の上下という、そのころとしては第一級の紳士のいでたちをした中年の男が片手に米の入っているらしいズック袋をぶらさげて、おれたちのところへやってきた。

『きみ、今日の試合でどうしてきみが投げなかったのかね』

中年男がいきなりこう訊いてきた。じつはおれ、その試合では右翼を守っていたんだ。

『五回だったかな、三塁に走者がいてきみのところへ飛球が上った。走者は三塁に帰り、きみの捕球を待って本塁へ突入し、きみはノーバウンドでホームへ返球してきたが、あのときの球は凄かったな。わたしは、あのときのきみのフォームや球の伸びやコントロールを見て、あっ、このチームの主戦投手はきみだな、と思ったのだよ。もし、きみでなければ中堅手の青年、彼がエースだろう。ちがうかね」

　その試合で中堅を守っていたのは西上亮一だった。

『そこでお願いがあるのだが、きみと中堅手とでキャッチボールをやって見せてもらえないかな。そのとき遠投をやってくれればじつにありがたいが』

　おかしなおっさんだわい、と思った。が、同時に、この中年男に敬意も抱いた。ボールを一度か二度扱うのを見ただけで、本来のポジションをずばりと言い当てるなんてなかなかの洞察力ではないか。西上とは硬式のボールを使って遠投をしたよ。当時の軟式のボールはゴムが粗悪でね、投球の瞬間、おれならおれのすべての力が人差し指と中指にかかる、するとペコンとボールがへっこんでしまうのさ。その点、硬式はいくら指に力を入れてもボールがへっこんだりしない、つまりその分だけ投げやすい。それともうひとつ硬球には縫い目がある。それが遠投に際して硬球を選んだ第二の理由だね」

「縫い目は百と八つです。何度も数えたことがあるんです」

　主人は左手に持っていたボールを掲げてみせましたが、いつもこうなんですわ。四六時中、ボールを手にしている。それもただボールを持っているんじゃありませんぜ。両手を付けてこう、水を掬うときによくやる形にして、その中でボールをジャグルさせておき、ある瞬間に、ぱっと左手で掴む。この動作を一日に何百回となく繰り返している んですよ。このとき、主人の人差し指と中指はきちっと縫い目に掛かっている。ご承知のように主人は横浜大洋ホエールズの全盲の一塁手です。一試合に何十回となくボールを扱います。もっと正確にいいますと、球を捕え、そして投げる。ボールを投げるときは敏速な動作が必要です。そりゃァ、二死で相手の打者が内野にゴロを打ち、内野手が捕って一塁に送球し三死《スリー・アウト》、なんて場合の一塁手は、ボールを投手板へ転がすにしろ、また一塁コーチボックスの相手側コーチに渡すにしろ、あるいは一塁塁審に返すにしろ、そう急ぐことはない。ところが一死走者三塁で右翼へ飛球があがり、右翼手が捕球してバックホームというような場合、一塁手はその返球のコースや球の勢い如何によってはカットして、矢のような球を捕手めがけて投げる必要が出てまいります。こういうとき、いちいち指が縫い目にかかっているかなどと確認する暇がない。掴んだ瞬間にぴたりと左手の指が縫い目にかかっていなきゃァなりません。でないと暴投になる可能性がある。それでも晴眼者ならほんの一瞬ほとんど無意識に目をボールの握りにやるものですが、主人は盲人ですから、それはできない相談だ。それで初中終《しょっちゅう》、ボールを扱って、一瞬のうちに理想的な握りが出来るよう訓練してるってわけです。たいしたものではありませんか。名捕手の条件のひとつに「強肩」をお挙げになる方が多い。いや、多い、なんてものじゃあない。ちょいと野球を齧ったお方でしたら口を揃えて「捕手には強肩が必須の条件である」と曰《のたま》う。ぼくは犬、しかも雑種であります。その雑種犬の分際で、こんなこと申してはなんですが、肩の弱いより肩の強い方がそりゃァなんぼかましはましです、がしかし、いくら肩が強いからって盗塁は防げやしませんぜ。ボールの握りのうまいまずいが、肩の強弱以上に問題になってくるんです。捕球した瞬間にもうきちんと指が縫い目にかかっている、こうでなくては、速い球をコントロールよく二塁に投げるなんてできゃあしない。盗塁を刺すときのボールの握り、これの第一人者はセではヤクルトの大矢、パでは近鉄の梨田昌崇ですな。とくに梨田捕手はよろしい。あれにリード力がついてきたら鬼に金棒、相当な名捕手になりましょうな、ええ。おや、例によって、ちょいとお喋りが過ぎました。話を、主人の台詞に戻すことにいたしましょう。

「縫い目に指をかければ、同じ力で軟球よりも六、七米は遠くへ投げることができる。永井さんはそのとき、そう考えた。ちがいますか」

「たしかにそれもある。しかし、もっと大きな理由から硬球で遠投することにしたのだ。一郎はゴルフのボールを知っているな」

「はい、触ったことはあります」

「そのときに、豆粒ほどの大きさのくぼみがあったろう」

「たくさんありました」

「たしか一昨年のことだが、東京大学の河村龍馬という教授が、このくぼみのないゴルフボールを、機械を使って秒速七十米のスピードで打ち出す、という実験をした。この実験のことは新聞で読んだのだが、さて、ゴルフボールのスピードは、当然のことながらしばらく飛ぶと落ちる。その実験では秒速六十米になったあたりで空気抵抗が急に二倍になった。空気抵抗がふえれば、球の速度が落ち、球速が落ちるとさらに空気抵抗が増す。とどのつまりはくぼみのないボールは猟銃で射たれた鳥のように、途中でふわーっと落下してしまう。ところがくぼみのあるゴルフボールには、このような現象は起らないというのだ。おれたちはこのことを経験的に知っていた。軟式ボールには、たしかに凸凹はあるが、しかし硬球の縫い目には到底かなわない、そのせいで軟球はあるところから妙に伸びがなくなってしまう。そのことを知っていたから硬球で遠投をやったわけさ」

また口をはさませていただきますが、なんでもない世間話や茶のみ話に、こうやって野球の知識をどしどし織り込み、主人に野球に関する情報を蓄積させる、これが永井さんのやり方なんです。これもまた一種の秀才教育と申せましょうな。

「西上とおれは百米ぐらいも離れてビシビシ投げ合った。その人すっかりよろこんでしまってね、『二人とも凄い肩だねえ。どうだろう、その肩をこのわたしにしばらく預けてみるつもりはないだろうか。一年間で、プロ野球でも立派に通用する投手にきっとしてあげるが』

と思いがけないことをいいだした。

『突然、こんなことをいってびっくりしただろうが、じつはわたしはこの五月二日から発足するはずの国民野球連盟、つまり国民リーグの大塚アスレチックスの監督で三宅大輔というものだが……』

西上やおれとしてはどこかの野球狂のおじさんに自分たちの馬鹿肩を見せて度胆を抜いてやろうというので、おもしろ半分に遠投をしていたのだが、じつはその野球狂のおじさんが三宅大輔、昭和九年にコニー・マック率いるオールアメリカ・チームと対戦したときの全日本チームの監督で、またそのあとで東京巨人軍の監督をもつとめた、いわば日本のプロ野球の生みの親のひとりの、あの三宅大輔だったのだ。がたがた全身が震え出したものだよ。『じつのところ、選手が集まらなくて困っているのだよ。内野は山田潔が巨人から来てくれることになっているし、なんとか恰好がつくだろうと思うんだ。外野もどうにかなる。ただ投手陣がねえ。きみたち、山田潔を知ってるだろう』

知ってるもなにもないさ。なにしろ前年の巨人軍の正遊撃手だもの。松山商業で巨人の千葉茂選手ともコンビを組んでいた名人だ。松山商業を卒業して千葉茂と別れてイーグルスに入団し……」

「……『貧打軽快』で鳴したんでしょう。さっきも聞きましたよ」

「うむ。戦争に引っぱられ、復員してきたとたん、同級生の千葉茂に引っぱられて巨人に入った。昭和二十一年度の成績はたしか打率が一割九分だったと思う」

主人と同じように永井さんの記憶力も抜群です。あとでぼくが調べたところでは、山田潔遊撃手の昭和二十一年度の記録は、

試合数	八九
打数	二九五
安打	五六
打率	○・一九○
得点	五○
打点	一七
三振	一八
四球	六○

でありました。

「西上とおれは、そこで三宅大輔監督に、『大塚アスレチックスに入るも入らないもありません』と答えたさ。

『じつはぼくら、大塚アスレチックスの親会社の大塚洋傘会社の工員なんですから』

『そうか。それはよかった。しかしこんなことをいってはなんだが、大塚さんには見る

目がないねえ。わたしは大塚さんに〈こちらの野球部はかなり強いと聞きましたが、これはという選手がおりますか〉とたずねたことがあるんだよ。そのときの大塚さんの答はこうだった。〈ゴミ、ゴミ、全員ゴミばかりですよ〉。ところがゴミの中に磨けば光るような宝石の原石が二粒混っていた。今日はこの近くへ買出しに来たんだが、いやあ、白米どころじゃない、じつに大した掘出物をしてしまった。ありがたい、ありがたい』

これがおれの国民リーグ入りの顚末《てんまつ》だよ。あのとき、三宅大輔監督が市川国府台の原っぱを通りかからなかったら……、おれはその後、何百回、いや何千回もそう考えたか知れやしない。三宅さんと逢わなかったら、おれは西上亮一という親友を失わずにすんだろう、三宅さんと逢ったのが二人にとっては運の尽きだった。あるいはまた、三宅さんと逢ったことがもとでおれは田中一郎という天才的な打者ともめぐりあうことができたのだ、だからよかったのかもしれない」

道路の路肩の塀に乗用車がぶつかっておりました。前部左側のフェンダーがくしゃくしゃです。砕けて散ったフロントガラスの破片があたりに散っておりましたな。渋滞はここまで。永井さんの運転するぼろカローラは、うおうと獣の吼《ほ》えるような声をあげて走り出しました。「しかし、ひどいリーグだったねえ、あの国民リーグは。東急の大下弘も参加しない、巨人の主戦投手の藤本英雄が国民リーグ入りするというのも話だけで終った、南海の河西俊雄も来る来るといいながら結局は来《こ》ずじまいだった。七月から夏・秋の二シーズン制でリーグ戦が始まったけれども、まず球場がない。ときには学校の校庭でやったこともあった」

「校庭でプロ野球の試合ですか。信じられないな」

主人が笑い出しました。ぼくだって、犬の分際で生意気とお叱りを受けるかもしれませんが笑っちゃいましたよ。

「三宅大輔、石本秀一、渡辺大陸、笠松実と大物が揃っていたんだが、選手がほとんど無名の連中ばかりだ。どこへ行ってもまともに相手にはされない。観客が三十名、という日もあった。日本プロ野球連盟も、最初のうちは国民リーグに観客を奪《と》られてしまうのではあるまいかと心配していたらしいが、そのうち、これはノンプロ野球の人気にも及ばない、という見究《わ》めがついたのだろう、後半はずいぶん協力的になったね。たとえば、試合用ボールを頒けてくれたりしてな。ところで大都市には国民リーグに使わせてくれる球場がなかったから、おれたちはいつも地方へ出かけていた。殺人的に混む列車に窓から乗って、十何時間も立ちつづけで野球に出かける。外野手がよく欠伸をしていたっけ。立ちつづけだから眠ることができないだろ、それで試合中に眠くなってしまうのさ。窓から入るとか、立ちん棒で汽車に揺られるとかならまだいい、もっと困るのは相手チームの乗った汽車が遅れることでね」

「どういうことですか、それは。意味がよく判んないけど」

「そのころは長距離列車が三、四時間遅れるなんてのは日常茶飯事だった。たとえば、これはおれたちが実際に経験したことだが、九月下旬のある日曜日、山形県米沢市で国民リーグの公式戦が三試合予定されていたことがある」

ぼくが永井さんの話を簡潔にまとめてみましょう。その公式戦三試合とは、こうであったそうです。

第一試合（午前十一時開始）

宇高レッドソックス　対　結城ブレーブス

第二試合（午後二時開始）

大塚アスレチックス　対　唐崎クラウンズ

ところが米沢市に着いてみると、唐崎クラウンズのマネージャーから電報が入っていた。「台風で新信濃川増水のため、唐崎クラウンズの乗った列車、出雲崎駅で立往生。明日朝までには復旧の予定とのこと。開通したら次の試合地酒田市へ直行する。酒田市の公式戦には間に合う予定」とまあ、このような電文です。さて、どうするか。いちばん簡単な解決策は、変則ダブルヘッダーを組むことでしょう。どこかの一チームが犠牲になって、他の二チームと二試合やるわけです。ところがそのように変更すると客がぶつぶついうんですな。それはあなた、巨人が阪神、そして南海と、変則ダブルをやってくれるとでもいうのであれば、客は不平など鳴しやしない、かえって大よろこびですわ。

ところがどこの馬の骨とも知れない、わけのわからんチームがそんなことをいたしますと、地方の客は怒るんです。「おれたちが田舎者だと思って舐めてやがるにちがいない、やい、金返せ」と怒鳴る。中央に対するコンプレックスが、どこの馬の骨とも知れない連中めがけて爆発するんですな。球団のマネージャー諸氏、それに連盟本部から出向いてきた事務員たちはそうなるのが怖い。そこで飛んでもない奇手を思いついた。どこの都市《まち》にもノンプロ野球チームがありましょうが。福島でしたら福島日東紡、仙台ですと仙台鉄道管理局、花巻でしたら新興製作所、山形なら山形ハッピー、酒田であれば鉄興社、そして米沢ならば愛宕《あたご》クラブ。そういう土地の名門のノンプロチームに泣きついて対戦してもらうんです。

仙台市は例外としてもあとは狭い都市です。車で横断すれば七、八分。自転車でも二十分もあれば東外れの大根畑の農具小屋から西外れの南瓜畑の肥溜まで通り抜けてしまう。おまけにその頃の娯楽といえば、一が映画で二がラジオ、三が読書で四が夫婦喧嘩、五位以下がない。現在ですとテレビがあり、トルコがあり、サウナがあり、ゴルフがあり、車があり、音楽会がある。退屈しません。かえって遊びに追いかけられて休日の方が忙しかったりいたしますが、当時はそうじゃありませんからな。

「愛宕クラブが、なんだか知らないがプロ野球のチームと試合をするそうだ。応援に行かずばなるまい」

あっという間に噂が都市を駆けまわり、普段の三倍も観衆が詰めかけてくる。こういうわけで、プロ野球チームがノンプロチームと対戦するという珍妙な仕儀となる。しかも地元の名門チームは常日頃から白米をもりもりたべております。技術は多少劣っても体力があるんです。おまけに国民リーグの選手の面々、前夜からその日の朝まで十何時間も立ち詰めで揺られて来ております。気力と睡眠不足。さらに地元チームへの応援がすごい。こちらがファインプレーをしたりすると「帰りに駅で待ち伏せして袋叩きにしてやるぞ」と脅しをかけてくる。なかには白米一升詰め込んだズックの小袋を差し上げて「よォ、プロの投手よ、打者に打たせてやれ。打ちごろの球を投げてやれ。かわりに白米進呈するからよ」と、堂々と買収にかかる客もある。やりづらくて仕様がない。とうとう大塚アスレチックスは米沢で地元のクラブチームに五対四で敗れてしまいました。「おれが国民リーグにデビューしたのもこのときでね、二回までに五点取られた先発投手をリリーフしたのだよ。マウンドに上る寸前に、三宅大輔監督がおれを呼び寄せてこういった。

『ここはおまえの若い体力に期待するしかない。いいか、われわれはとにもかくにもプロなんだ。世の中には田を作ったり、漁に出たり、靴をこしらえたりしてまともに暮している人たちがいる。ところがおれたちはどうだ。朝から晩まで棒ッ切れで丸いタマを引っぱたいて暮している。つまり、いい年をして遊びに夢中になっている世の中の余り者さ。だが、いいか、永井、それだからこそ、この遊びに関するかぎり堅気の連中に負けてはならない。向うは片手間に野球をやっている者ばかりだ。その連中に負けでもしたら、余り者のたったひとつの誇りもなくなってしまう。そうなったらおれたちは正真正銘の人間の屑だ。もう生きていても仕方のない存在になる。死にもの狂いで投げてこい』

おれは三回から八回まで相手に一点もやらなかった。十九人の打者を打席に迎えて、三振を十五個奪った。内野ゴロが一つ、内野飛球が二つ。外野へは一回も打たせなかった。三塁へ内野安打を一本打たれたが、これは三塁手が居眠りしていたせいさ。ただ、大塚アスレチックスの攻撃が振わなくてねえ。向うの投手が米沢工専のエースだったとかで、これが結構、伸びのあるいい球を投《ほう》るのだ。例の『貧打軽快』の山田潔さんが、このときは目の色を変えて打席に入っていたね。そうして三本の本塁打を打った。ひとりで四打点をあげたんだよ」

「山田さんも、余り者のたったひとつの誇りを守ろうとしたのですね」

「そうだと思う。一点差のままで迎えた九回表の攻撃は、山田さんのひとり前の打者で終った。たしか三振だったはずだ。そいつがベンチへ照れかくしに欠伸をしながら引き揚げてきたとき、あの温厚な三宅大輔さんが怒った。いきなり平手打ちだ。

『貴様、どうして次の山田まで回そうとしなかったのだ。内角のシュートが二回も来ているのに、貴様はそれを死球に細工して見せることもできないのか』あのときほとんど泣いていたね、三宅さんは」

主人は、このときばかりは例のボール握りの訓練をやめ、永井さんの話に聞き入っておりましたよ。

「三宅さんにやる気がなくなったのは、あのときからだ。つまり、自分の傘下にあるプロ球団にノンプロと試合をさせるような連盟本部では、このリーグ、とても長くは保つまい、と思ったのだろうな。三宅さんや石本秀一さんたちの頭にはアメリカの二リーグ制があった。日本のプロ野球をもっともっと発展させ、より多くのファンを開拓するには日本にも二リーグ制を導入しよう、そういう信念を持っていたんだ。だから、この弱体のリーグをなんとかして長いあいだ続けて行こう、そのうちに選手の技倆もあがるだろう、スターも生れるだろうし、そうなればファンもつく。そしてやがてファンが『日本リーグと国民リーグと、どっちが強いだろう。一度、決着をつけさせてやりたい』と騒ぎ出す。日本プロ野球連盟もこのファンの声は無視できない。こうしていつかきっと国民リーグは日本リーグに正面から戦いを挑む時がやってくる。そのときこそ日本のプロ野球が真物《ほんもの》になる。理想の形になる。耐え忍ぼう、そのときまで頑張ろう。三宅さんたちはそう考え、輝かしい球歴に自分から泥を塗るに等しいようなこと、つまり海のものともまた山のものとも知れぬおんぼろ球団の監督を引き受けたのだ。それがたとえ多少の日銭が入るからとはいえ、ノンプロ野球チームを相手に戦えとは……」

「でも、永井さん、国民リーグの球団のオーナーたちは、最初は三宅さんたちと同じ考えを持っていたんでしょう。いつから変ったんですか」

「いやいや、最初から儲け仕事のつもりだったのさ。その証拠がある。国民リーグが発足してすぐ、予想していたよりお客がこないことに気付いた連中は給料の支払いを延ばすようになった。それればかりじゃない、たとえば大塚アスレチックスの場合でいえば、洋傘の現物支給になった。山田潔選手のような看板選手は別だが、おれたちペイペイは月給のかわりに洋傘を頂戴するわけだ。親会社の洋傘工場が不景気なら、それでも仕方がないが、そうではない、洋傘工場の景気は別に悪くないのに現物支給なんだからな。たしか四本だったかな」

「ケチなんですね」

「手を出してみたら意外に儲からない。それどころか持ち出しだ。プロ野球の発展のために、というつもりがあれば、この持ち出しにも意味はあるのだと思って目をつぶることができるだろう。ところが持ち出しが気になって仕方がない。ということはつまり儲けようという算盤を弾いていたわけさ」

「その洋傘、どうしたんですか」

「遠征のない日にね、西上亮一と二人で銀座四丁目の交差点へ出かけていき、道ばたに並べて売ったよ。恥しかったねえ」

永井さんは苦笑しました。が、急に暗い表情になり、

「ちょうどそのころだよ、西上亮一に事故が起ったのは……」

重い、石のような声で呟きました。

「バッティング投手という存在、これは皮肉なものだよ」

カローラの速度はふたたび亀のようにのろのろしたものになりました。外を見ますと、いつの間にかカローラは高速道路をおりて、横浜の市街地の車の洪水のなかに入っております。横浜スタジアムが近い、その横浜スタジアムで間もなくわがご主人、田中一郎さんの運命が決るのだ。そう思うと、ぶるぶるっと身体が震え出しました。ところが当の一郎さんは顔色ひとつ変えず、永井さんのことばに耳を傾けています。自信があるからでしょうか。あるいは度胸がいいのでしょうか。さもなくば鈍感なのか。そのときはこの田中一郎さんの盲導犬になってまだ丸一日もたっていませんでしたので、ぼくも見当がつきかねましたよ。

「投手というものは、打たれないボールを投げるために練習し、研究し、努力をする。それがどうだ、バッティング投手になったとたん、打たれることが使命となる。打者を押え込むような球を投げると怒鳴られてしまうのだ。ここんところがむずかしい。わかるかね、一郎」

「わかります。投手が打者に向って投球するということは、つまり戦さを挑むということでしょう。一種の闘争ですね。だから投手は、投手板に立つと自然に打者に対して闘争心を抱くように、自分で自分を教育してしまう。ところがバッティング投手はせっかくそうやって養った闘争心を捨てなくてはならない。ぼくは打者としての経験しかありませんが、でも投手の調子を調整するために、三振しにバットを振ってこいといわれたら気が抜けてしまうだろうなあ。決して大袈裟ないい方でなく、それまでの人生に対する考え方を変えなくてはなりませんから」

「ところがおれは不器用な性格《たち》でな、一郎のいうその『人生に対する考え方』ってやつを、そのときそのときで切り換えるという芸当が苦手だった。大塚アスレチックス時代、監督の三宅大輔さんから何度もバッティング投手をやるようにと仰せつかったものだが、そのたびに闘争心をまる出しにして打者に向って行ってしまうのさ」

「バッティング投手としては落第ですね」

「その通り。だが、おれの親友の西上亮一はそうじゃなかった。やつはぱっと考え方を切り換えることができた。公式戦で好投をするかと思うと、バッティング投手としても上手《うま》くやるのだな。チームの主軸打者の当りが止まっている。その打者に対して、打ちごろの素直な球をたてつづけに真中へ投げてやる。いくらスランプでもそこは主軸打者だ、真中の棒球ぐらいならポンポン打つ。そうすると西上のやつは打者に聞えるような声でこう言うんだ。『とっておきのいい球を芯に当てられちまった。もう帰らせてもらおうかな』、『いまの球がどうしてああ飛ぶんだろう。野球がわかんなくなっちまったな』……」

「打者は自信がつきますね」

「ああ。それで西上は重宝された。打撃練習というと、必ず西上がひっぱり出されるようになったねえ。やつは楽しそうにバッティング投手をやっていたが、しかし、おれと二人だけになると、さかんにこぼしていたよ。『ああ、やり方を間違えた。このままだと一生、おれはバッティング投手だぞ』ってね。疲れるからねえ、バッティング投手ってやつは。一分間に五、六球投げる。しかも一日の投球数は二百球を軽く超える。おまけに、それが毎日だ。肩がパンパンに張る、腕は鉛よりも重くなる。そして結局は肩そのものを駄目にしてしまう。一時、杉浦、秋山と大学出のサブマリン投手がプロに入って大活躍したことがあった。ではどうして大学出のサブマリン投手があれほど活躍できたか。おれが思うに、杉浦や秋山は大学でバッティング投手をしなかったせいだね。しなかった分だけ肩がだめになっていなかったのさ」

……」

「サブマリン投手の球はどうしても癖《くせ》球になる、だからバッティング投手には適《む》かない
「そういうことだ。高校から大学へ期待されて進んだ本格派の投手が、途中でほとんど

潰れてしまうのは、下級生時代にバッティング投手をやらされるためだとおれは睨んでいるのだが、それはとにかく、或る日、西上が事故に遭《あ》った。バッティング投手をつとめている最中に、だ。たしかあれは盛岡の市営球場での、試合前の打撃練習のときだった……」

そのとき二組の打撃練習が行われていたのだが、と永井さんは急に沈んだ声になりました。バッティング投手を勤めていたのは、西上亮一さんと永井さんだったそうですが、始まって間もなく、永井さんの投じた球を打者が真芯に当てた。

どすっ！

土嚢《どのう》を丸太棒で叩いたような、いやな音がしたかと思うと、隣で西上さんが地面に倒れていた。あっという間のことだったといいます。永井さんが駈け寄って声をかけたが、返事はない。西上さんは完全に意識を失ってしまっていた。打球は西上さんの左の米噛《こめかみ》を直撃したらしい。すぐに担架にのせて赤十字病院に運び込んだ。

「生命はとりとめたものの、それ以来、西上はまるで廃人同様の躰になってしまった。慢性硬膜下血腫という難しい病名をつけられて、それから数年、やつは近くの花巻温泉でぶらぶらしていた」

永井さんのはなしでは、この慢性硬膜下血腫というのは、外部からの打撃によって生じた出血が、やがて血腫となって脳内に残ることから起る病気だそうです。運のいい人ですと、この血腫が石灰化しながら自然に吸収されて治ってしまうらしい。が、西上さんは運が悪かった。手術をして血腫を取り除いても、癖になってしまったのか、血腫が再発する。そうなると、頭痛がし、手足が麻痺し、ひどいときは数十時間もぶっつづけで眠り込んだり、失禁したりする。とても普通人と同じような生活を送ることなどできやしない。

「永井さん、その盛岡の球場には防御用の金網がなかったのですか。そういう事故が起らないように、バッティング投手の前や左右に金網を……」

「昭和二十二年だよ、一郎。しかも地方の球場だ。そんなものがあるわけはない。おれは球団の上層部にかけ合った。これは一種の公傷だ、治療費と入院費は球団が出すべきだ、とな。ところが球団側はバッティング投手の生《い》き死《し》になどまったく眼中にない様子でね、『試合中ならとにかく、練習中の事故まで責任が持てるものか。だいたい、ぼけーっとして練習しているから、そういう目に遭うのだ』と言い張って、お見舞金を二百円、包んできただけだった」

　月給を洋傘で支払う、プロ球団なのに日銭を稼ぐためにノンプロと対戦させる、その上、球場内での事故にも頬かむりして知らん顔をする、ついにおれは爆発した、と永井さんはいいました。

「おれは国民リーグに選手の労働組合をつくろうと決心した」

「労働組合？」

「そうだ。月給をきちんと現金で支払ってもらいたかった。プロ選手としての誇りを持って生きていたかった。事故に遭っても安心して治療に専念できるような仕組みがほしかった。だが、たったひとりで掛け合ったところで球団側が相手にしてくれるわけはない。国民リーグに所属する四球団の全選手がたがいにしっかりと手を繋ぎ合って、球団と話し合いをするようにしなければ埒《らち》は明くまい、と思った。そこで国民リーグ選手会というのを結成しようと動きはじめたのさ」

「プロ野球選手会というのがありますよ」

「大洋ホエールズの松原選手が会長をしているやつだろう」

「そうです。なんでも社団法人化しようというので、このあいだ文部省に申請を出したようだけど」

「正確にいえば、おれたちの作ろうとしていた選手会のほうが、いまのプロ野球選手会よりも、なんというか、そのう尖鋭なものだったんじゃないかな。おれたちのはほとんど労働組合そのものだったのだからね。なにしろ当時は全国のいたるところで次々に組合ができていたし、それにおれたちはいまの選手諸君と較べてあらゆる点で恵まれていなかった。だからその分だけ尖鋭化していたのさ」

「それで、永井さん、組合はできたのですか」

「九分九厘までは、ね」

「というと」

「シーズン中は下工作に専念して、本格的に動くのはオフになってから、とおれはプログラムを立てていた。ところが、その年、つまり昭和二十二年の十一月二十五日、国民リーグの全日程が終った日に、国民リーグそのものが解散してしまったのだよ」

ここで永井さんは低い声で笑い出しましたが、その笑い声ときたら、泣き声のようでしたよ。

「解散と同時に大塚アスレチックスのオーナーである大塚幸之助氏は……」

「ああ、松戸市の洋傘製造王ですね」

「うむ、その大塚氏は金星スターズを買収しにかかった。つまり、国民リーグは思ったより金にならない。また、一緒にはじめた他球団のオーナーたちの懐中が淋しくなりだしていた。宇高レッドソックス、結城ブレーブス、唐崎クラウンズの三チームのオーナーたちが『来年までは球団を持ちこたえられそうもない』と悲鳴をあげはじめたわけさ。ただこの洋傘製造王の財布だけは健在だった。そこで大塚氏は結城ブレーブスを吸収した上で、金星スターズを買い占めにかかったのだね」

大塚アスレチックスには名遊撃手の山田潔がいる。結城ブレーブスには、好捕手の門前真佐人がおり、機械のように正確なコントロールの持主である林直明がいる。さらに遊撃手には濃人渉がいる。この陣容を金星スターズに加えたら、相当の好チームになるはずだと大塚幸之助氏は算盤をはじいたのだ、と永井さんは話をつづけました。とくに結城ブレーブスの主戦投手だった林直明という人、この人はたいしたものだったそうですよ。その証拠に——まあ、これはあとで調べたことですが——この投手は金星スターズに移ってすぐの昭和二十三年五月六日の対中日戦で最少投球数の新記録をつくっております。

一回　六球
二回　八
三回　六
四回　七
五回　七
六回　一一
七回　七
八回　五
九回　一六

で七三球投げただけで勝利投手になっちまった。投手の一試合における投球数は平均一二〇～一三〇球ですから、半分のタマ数ですませてしまったわけです。被安打が三で、むろん無四球ですから堂々たるものですな。もっともこの記録は間もなく柴田英治（阪急）と植村義信（毎日）によって破られてしまいましたが。二人とも七一球です。

「そのころ金星スターズのオーナーは橋本三郎さんという人でね、戦争中は奈良市に工場を持って、船舶に使う送風機などの補助機械をつくっていた。でその工場に、外野手の坪内道典、内野手の酒沢政夫や菊矢吉男、投手の内藤幸三などがいた。いずれも名選手だ。とくに坪内は好守好打快足の、いまでいえば阪急の福本か巨人の柴田といったところかねえ。たとえば昭和二十三年のベストナインは……」

と、永井さんはここで矢継早やに次の十一人の名前を挙げました。

投手　別所（南海）
〃　中尾（巨人）
〃　真田（太陽）
捕手　土井垣（阪神）
一塁　川上（巨人）
二塁　千葉（巨人）
三塁　藤村（阪神）
遊撃　木塚（南海）
外野　青田（巨人）

〃　別当（阪神）
〃　坪内（金星）

「……という具合にちゃんとこの人が入っている。内藤幸三という投手も傑物だったね。たとえば昭和二十一年には四一六イニングも登板している。これはセネタースの白木儀一郎について第二位の記録さ。それで一九勝二五敗。バックがよければ三十勝はしていたと思うが。とまあ、この四人を中心に橋本三郎さんという人が私財を投げ出して作ったチームがゴールドスター。二年目の昭和二十二年に金星スターズと改称して第八位、つまりビリ、たいへんな弱小チームだった。ところがオーナーのこの橋本三郎さんに金がなくなっちゃって、次の年の春のキャンプを設営する工面がつかない。そこへ松戸の洋傘王大塚幸之助氏が目をつけたのだね。もっとも、大塚氏の方が逆に罠《わな》にはまったのだという説もある」

「どういうことですか、それは」

「日本プロ野球連盟は国民リーグが邪魔っけで仕方がなかった。たしかに国民リーグは青息吐息、放っておいても倒れそうではあった。がしかし、大下弘や川上哲治が引き抜かれでもしてみなさい、立場が逆転する可能性がある。事実、松戸の洋傘王は何回もこの二人の大打者を札束で誘っていたのだ。そのとき松戸の洋傘王の提示した契約金はなんと二十万円……」

「たったの、ですか」

「当時の二十万円はいまの一億円以上に相当するんだよ」

「はあ」

「川上と大下は一応断ってくれたからいいものの、いつまた洋傘王は札びらをピラピラさせるかわかったものではない。これは早いとこ、ただひとり景気のいい洋傘王をこっち側に引きずり込んだ方がいい。それには春のキャンプを張る金もなくてヒイヒイいっているる金星スターズを、この洋傘王に買い取らせてしまおう。そうなれば目の上のたんこぶの国民リーグは主柱を失ってぶっ潰れる、一方、金星スターズは金主を得て存続できる。とまあこういう筋書をかいた人間がいて、洋傘王はその筋書にまんまと乗ったのだという見方もある」

「だれがそんな筋書を……」

「日本プロ野球の蔭の帝王正力松太郎だろうというのが、専らの噂だった。とにかく松戸の洋傘王は金星スターズを買収し、国民リーグは消滅した。金星スターズ、そのときの値段は百万円とも二百五十万円ともいわれている」

「ずいぶん開きがあるんですね」

「売った橋本三郎氏と買った大塚幸之助氏とで値段ががらっとちがうのだ。家に帰るとその資料があるのだが……」

その資料を、ぼくは後でこっそり覗いてみたことがあります。恒文社という出版社で出している『戦後プロ野球史発掘』なる本の第三巻の二一九頁で、松戸の洋傘王こと大塚幸之助さんが、鈴木龍二セ・リーグ会長を相手に、はっきりとこうおっしゃっている。

金星を手に入れたのが二百五十万円ですね。二十二年です。この金星を永田（雅一）さんに売ったのが翌年で約一千万ですよ。

ところが同じ『戦後プロ野球史発掘』の第四巻の一六五頁では、売った方の橋本三郎氏がやはり鈴木龍二セ・リーグ会長や大和球士氏などを相手に、

橋本　たしか百万円じゃなかったかな。
大和　それが二十三年の春。
鈴木　永田（雅一）さんだったらもっと出したよ。直接取引きなら。

と、こうおっしゃっている。この『戦後プロ野球史発掘』という書物は、『週刊ベースボール』誌に連載された「この人は証言する・戦後二十年プロ野球裏面史」（昭和四十年十月十日号より四十三年二月十二日号まで）をまとめたもので、いってみればプロ

野球関係者の公式発言集です。それなのに売り手と買い手がまるでちがう金額を公表しているところがおもしろい。「犬の分際で」とお叱りを受けるのを覚悟でぼくの意見を申しあげれば、奇々怪々、人間というものはよくわからん。

　ぼくが嗅《か》ぎ分けたところでは、売り手の橋本三郎氏の〔百万円〕が正しいんじゃないかしらん。永井さんがいっていたように、当時の二十万円はいまの一億円に相当する値打があった。ということは〔百万円〕は五億でしょ。プロ野球一チームの値段が五億。これは妥当なところじゃないかしらん。大塚幸之助氏の買ったという〔二百五十万円〕では十二億五千万円。最下位のチームに十二億五千万円は高すぎると思いますよ。ところで、大塚幸之助氏は、ご自分でもおっしゃっているように、翌昭和二十四年に金星スターズを一千万円で永田雅一大映社長（当時）に売っております。百万円で買ったものを一年後に一千万円で他へ転売する、そのころの物価の値上りの仕方というものは大変なものだったそうでありますが、しかしいくらなんでも一年間に十倍になるなんてことはない。諸経費を差し引いても、大塚幸之助氏はずいぶんいい商売をなさったようで。なんて詮索をするぼくのようなものを下種《げす》根性の持主というのでしょうが、とにかくこの松戸の洋傘王、相当の商売上手とみました。

「さて、おれは金星スターズへ移籍するメンバーには入っていなかった。自分でいうのは面映いがね、おれは新人ながら二十八試合に登板して九勝三敗だった」

「いまなら新人王は確実だな」

「だが、組合結成の主謀者だ。それで大塚氏はおれを敬遠したのだろう」

「ほかの球団からの誘いは?」

「それが山ほどあった。東急フライヤーズ、南海ホークス、阪急ブレーブス、太陽ロビンス、中日ドラゴンズ、大阪タイガース。金星スターズと読売ジャイアンツを除く六球団から誘いがあった。おれには西上亮一の治療費を稼ぐ必要があった。だから使ってくれるところがあればどこへだって行くつもりだった。きらいなバッティング投手でもいい、とにかく野球で金が稼げるならと思っていた。ところが、あるときから一斉に、この六球団がすーっと手を引きはじめたのだ」

「どうしてですか」

「おれも各球団の担当者たちに訊《き》いてみたのだが、みんな曖昧《あいまい》なことしかいわない。そこでおれは、恩師の三宅大輔さんに泣きついた。三宅さんはそのとき、金星スターズの総監督に祭り上げられておいでだったが、おれが訪ねて行くとじつに済まなさそうな顔をなさってねえ……」

三宅さんはそのとき永井さんにこうおっしゃったそうです。

「きみをどうしても金星へ引っぱって行きたかったのだが、大塚さんが大反対してねえ。こっちも下手すると路頭に迷う口のひとりなので、それ以上は強く推すことができなかった。許してくれたまえ。ただ、これはわたしの勘だが、大塚オーナーはきみのことを本気で敬遠しているわけではなさそうだ。大塚オーナーは商売人だ。すこしぐらい赤がかっていようと、新人投手のうちでも出色のきみを、金星に連れて行きたいという気が、心のどこかにあるみたいだね。きみが金星に入ったら、たとえば今年度、何勝するだろうか。大塚オーナーは十五勝という算盤をはじいている。わたしはそこまでは甘くはないが、ひょっとすると十三勝は行くかもしれないと考えている。つまり、大塚オーナーもわたしも、きみの肩には大いに未練があるのだよ」

「それじゃなぜオーナーは、ぼくを金星に連れて行ってくれないのです？」

「ここだけの話だが、ある人物が徹底的にきみを嫌っている。大塚オーナーもじつはその人物に遠慮し、きみのことを指をくわえながら見送ったのだよ」

「だれですか、それは」

「偉い人だよ。プロ野球の父、などと呼ばれている老人。彼はいま、A級戦犯として巣鴨に拘留されているが、球界における勢力たるや隠然たるものがあってね、赤い選手なぞプロ球界に入れてたまるか、と部下たちにいっているらしい。球場に赤旗が立つようになったらプロ野球はおしまいだ。これがその人物の信条なのだ。大塚オーナーにも、またほかの六球団のオーナーへも、彼の代理人がたぶん『組合を作ろうと目論《もくろ》んでいるような若造を入団させては、あとでなにかとお困りになることがおきますよ』というような申し入れをしているのではないかね。……わたしにいえることはここまでだ」

これだけ聞けば充分だ、と永井さんはそのとき思ったそうです。むろん、犬のぼくにだって、この怪人物の名はわかりますよ。ええ、正力松太郎さんです。その少し前、読売新聞社には有名な大争議がありました。読売新聞争議といいましてね、犬のぼくが人間の皆様に講釈しちゃァ話はあべこべですが、その争議の経緯をまとめてみましたのでちょいとごらんください。なお、ぼくが参考にしましたのは『岩波講座日本歴史・第二二巻』その他多数であります。

昭和二十年十月二十三日

全社員大会が開かれ、社内の戦争責任者として、正力松太郎社長以下全局長の退陣を決議。同時に「組合、共済組合の結成」「民主化と待遇改善」を要求した。

がしかし、正力松太郎社長は「ここで自分が敗れると全日本の産業は将棋倒しに共産党に乗っとられる。読売はその天王山である」という〝堅い信念〟をもってこれを拒否、闘争がはじまる。正力社長は退陣を拒否すると共に、鈴木東民ら五名のリーダーのクビを通告した。

同月二十五日

従業員の手によって新聞を編集する自主管理闘争に入る。読売の紙面は一変して民主的なものとなった。

十二月十一日

調停が成立、従業員勝利。翌日、正力松太郎社長、戦争犯罪人容疑者として指名され、巣鴨拘置所に入所。

昭和二十一年六月十三日

読売社長馬場恒吾、編集方針を問題として編集局長鈴木東民ら六名の解雇を発令。組合は反対闘争を展開。

六月二十一日

組合に対して、武装警官、暴力団、ＭＰなどによる激しい弾圧が加えられ、この日、組合員五十六名が検束される。

六月二十四日

読売社長馬場恒吾、会社の閉鎖を宣言。

七月一日
日本新聞通信放送労働組合、読売新聞社が前編集局長鈴木東民ら六名を解雇処分にしたのは、労働組合法違反であると、中央労働委員会に提訴。

七月四日
読売新聞社、組合幹部と闘争委員十六名の地方転勤人事を発令。

七月十二日
日本新聞通信放送労働組合読売新聞支部、ストを開始。十四日以降の新聞の発行が不可能となる。

七月十六日
読売新聞社従業員組合（スト反対派）、職場を強制接収。十八日から新聞再刊。

七月二十三日
社団法人日本新聞協会、創立総会開かる。「新聞倫理綱領」を決定。

九月二十六日
　日本新聞通信放送労働組合、①読売新聞・北海道新聞争議団の要求貫徹、②団体協約の即時締結、③賃金値上げの実施、④社内民主化の徹底、⑤人員整理をしないことなど五項目を要求。十月五日のゼネストを決定。

十月五日
　日本新聞通信放送労働組合ＮＨＫ支部がストに突入。内閣書記官長が「新聞放送ゼネストが継続される場合には、放送の国家管理など公安上必要な措置をとる」と発表。この日に予定した新聞ストに、朝日新聞（東京）などの不参加分会が出て、日本新聞通信放送労働組合は、結局ストをやめる。

十月十二日
　吉田首相、衆議院で「新聞通信放送、炭鉱などでストが頻発しているが、これは争議権の明白なる乱用である」と答弁。
　日本社会党は「政治的ゼネストに反対する」という声明を発表。

十月十六日

日本新聞通信放送労働組合読売新聞支部、会社側と作成した妥協案に正式調印。鈴木東民ら六名の馘首《かくしゅ》は依願退社とする、ことなどが決まる。その他に組合側は、幹部の首切り、編集陣の入替えを承認。

ごらんのように、ほぼ一年にわたるこの争議は、はじめのうち押しに押していた組合側が、次第に押し返され、結局は破れてしまいました。正力松太郎さんたちが勝ったわけです。がしかし、この争議以後、赤ぎらいの正力さん、ますます赤を毛嫌いするようになりました。そこで、国民リーグで組合を結成しようなどと騒いでいた永井さんをプロ球界から閉め出したわけですな。

「社会人野球からは誘いがあった。しかし、ノンプロは給料が安い。西上の治療費などとうてい出やしない。そこでおれは野球を断念した。昭和二十三年からは米の担ぎ屋をやった。花巻へ行って西上に面会し、帰りには白米を担いで帰京する。米を売って金が出来るとまた花巻行き、このくり返しさ。あれから三十年たった。だが、プロ野球にまだ労働組合はできていない。世の中というやつは、変ったようでいて変らないものだ。だがな、一郎、おまえがひょっとしたらプロ野球を変えるかもしれないよ」

「ぼくがですか」

「ああ。ただし、これからこの球場で場外へ五、六本、球を飛ばすことができればだが」

カローラがゆっくりととまりました。目の前には、巨大なコンクリ製の、目の粗いカゴのようなものが聳《そび》えています。すぐ横には、白い三本足の照明灯がそそり立っています。

「さあ、着いたぞ、一郎」

永井さんがエンジンを切りました。

「ちょっと待ってください」

わがご主人が改まった口調で申しました。主人は見えない目をひたと永井さんに向けています。

「正力さん側にとってみれば、永井さんを球界から閉め出したのは当然の措置です。また、永井さんの巨人軍に抱いている感情も、向う側からすればつまらない私怨でしょう。でも、ぼくは永井さんのそれが私怨だろうとなんだろうと味方します。きっと横浜大洋に入ってみせますよ。そして、巨人軍の投手を滅多打ちにしてやる……。言いたいことはそれだけです」

「一郎、気持はありがたいがね、大見得を切るのは、合格してからにしてほしいな。それから、ひとつだけいっておくが、この球場の外野のフェンスは三段階に分れているぞ。

いいか、二米まではラバーだ。その上、一米はコンクリート、さらにその上、一米十糎は金網だ。おれが何をいおうとしているかわかるか」

「はい」

「そして、センターラインが百十八米、ファールラインが九十四米だ。いいな」

「はい」

主人は真深かに帽子をかぶり直しました。ところでなぜ、永井さんは外野のフェンスが三段階になっているぞと念を押したのか。それは次章において明らかになります。

日本プロフェッショナル野球協約

横浜スタジアムの、バックネットと一塁側ベンチとの間の出入口から緑の人工芝を一面に敷きつめたグラウンドに入りました。本塁板《ホームベース》の数米後方にバッティングゲージが置かれ、その中で背番号26をつけた選手が、打撃練習をしておりました。捕手は背番号61、そして投手は背番号43でありました。つまり、田代富雄内野手が、松島英雄打撃投手と魚《うお》満芳捕手のバッテリーを相手に打ち込みの最中だったのですな。これはあとで知ったことですが、この松島英雄投手は輝かしい球歴の持主でしてね、広島カープの池谷公二郎《いけがやこうじろう》投手とは、静岡商業時代、同学年生だった。しかも池谷をおさえてエースだった。第五一回（昭和四十四年）甲子園大会にもエースとして出場いたしまして準決勝まで進出しております。準決勝で当った相手が松山商業、4—1で敗れましたが、好投手として大いに喧伝されたといいます。ちなみにこの年の甲子園大会の優勝校はこの松山商業で、決勝戦で太田幸司投手を擁する三沢高校と延長引き分け再試合の末、二日がかりで優勝旗をかちとったのでありります。ついでに申しますと、前年の第五〇回大会にもこの松島英雄は三塁手の五番打者として出場、決勝戦まで進出しておりますぞ。このときは、只今巨人軍のエースであります新浦寿夫左腕投手が主戦投手で九番打者、中日ドラゴンズの藤波行雄外野手が右翼手で三番でしたな。

まあ、昔話はとにかく、この松島投手の投ずる球を田代内野手、発止発止と外野へ打ち返しておりました。バッティングゲージの後方には背番号50のユニフォームを着た、温顔猫背の別当薫監督が、背番号93、すこし肥り気味の土井淳《きよし》ヘッドコーチと、田代内野手がバットを振るたびになにか話し合っております。

「一郎、おまえはここでバットの素振りでもしていろ」

出入口のところで永井さんがわが主人田中一郎さんにいいました。

「おれはテストの件を別当監督に頼んでくるからな」

「おねがいします」

さっそく主人は肩からバットケースをおろし、一本抜いて、ビュッビュッと素振りをはじめました。ぼくは永井さんの先をこして別当監督と土井ヘッドコーチのそばへ行きました。

「おねがいがあります」

永井さんは野球帽を脱いで頭をさげながらゲージに近寄ってきました。

「選手をひとり見ていただけませんでしょうか」

別当監督は土井ヘッドコーチを見やって、

「さあて、いきなりそういわれても……」

と呟きました。永井さんはすかさずぐいと詰め寄って、

「多摩川のジャイアンツ練習場では門前払いを喰いました。体《てい》よく追い払われたわけです。そのとき、ぱっと閃いたのはこちら横浜大洋ホエールズのことでした。池田茂投手、藤岡康男投手、河守峰男投手、新井克太郎投手と、ホエールズの次代を背負うことになるはずのこれらの若手投手はすべてテスト生です」

と息をもつがずまくし立てました。

「ほかにも捕手では浅利光博、外野手では高木嘉一《よしかず》に河村秀則と、テスト生が多い。おそらく十二球団で無名の新人にもっとも理解があるのはホエールズだろう。そう考えたのです。道みち、どうして自分は真っ先にこちらの門を叩かなかったのだろうと反省しながらここへやってまいりました。別当さん、わたしに五分間だけ時間をください。決して損はさせません」

永井さんの口調には火のような熱意がこめられております。

「五分間か。それぐらいなら、まあ、いいじゃありませんか、ねえ」

土井ヘッドコーチがとりなしてくれました。別当監督は眼鏡を外し、ズボンの尻のポケットから引っぱり出したハンカチでレンズを丁寧に拭いております。わくわくしましたよ、このときは。ぼくの「わくわく」の原因はふたつありました。ひとつは、申しあ

げるまでもない、別当監督が「イエス」と首を縦に振ってくださるかどうかということであります。もうひとつは、自分が日本の野球界が生んだ大打者のひとりのすぐそばにいるということ、後肢《あとあし》の一本をあげてシャーッとやれば、そのシャーッの飛沫がひっかかるぐらいの近さのところに不世出の天才打者がいるということ。このふたつでぼくはわくわくしていたわけであります。

などと申しますと、

「雑種犬がなにをいうか。それもこの世に生をうけてまだ一千日にもならぬ若造の犬コロが、別当監督をつかまえて、日本の野球界が生んだ大打者のひとりだの、不世出の天才打者だのと、きいた風なことを吐かすな。犬コロごときに別当薫の偉大さがわかってたまるか」

と腹をお立てになる読者があるかもしれません。そこでお断りいたしておきますが、ぼくはこれで結構、戦後すぐの日本野球界の事情に委《くわ》しいのであります。前の飼主が、プロ野球の審判に熱狂的な憧れを抱き、審判テストに合格しようと、一所懸命に野球を勉強していたことは前に申しあげた通りですが、こういうわけでその前飼主は野球雑誌をたくさん所持しておりました。それをぼくはチラッチラッと盗み見いたしましてね、系統立った「野球学」となるとはなはだあやしいが、しかしこの雑学と申しますか、断片的知識と申しますか、そういうことだったらそのへんの生半可な野球ファンなんぞにゃ決してひけを取るものじゃない。そうです、こうしましょう。別当薫という人物について、ぼくはこれからふたつみっつエピソードを申しあげることにいたします。そのエピソードによってぼくの雑学がどの程度のものであるか、浅いか、深いか、御判断いただきたいもので、はい。別当薫、大正九年はサル年の生れであります。ぼくは犬、相手はサル、俗にいう犬猿の仲。本来ならそれだけで敵意を抱くのでありますが、相手がこう大物ではそういう敵意も吹き飛んでしまいます。この別当さん、大阪でも名の通ったさる材木商の御曹子です。昭和二十一年春、彼が慶応大学四年生のとき、父君が急死いたしました。そこで彼は八月に卒業論文を提出しますと九月の卒業式を待たずに、例のペンのぶっちがいのマークのついた学生服を脱ぎ捨て、兵庫県宍粟《しそう》郡上野にあった製材所に籠りました。姫路市から因幡街道を北へ三十粁も入った山奥で、そこに別当家の持《もち》山《やま》があったのですな。良家のぼんぼんが制服のかわりにハッピを着、皮靴のかわりに地下足袋はいて、材木かつぎをはじめたわけです。この別当製材所のお得意は鐘紡高砂工場でしたから、宍粟から高砂工場へ材木を山と積みあげたトラックで往復もいたしました。往復八時間、トラックの荷台に貼りついているわけですから、これは相当の力業です。

一方、こうした激しい仕事のかたわら、野球にも打ち込みました。「オール大阪」というアマチュアチームの四番打者で主戦投手です。そのころのオール大阪の三番打者が昭和二十三年に南海に入ってすぐ正外野手になった笠原和夫。ですからこのオール大阪、相当にレベルが高かった。事実、昭和二十二年の夏の第一八回都市対抗野球大会には大阪代表として後楽園球場にやってきております。一回戦の相手は全桐生《オール》で、これを8―1で屠《ほふ》り、二回戦は大洋漁業で優勝候補と目されておりましたが、これまた4―2で破った。当時は出場チームがすくなかったので三回戦が準決勝です。相手は鐘紡高砂。一回戦、二回戦とマウンドを死守した別当薫投手、どういうわけですか、このときは先発しなかった。彼《か》の高名なる野球評論家（これではちょっと皮肉じみた言い方になりますな、「ぼくのもっとも好きな野球評論家」と言い直してもよい）の大和球士さんは「……準決勝戦に進出したがここで策戦に失敗した。相手は鐘紡高砂であり、組みし易しと見て、エース別当を決勝戦に備えて温存することにしたのが悪く」（『プロ野球三国志』第七巻）と書いておられますが、ぼくはなかなかそうではあるまいと睨んでおりますよ。別当製材所のお得意先は、さっきもいいましたように鐘紡高砂工場であります。別当投手はお得意さんを苛めるのを避けて、準決勝戦に登板しなかったのではないかしらん。

いずれにしても全大阪《オール》は8―11で鐘紡高砂に敗れました。がしかし、このときの後楽園球場での猛打ぶりはプロ球団の注目するところとなり、家業の方もどうやら目鼻がついたということもあって、翌昭和二十三年、いよいよ別当は阪神タイガースに入団いたします。月給は二万円でした。当時は公式戦の開幕前に、いろんなスタイルのトーナメント形式のオープン戦がありました。阪神、南海、阪急、東急の「四電鉄対抗戦」でしょ、それから「毎日トーナメント大会」でしょ、「中日大会」でしょ、「読売大会」でしょ。別当はまず「四電鉄対抗戦」で阪急の天保投手（投げるたびに帽子が横を向いたっていいますから、いまの巨人堀内投手の先輩ですな）からセンターオーバーの大ホームランをかっとばした。以下、

②対中日戦、服部投手から（毎日大会）
③対南海戦、柚木《ゆき》投手から（〃）
④対阪急戦、野口投手から（〃）
⑤対巨人戦、緒方投手から（中日大会）
⑥対ロビンス戦、真田投手から（〃）
⑦対東急戦、吉江投手から（読売大会）

と十試合で七ホーマー、おまけに毎日大会と中日大会では最高殊勲選手、川上も大下も青田も山本一人もみんな霞んじゃいましたな。長島茂雄、太田幸司と入団と同時に大さわぎになった選手は多いけれども、この別当薫ほどそのデビューを騒がれた選手はい

なかっただろうと思いますよ。それ以後の別当薫についてはみなさんよくご存知でしょうから多くは申しませんが、まあ、重い材木を扱っていた腕でバットを振りまわせば、軽く感じられて仕方がない。それでデビューと同時にあれだけポンポン、ホームランが打てたのでしょうな。彼が監督になったのは昭和二十九年からであります。が、監督転向後はあまり恵まれておりません。日本のプロ野球界で通算一千勝以上の勝星を自分が司るチームにもたらした監督は、宇佐美徹也さんの『プロ野球記録大鑑』（講談社刊）によりますと、七人おいでになる。その七人とは、

①鶴岡一人　一七七三勝
②三原　脩　一六八七勝
③藤本定義　一六五七勝
④水原　茂　一五八六勝
⑤川上哲治　一〇六六勝
⑥別当　薫　一〇六三勝
⑦西本幸雄　一〇五八勝

の方々でいらっしゃる。もっともこの数字は昭和五十一年度までのものですから五位

以下は多少入れかわると思いますけれども、この七人の大監督のなかで日本シリーズに出場の経験がないのは――ということは、リーグ優勝したことがないのは――別当薫ただひとりです。川上哲治が監督生活十四シーズンで十一回リーグ優勝し、日本シリーズをも十一回制覇しているのと較べますと、ずいぶんちがいますな。一方はすこぶる強運、他方はまったく悲運、天はまったく不公平であります。ついでにいま思いついたことを申しあげますと、この宇佐美徹也さんの『プロ野球記録大鑑』はじつにもう大変な名著であります。が、同時に大変にひどい書物でもあります。なぜひどいか。索引がついていないのですなあ。こういう書物は索引がないと値打が半減いたします。野球狂の一匹として、この記録大鑑の索引付きの一九七八年度版の発行を切望しております。

「それで君が見てほしいといっているのは投手かね、それともこっちの方かい」

別当監督はバットを構える仕草をし、ひょいと左足をあげてみせました。

「打撃に天分のある青年です」

永井さんが答えました。

「名前は田中一郎です。あ、申しおくれましたが、わたしは永井といいます」

「よし」

別当監督はあげていた左足をおろしてバットを振る真似をした。左足を軽く持ち上げておいてタイミングをとる。これは現役時代の別当外野手の得意のフォームです。ぼく、打つときに足をひょいとあげる打者って好きだなあ。ぼくは犬だから一日何回も肢《あし》をひょいとあげるでしょう。それで親近感を持つんでしょうね。

「田代、そろそろあがっていいぞ。もう七十本は打っているだろう？」

別当監督がゲージのなかの田代内野手に声をかけました。

「それに今日はだいぶ感じが摑めてきている」

「はい。あと一本であがります」

田代内野手が鰓《えら》の張った顎をこっちに向けた。張り出した顎の先から汗が落ちている。その汗を拭こうともせず、田代内野手はふたたびバットを立てます。立てたバットがプルンプルンと磁石の針のように小さく、こまかく揺れている。松島英雄打撃投手が素速いモーションから内角の低目へシュート回転の半速球を投げ込んできた。田代内野手はバットでからめとるようにして、キーン、その球を弾き返しました。球は高々と春の、霞のかかった薄ぐもりの空へ舞いあがります。田代内野手ならではの、滞空時間の長い、大飛球です。やがて白球は左翼席中段に落ちました。

「一郎、こっちへおいで」

田代内野手がゲージを出るのを見届けてから、永井さんが主人を呼び寄せました。

「お許しが出たぞ」

主人が頷いてこっちへやってきました。

「ほう。なかなかいい身体してるじゃないですか」

土井ヘッドコーチが目を細くして主人の一挙手一投足を見ております。

「腰が凄いや。監督、中年のおばさんみたいに太くてどっしりしていますよ」

「おもしろくなりそうだねえ」

別当監督が唸るように言いました。

「ユニフォームの下で肩の筋肉が松の根っ子かなんかのようにポコンと盛り上っているのが見えるかい」

「それはもう……」

土井ヘッドコーチが相槌《あいづち》を打った。主人は別当監督と土井ヘッドコーチに頭をさげてゲージに入りました。

「松島、思い切りほうるんだ」

別当監督が大声をあげました。

「手加減するな。自分のいちばんいい球をほうれ」

松島英雄投手は頷いて大きくゆっくりと振りかぶりました。わがご主人は左打席のやや後方に、本塁板から二十糎ほど離れて立ち、右耳を投手に向けて自然体で立っております。右耳を投手に向けて立つということは一見立ったまま居眠りしているようであります。松島投手が途中で投げるのをやめました。

「打つんですか、打たないんですか。打つんならこっちをちゃんと睨んでくれませんか」

「構わずにほうってやってください」

永井さんが叫んだ。

「一風変った構えですが、本人にとってはこれが最上の打撃フォームなのですから」

「しかし、どうも気になります。もし球が当ったりしたら……」

「そんなことはあり得ません。きっと当る寸前によけますよ」

「そうですか」

松島投手がふたたび投球動作に入りました。がしかしやはり主人の構えが気になるらしく投じたのは力を抜いたスローボールでありました。主人はそれを引きつけるだけ引きつけておき、ばしっと叩きました。球は砲塔から打ち出された弾丸のように右翼席ポール際の金網に掲げてあるルー・ゲーリッグのレリーフめがけて飛び、どすんと呆れるほどの大音と共にゲーリッグの鼻の頭に命中しました。あと数十糎高ければ本塁打です。

「どうしたんだ、あれは」

別当監督が土井ヘッドコーチに向って呟きました。その顔色は、白いというのを通り越して、雪だるまに白粉を叩いたようです。

「あの男は、最後までボールを見てはいなかった。なのにどうして今みたいな当りを飛ばすことができるんだね」

「わかりません」

土井ヘッドコーチの顔の白さときたら監督以上です。よほど驚いたのでしょう、目の下の筋肉がぴくぴくとひきつっていました。

「いまのような速い打球をみたのは初めてです」

「おい、松島、なにをぼんやりしているのだ」

投手板では松島投手がまだ右翼ポール際へ目を向けたまま呆然としておりました。が、別当監督からすこし上ずった声をかけられてはっとわれにかえり、二球目の投球動作に入りました。松島投手、もう遠慮はしていない、渾身《こんしん》の力を指先にかけて外角へシュートを投げ込みました。ぱしっ。鞭《むち》を鳴すような音が主人の振ったバットから発した。打球は定規で引いた線よりもまっすぐに左翼線の上を突っ走り、左へ切れもせずそのまま直進するとポール際の金網に掲げてあるベーブ・ルースのレリーフに当って、塀際の人工芝の上に落ちました。

「故意に左右へ打ち分けたのだろうか」

別当監督の表情に怯《おび》えの色が見えていた。動物いじめの飯より好きな腕白少年に橋の真中でばったり出会った弱虫の小犬のようにおどろいているのです。

「それとも偶然か」

「偶然ではありません」

永井さんだけは平然たるものです。

「狙って打ったのです」

「そんなばかな」

別当監督は塩の塊を頬張ったような苦い顔になりました。

「不可能だよ、きみ」

「もっとどんどん投げるように打撃投手におっしゃっていただけませんか。一球ごとに球の行方に見とれていられちゃ間が空いて仕方がない」

「よし」

別当監督にかわって土井ヘッドコーチが投手板に向って怒鳴りました。

「おい、松島、休むな。次々に投げ込め」

主人は三球目を右翼席の最上段の看板「UCCコーヒー」の「コ」に、四球目をUCコーヒーの隣の「オーシャンウイスキー」の看板の「ン」に、五球目をさらに左隣の「日本海上火災」の「海」に、六球めをそのまた左隣の「中華料理華正楼」の「正」に、七球目をその次の「ゼットスポーツ」の「ポ」に、八球目をその隣の「東天紅」の「紅」に、九球目を「朝日リビング」の「朝」に、そして十球目を「DUNLOPタイヤゴルフ」の「タ」に、打ち返して行きました。十一球目はバックスクリーンの上の

「Come on in. Coke」の「i」に命中させせました。十二球目は順番としては、スコアボードの左隣の「マッザカヤ」の看板だな、と全員がそのあたりを注目しておりますと、主人はどういうわけでしょうか、最左翼の「ササニシキの庄内米」と書いた看板の「米」にぶち当ててました。ははあ、するとこんどは左から右へ、「新日本証券」「ＭＭＣコーヒー」「ヤバネスポーツ」「世界の名車ＢＭＷ」「東天紅」「横浜会館」「マッザカヤ」の順で行くのだな、と「新日本証券」を気にしておりますと十三球目は空振り。十三は不吉な数、という西洋《あちら》の迷信の顔を立てての、これは空振りだったかもしれません。というのはこの日、空振りしたのはこの第十三球ただひとつでしたから。

バッティングゲージの右横、一塁側のウェイティングサークルのあたりではノックバットを手にした背番号41の沖山光利《みつとし》コーチが、右翼へポンポン飛球を打ち上げておりました。また一塁ベンチの前では背番号17をつけた斎藤明雄投手が背番号58の松盛《まつもり》茂捕手を相手に小遠投を試みておりました。が、これらの選手やコーチたちも、主人の正確無比にして豪快無双なバッティングに気づいて、いつの間にかゲージの後方に寄ってきていました。だれもが蠟《ろう》のような、血の気を失った顔をしておりました。いま目の前で起っていることが信じられない、だが夢ではないのだからやはり信じなければならない、というふたつの相反する考えに両側からはさまれ、しぼりあげられて、みんな血の気を失っているのです。

主人が空振りしたとき、ほんの一瞬ではありましたが、ゲージの後方にいかにも吻《ほ》っとしたような溜息がいくつかあがりました。きっとゲージのなかにいるのが鬼神でもなければ魔法使でもない、ただの人間だということを束の間でも確認して、うれしかったのでしょうな。

「別当さん、いかがでしょうか」

永井さんが辺りの空気がちょっと和んだのを見てとって別当監督にいいました。

「この田中一郎は打撃の天分には恵まれていると思うのですが、別当さんはどうごらんになりましたか」

「恵まれている、なんてものじゃない」

咽喉の奥からしぼり出したような嗄《しゃが》れ声でした。

「王貞治さえ、この青年の前では赤ん坊同然だよ。それほどの逸材だ」

「肩も凄いですよ。あとで遠投をさせてごらんなさい。百米は軽く投げます」

「走力は……？」

「残念ながらそれは普通並みですね。なにしろ犬に先導されて走塁しますから」

「犬？」

別当監督は臆病犬のように吠えました。

「犬に先導されて、とはどういうことだね」

「田中一郎は盲人なのです」

永井さんの声が耳に入ったのでしょう、主人は帽子をとって別当監督に向き直りました。主人の閉された眼のまわりは汗でうっすらと濡れています。

「信じられん」

しばらく沈黙がゲージの後方を支配しました。やがて永井さんがすまなさそうに申しました。

「驚かせてすみませんでした。がしかし、悪気があって伏せていたのではないのです。盲人打者のテストをお願いします、とはじめたのでは門前払いになるだろうと思ったのでして。現に多摩川では頭ごなしにぴしゃりと断られていますし。別当さん、どうでしょうか。田中一郎は一塁の守備も難なくこなします。こちらには松原誠という、おそらく両リーグで一、二を争う名一塁手がいますから、一塁手には用はないとおっしゃるかもしれませんが、それならば外野手をやらせてみてください。巨人の張本選手よりは上手に守ると思います。いや、代打専門でもいい。とにかくわたしはこの田中一郎をプロにしたいのです」

別当監督は腕を組んでうーむと唸り出しましたが、そのときでした、人垣の外から、

「盲人打者は日本プロフェッショナル野球協約に抵触するかもしれないよ」

という声がしたのは。

契約

「盲人打者は日本プロフェッショナル野球協約に抵触するかもしれないよ」

といいながら別当監督と永井増吉さんの間に割って入ってきたのは、中年の紳士であります。どんなに安く見積っても二十万円はしたにちがいないような、上等の背広服を上品に着こなしておりました。

「ほら、野球協約の第八十何条だかに『不適当な身体または形態をもつもの』は不適格選手であるとかないとか書いてあったじゃないか」

「ほう、そうでしたっけ」

別当監督、例の猫背をさらに丸くし、顎を撫でました。それからふと気付いて、

「あ、永井君、こちらは球団代表の横田茂平さんです」

永井さんをその紳士に紹介しました。

「はじめまして」

永井さんは横田代表に頭をさげて、

「たしか不適格選手について書いてあったのは第八十三条だったと思います。その第八

十三条、全部、憶えておりますが、こうではありませんでしたか」

淀みのない口調で次の条文を唱えたのです。

第八十三条　不適格選手。球団は左に掲げるものを支配下選手とすることはできない。
(1)医学上男子でないもの。
(2)不適当な身体または形態をもつもの。
(3)連盟会長が野球の権威と利益を確保するため不適当と認めたもの。

横田代表はちょっとばかり鼻白んだようでしたよ。（おまえはこの第八十三条をあらかじめ承知の上で、盲人青年を球場へ連れて来たというのかい。たいした度胸だよ。だがしかし……）といったような、すこし永井さんに呑まれたような表情が、横田代表の面《おもて》をよぎっていたみたいでもありました。

「きみにはなにか秘策がありそうだね」

別当監督の方は、テレビのコマーシャルでおなじみの例の保谷《ほや》めがねを指先で押しあげながら、たのもしそうに永井さんを見ております。ぼくはうれしかった。だって別当監督がわが主人田中一郎さんを気に入ってくれていることが、その仕草や顔色からもはっきりわかりましたから。

ビュッ。ビュッ。ビュッ。

バッティングゲージのなかでは、わが主人田中一郎さんがバットの素振りに余念がありません。別当監督や横田代表の顔色を、まるで気にしていないところが、まことにたのもしい。

「あの田中一郎という青年は空おそろしくなるような打撃センスの持主だ。うちの選手でいえば、松原誠よりも確実で、絶好調のときの田代富雄よりも高く遠く球を飛ばし、高木嘉一より迫力がある。これはぼくの勘だが、代打者として、年間百打席で三十五、六本の安打は見込めるだろう。打点は二十三、四といったところかな。つまり代打専門で三割五、六分は稼ぐことができるはずだ。永井さん、これはたいへんな数字ですよ。となると……」

「となると、他球団がガタガタ言い出すのは目に見えています」

まるまると肥えた土井淳ヘッドコーチが別当監督のことばを引き継ぎました。

「羨《うらや》ましがって文句をつけてくるにきまっている。巨人なんかがさっそく『盲人を選手にするとはなにごとか。プロ野球の品位をけがす』などといいだしましょう。その第八十三条を楯《たて》にとってやいのやいのうるさいことをいってくるはずです。それをどう切り抜けますか」

「ちょっと待っていただきたい」

永井さんが右手をあげて土井ヘッドコーチを制しました。

「監督さんはいま、田中一郎を代打者として使いたい、というようなことをおっしゃっていましたね」

「だってきみ、目が見えないんじゃあ、代打に使うよりほかに……」

「第八十三条をどう切り抜けるか、その策もないではありませんが、それについてお話しするのは後にしましょう。その前に田中一郎の守備を見ていただきたい」

「守備……」

土井ヘッドコーチが絶句しました。保谷めがねの下の別当監督の両眼は驚きのあまり、レンズより大きくなりました。横田代表はただぽかんと口を開いているだけです。

「そう、田中一郎に一塁を守らせてみてください。それから外野ノックもおねがいします。広島カープの山本浩二やヤクルトスワローズの若松勉ぐらいはやりますよ。巨人の柴田勲や阪急の福本豊だって田中一郎にゃかないません。巨人の張本勲や中日のトーマス・マーチンやヤクルトのチャールズ・マニエルなどは、田中一郎に較べれば幼稚園の園児みたいなものです」

「ためしてみましょ」

別当監督の頬がぴりぴりと慄えたようでしたね。別当薫といえば、前回も申しあげたように、川上、大下、青田、別所、金田、中西、豊田、山内、村山、長島、王などと並ぶ戦後の日本プロ野球を代表する大選手です。プロ野球の今日の隆盛を、わが手で築いてきたのだという自負がある。永井さんのことばはその自負心を僅かながら傷つけたようです。

「土井君、若手の野手を集めてくれますか」

「はい」

土井ヘッドコーチは、一塁側のベンチの前からこっちを見てなにやらひそひそ囁《ささや》きあっていた選手たちの方へ走って行きました。

そして五分後、横浜スタジアムの内外野は次の各選手によってかためられました。えーと、

投　手　新井克太郎（大宮工）
捕　手　三浦　正行（電電北海道）
二塁手　岩井　隆之（法大）
三塁手　谷岡　　潔（松山商）
遊撃手　斎藤　　巧（県立洲本実）
左翼手　河村　秀則（デュプロ）
中堅手　若林　憲一（甲府商）

右翼手　森　浩一（北斗）

だったな、たしか。横浜大洋ホエールズの次代を、あるいは次の次の代を担う若手選手が総出場です。わが主人田中一郎さんは、長崎慶一選手のグラヴを借りて一塁ベースに立ちました。ぼく？　もちろん、主人のズボンのベルトに結んだ紐《ひも》の端に首を繋がれてグラウンドに入りましたよ。最初に打席に立ったのが山下大輔選手。この人が、新井克太郎投手の球をカキン、カキンと左右に打ち分けます。そのときの音で、主人はどこへどのようなゴロが（あるいはフライが）行ったかわかります。がしかし、そこには念には念を、英語で申しますと、Make assurance doubly sure でありまして、三塁ゴロの場合は二塁ベースの方向へ、ショートゴロのときはライト方面へ、二塁ゴロですと右翼のファウルライン沿いにぼくが動くんです。主人は、音と同時に、ぼくの動きによっても打球がどこへ飛んだか知り、かつ確かめるわけで。

さて、次は内野がゴロを捕球し、打者走者を刺すべく一塁へ投げます。このときも主人は自分に向って近づいてくる球の音を聞いて、その球の高低左右を判断し、しかるべく捕球いたします。が、このときもぼくが手伝っちゃう。右へ逸《そ》れる球であれば右へ寄り、左へ来たら左へ走る。高い球なら飛びあがり、ワンバウンドなら「ワン」と吠えるのであります。ものはついでだから申しますが、ツーバウンドになりそうだったら「ワン、ワン」と二声鳴くのであります。

一塁ゴロ、一塁手捕って、一塁カバーの投手へトス、というような連繫プレーのときは、もう吠えも嘶《いなな》きもしませんや。くどいようですが、主人は音だけでもプレーができるんですから、すべてお任せして邪魔にならぬよう、三尺下って師の影を踏まずという心境で、つかずはなれず動いているだけです。

七番目に打席に立ったのが彼《か》の好打者中塚政幸《まさゆき》選手でありましたが、このとき、土井ヘッドコーチが妙な真似をした。中塚選手が左打席で構えている、これは当り前だが、土井ヘッドコーチはボール一個握って、そっと、忍び足で右打席に入ったのです。で、中塚選手が新井投手の一球目を一塁の方向へバントした途端、手にしたボールを打球の転がって行く方向へ軽く投げた、土井ヘッドコーチの投げたボールはやがて打球を追い越した……。

つまり、偽物のボールと本物のボールが一塁ベースに向ってコロコロと同時に転がっていったわけです。田中一郎は慌てただろうって？　冗談じゃない。主人の聴力ときたら、ステレオの広告ではありませんが、

透明な音をあくまでクリアに繊細な音の表情をそのままにテープヒスノイズを低減するドルビー雑音低減システム

A級動作の美しい音質と
B級動作の力強いパワーの良さとをあわせ持ったAB級動作採用
超低減に対しても低歪率で
　十分なパワーを確保して
　過渡ひずみや位相ひずみを低減
中・高音域でも音の立上りの良さを高め、透明度も向上

というやつ、偽物ボールをやりすごし、本物ボールを捕って、自分の横を走り抜けて一塁めざしてかけこもうとしていた中塚選手のお尻にポンとタッチした。

　このときはステレオで嘆声が聞えましたなあ。へえ、一塁側から見守っていた首脳陣、三塁側で眺めていた若手選手がいちどに嘆声をあげたものですから、ステレオになっちまったんで。

　レギュラー打線が三巡したところで一塁手テストはおしまい、主人はこんどはライトへ立たされました。ノッカーは重松省三二軍コーチでしたが、むろん難なくこなしました。別当監督は都合四回手を叩いておりましたね。三回は外野フェンスに当ってはねかえった球を主人が見事に処理したときで、ご存知でしょうが、横浜スタジアムの外野フェンスはなかなかの曲者なんであります。

二米まではラバー、その上一米はコンクリート、さらにその上、一米十糎は金網と、外野フェンスが三段階にわかれている。コンクリートの部分に当った打球がどうはねかえるか、これは予想しやすい。が、その下のラバー部分、その上の金網部分に打球がぶつかると、とんでもない角度で人工芝の上に落ちてくる。そこで外野手は、

①打球がどの部分に当るか

②どうはね返ってくるか

このふたつを瞬時のうちに計算しつつ、クッションボールを処理しなければならない。晴眼者（目明き）の外野手でもまごつくこのクッションボールの処理を主人は見事にやってのけました。別当監督はそのたびに手を叩いて喜んでいた。

もう一回は主人が右翼ポールの真下からバックホームしたとき。ポールからホームまで九四米ありますが、主人が返したボールは、三浦正行捕手のミットにノーバウンドでスポッとおさまっちゃった。ストライクの返球です。別当監督は外野から戻ってくる主人を一塁あたりまで走り寄って出迎えました、パチパチと手を叩きながら、ですよ。それから土井ヘッドコーチが、横田代表が、ノッカーの重松コーチが、そしてそのとき、グラウンドにいた全選手が監督にならって主人に拍手を送っていました。

これは余談になりますが、主人の田中一郎さんが盲人だったのは幸いでした。といいますのは、この球場、なかなか癖があるんです。外野フェンスも曲者なら、バックスク

リーンもそれに劣らぬ曲者でしてね、バックスクリーンの左右が日産自動車の広告ではさまれている、向って右に「技術の日産」、左に「ブルーバード」と記した巨大なタテ看板が立っているんです。いずれも白地に濃紺の文字だが、一見して白っぽい感じである。それで右打席に立つと「技術の日産」が、左打席では「ブルーバード」が、投手のボールを放す位置やボールの軌道と重なってちょっと見にくい。またホエールズの斎藤明雄投手、ジャイアンツの加藤初《はじめ》投手、ドラゴンズの鈴木孝政投手など、上背《うわぜい》のある上手投げ投手と向い合うと、ボールの出処《でどころ》がバックスクリーンの上の横長看板「Come on in. Coke」の地の白色と重なり、これもまことに見にくい。さらに、相手投手がドラゴンズの青山久人《ひさと》や三沢淳、スワローズの会田照夫、タイガースの小林繁など、下手や横手から投げる投手の右手は、バックスクリーンのすぐ左の「ブリヂストン Rextar」の「a」や「r」と重なってしまうんであります。晴眼者の打者ですと、これらの広告板で悩まされます。ところが主人は盲人、気配と音で打ちますから、バックスクリーンの周囲が真白だろうが、真赤だろうが、緑一色だろうが関係ございませんのです。なんでもバックスクリーンの周囲の広告板は一億円、外野フェンスのそれは八千万円だそうで、球場にとっては莫大な収入ですから、すこしばかり打者が見にくいからって、グリーンに塗ってはくれません。どなたもイライラしながら打席に立っている。そこへ行くとわが主人、気楽なものであります。

もうひとつ、横浜スタジアムでのナイターは外野手泣かせです。右中間と左中間にあがった飛球、角度によっては、照明灯に入って見えなくなってしまうことがあるんですな。わが主人、ご存知のように今シーズン、しばしば右翼や左翼を守りましたが、盲目であることが逆に幸いして、いわゆる照明灯安打というやつ、一本も許しておりません。

さて主人のテストが終って十分ほど後、主人、永井さん、別当監督、土井ヘッドコーチ、横田代表の五人は、バスルームの大きな湯槽《ゆぶね》に漬かっていた。「裸で話し合おう」というので湯槽に浮いているのではない、練習の汗と埃を洗い流しているだけのことで。横田代表は、これはつきあいのための、関東の連れ風呂です。

ぼくの身分は犬ですから、みなさんのお相伴をするというわけには行かぬ、入口のところで「ヒズ・マスターズ・ヴォイス」の商標と同じポーズをしながら聞き耳をピンと立てていた。がしかし、横浜スタジアムのバスルームは豪華版でしたぜ。総体檜ならぬタイル張りです。ブルーの洗面器にブルーの腰掛台、湯と水の出る蛇口にコードつきのシャワー器、そしてそこかしこに鏡。都内の一流サウナの洗い場と思えばまちがいない。

ざーっと水音がして、主人が湯槽をまたぎました。それから床を足で探って進み、腰掛台のひとつに腰をおろして、洗髪をはじめた。

「見たかね、監督」

横田代表が低い声でいった。

「田中君の股間のぶらさがりものを。でかいものをぶらぶらさせておったよ」

「ああ、見たどころじゃありません。あのぶらぶら、もうすこしで私の鼻を殴って行くところだった」

　別当監督が答えました。

「慶応を卒業してすぐ、わたしは家業を継いで製材所を経営していた。そのとき運搬用に馬を使っておりましたが、まさに馬なみの逸物だった」

「でかいものをもっている選手ほど大成するらしいね。たとえば阪神の藤村富美男選手、彼のは物干竿ほどもあったというよ」

「何をおっしゃっているんですか、代表」

　土井ヘッドコーチがたしなめた。

「物干竿というのは藤村選手の振り回していたバットのことですよ。バットにつけられた異名です。当時の打者の振り回していたバットの長さは平均三十四、五吋《インチ》ぐらいだった。ところが藤村選手のは三十七吋。物干竿のように長く見えた。そこで異名が……」

「ゴルフのクラブのドライバーから思いついたんだよ、あれは」

　別当監督は現役時代、藤村富美男選手とともに阪神ダイナマイト打線の中軸打者でした。たしか三番・別当、四番・藤村、そして五番・土井垣ではなかったかしらん。まあ、そういうわけでかつての球友については詳しいのですな。

「だからよく飛んだよ。おまけに当時はラビットボールという反撥力のあるボールを使っていたし……」

「しかしね、田中君のたしか超弩《ど》級の逸物だったが、半包茎のようでもあったよ」

横田代表はまだこだわっていた。もっともさすがに目のつけどころがちがいます。

「わたしははっきり見たよ」

「まだ女を知らんのです」

永井さんがいいました。

「そのうち全部、皮が剝けますよ。ところで日本プロフェッショナル野球協約第八十三条の一号の規定『医学上男子でないもの』は問題ありませんね」

「それは問題なし、だ。あんな逸物をぶらさげた女子なぞいるわけがない。しかし、問題は二号の規定だ。『不適当な身体または形態をもつもの』。連盟会長からこれを持ち出されたらどうしようかね」

「あなたがたは田中一郎が盲人だということに拘泥しすぎている」

永井さんは破《わ》れ鐘のような声を出しました。バスルームもつまりは湯殿、湯殿では一寸《ちょっと》の声もよく響きます。

「考え方を逆転させてみてください」

「逆転というと」

横田代表は立って、湯槽の縁に腰をおろしました。たしなみ深いことに前にはタオルをかぶせていました。

「はて、よくわからんが」

「たしかに田中一郎は盲人です。しかし野球をやるのに『不適当な身体』をしていますか」

「とんでもない、理想的な身体をしている」

別当監督がいいました。

「申し分がない」

「では田中一郎は野球をするには『不適当な形態』をしていますか」

「そんなことはない」

土井ヘッドコーチが勢いよく立った。湯しぶきが永井さんと別当監督の面を濡しました。

「失礼……。彼は野球をするために生れてきたような身体つきをしていますよ。ごらんなさい。あの腓腹筋の逞しさを」

土井ヘッドコーチは主人のふくらはぎのあたりへ、ピュッと水鉄砲を飛ばしました。

「それからグ、グ、グ、グググッと盛り上った左右の僧帽筋を」

ヘッドコーチの水鉄砲は主人の両肩に命中いたします。

「そしてなにより凄いのは太腿《もも》の筋肉だ。わたしは王《わん》ちゃんと一緒に風呂に入ったことがありますがね、王ちゃんと同じところの筋肉が同じように発達している。……十年にひとり、いや二十年にひとりの大器だ」

「では、問題ないじゃありませんか」

永井さんがいった。

「田中一郎は野球をするのに『適当な身体または形態をもつもの』である。たまたま目が見えない。がしかしそれがなんの支障にもなっていない。盲導犬チビの助けがあれば盗塁だってできる。今シーズンはきっとジャイアンツの柴田と盗塁王を争うんじゃないかな。走りゃァ結構はやいんだし……」

「そこだよ、きみ。盲導犬がひっかかるんですよ。きみは野球協約の第六十一条を知っとるかな」

茹《ゆ》で蛸《だこ》よろしく真赤になった己が身体を、横田代表は湯槽の外へ運び出した。そしてタイルの床にあぐらをかきながら、
第六十一条　選手契約の異議。

ある球団が他球団の選手契約につき異議のある場合、その選手の支配下選手公示日より十五日以内に、……（忘れたらしく口のなかでモゴモゴ言い、やがて大声で）

異議の申し立てをすることができる。

と唱えた。

「忘れた個所はあまり大事なところではない。大切なのはいま唱えた個所だ。わかるか、永井君、盲導犬といっしょに野球なぞやれるか、そんな盲導犬付きの選手との契約は取り消せ、と他球団からクレームがついたらどうする。向うには文句をつける権利が保証されているんだぞ」

「野球協約は全部で百九十五条まであります。しかしそのどこにも、プロ野球選手は犬を連れてプレーをしてはならないとは書いてない、また球団は犬を連れてプレーする野球選手と契約してはならないとも書いてない」

「そんなの屁理屈だよ、きみ」

「屁理屈もまた理屈のうちです。それから野球ルールを隅から隅まで穴の明くほど何べんも読んでみました。が、どこにも犬については触れたところはない」

「そんな、当り前だろう」

「とにかく、野球ルールにも打者が犬を連れて打席に立ってはならないとは書いてない。走者は犬を連れて塁間を走ってはならないとも書いてない。また野手は犬を連れて守備についてはならないとも書いてない。ただそこにいるチビが……」

と永井さんは湯槽の外へ出ながらぼくを指さし、

「おもしろがってボールを咥えでもしたら問題にはなるでしょうが……」

「第三者、その場合は犬だが、とにかく第三者が試合をとめてしまった、と審判は判定するだろうな」

土井ヘッドコーチも湯槽から出て、床にどっかと坐り込みました。

「つまりボールデッドの状態、タイムの状態になる。そのチビがボールを咥える前の状態へ、すべてが戻される」

「ところがチビはそのへんのバカ犬と犬がちがう。野球をじつによく知っている。黒子に徹するはずだ。問題はない」

「いや、永井君、おそらくこういう事態になると思いますよ」

しばらく凝《じっ》としてなにか考えていたらしい別当監督が口を開いた。

「外野フェンスからときどき子どもがグラウンドにとびおりることがある。そのとき、審判はどうしますか」

永井さんは口をつぐんだままだった。そこで土井ヘッドコーチが代って答えた。

「タイムをかけますよ」

「でしょ。そのチビくんも同じ扱いを受けるはずです。チビくんがグラウンドにいる間はタイム、ボールデッドの状態になっている。したがって……」

別当監督は大きな溜息をひとつついて湯槽を出た。

「……やっぱり無理でしょうかねえ」

「そういうこと」

横田代表は腕をのばして石鹸《せっけん》をつかもうとした。

「あんたら、盲を差別してやがるな」

永井さんが巻舌になった。同時に声にもドスをきかせている。

「バーロー、それでも、あんたら人間かよ」

横田代表は石鹸をつかみ損ねてタイル床に伸びてしまった。

「ここに若者がひとりいる。そいつは野球の才能に恵まれ、自分でも野球で身を立てようとしている。ただしその若者が自分の才能を発揮するには犬コロが一匹必要だが、どうして犬コロを連れてグラウンドに出ちゃいけねえんだよ。その犬は野球を知っている。だからゲームの進行を妨げやしねえ。それにだいたい常時、紐で若者の腰に繋がれているから、勝手な真似はしやしねえのだ。それなのに、どうしてタイムなんだ、どうしてボールデッドなのよ。王貞治に匹敵するような素質の持主が、どうして自分のなりたいものになれねえんだい。つまりあんたらは、盲人は野球やっちゃいけねえといいてえんだな。野球は目明きのスポーツでございってんだな。目明きがそんなにエライのかよ、え、おい」

永井さんは怒っているようだった。その証拠に自分の一物をしっかり右手で握りしめ、ぶるぶる身体をふるわせている。

「デトロイトタイガースにロン・ルフロアーという、二十八歳の中堅手がいるのを知ってるかい」

「知ってる」

ヘッドコーチがすこし吃《ども》りながら答えた。

「タイガースのトップバッターだ。たしか七四年にタイガースの二軍に入って、いきなり三割四分を打って、翌七五年に一軍に上った。で、七六年には三十試合連続安打、七七年にはアメリカンリーグの打撃ベストテン第二位、その上、足が速い。七六年には五十八個の盗塁を果してリーグの盗塁王、七八年には連続二十七試合盗塁成功というリーグ新記録をつくった……」

「さすがは土井さんだ。で、このルフロアー中堅手の前歴は？」

「ピストル強盗、じゃなかったかな」

「そうよ。ミシガン州立刑務所で服役していたんだ。ある日刑務所の囚人チームにかり出されて、生れてはじめてバットを握った。そしたらどうだ、素質のあるなしってものはおそろしいや、五打席五安打、うち四本はホームランよ。四週間もしねえうちに囚人チームの大黒柱だ。このことを聞きつけて当時、デトロイトタイガースの監督をしていたビリー・マーチンが刑務所へすっとんでった。そして刑務所内で史上初の入団テストだ。一発で合格よ。すぐさま、マーチン監督は仮釈放の請願書を州政府にあてて出した。このときだよ、他球団から待ったがかかったのは。『囚人のいるチームと試合するのはイヤだ』ってわけだな。ところがコミッショナーがこれを知ってみごとな大岡裁きだ。曰く『ここに前非を悔いる非凡な才能の持主がいる、しかも彼はその才能に頼って更生しよう、立派に生きようと決心している。この若者の才能とその決心は万難を排しても守られなければならない』。でよ、コミッショナーが身許引受人になって仮釈放を申請し、ルフロアーは第二の人生へ旅立った……。どうだ、いい話だろう。才能は大切にしなきゃいけねえ。前科者だろうとなんだろうと、才能に甲乙丙丁はねえのだ。請願書を何百通書こうが、盲導犬を何百匹かり出そうが、その才能を世に出してやらなきゃな。そして何百万、何千万というお客がそいつの才能に酔い、いっときうさ晴らしをする。こりゃたいへんなことだぜ、おい。家賃の安い公団住宅を百棟こしらえるよりすごい仕事なんだ。ふん、だが、あんたたちは犬コロ一匹に二の足踏んでその仕事を初手から放り出そうとしているんだぜ。差別だよ。差別なぞしてねえというんなら、そこにいる田中一郎にチビという犬を一匹与えてグラウンドに出してみな」

「あんたの屁理屈、そっくりいただきましょう」

別当監督がこんどこそ晴々した顔になっていった。

「田中君を一ケ月間、二軍に隠しておきましょう、他球団がクレームをつける権利がなくなった頃合いに一軍に引き揚げます。万が一、その前にだれかが騒ぎ出したら、いまの永井君の理屈を拝借して説き伏せる。いいですね、代表？」

「監督がそこまでいうのなら、やってみるか」

横田代表はようやく上半身を起した。永井さんの巻舌の長口舌に気をとられていたのでしょう、代表はそれまでタイル床に寝そべったままだったのです。

「とにかく風呂から出よう。オフィスで契約だ」

「やれやれ」

永井さんがほっと肩をおろしました。

「生れてはじめて巻舌でタンカを切ったんですがね、やはり慣れないことはするもんじゃありませんな。二度ほど舌を噛んでしまいましたよ」

「なんだ、脅しの芝居だったのか」

土井ヘッドコーチがいきなり永井さんにお湯をかけます。永井さんも負けじと応戦します。それに監督と代表が加わって四人でお湯のかけっこ。ただわが主人だけは黙々と身体を洗っておりましたな。ときどき肩先がぶるぶるッとふるえていた。武者ぶるいか、それともうれし泣きか、入口に坐っていたぼくにはわかろうはずもありません。

初登場《デビュー》

今年、すなわち昭和五十四年度のセントラルリーグのペナントレースが、どのような推移を辿ったか、これは読者諸賢《みなさま》の方がよほどお詳しいと思いますが、物語を進めて行く都合上、ぼくは今年のセ・リーグの前半戦をここでもう一度語る必要を痛切に感じるのであります。あのときからまだ七ケ月も経っていないのに、ぼくのご主人様田中一郎選手の、あの華々しい登場ぶりは、すでに何十枚、何百枚もの伝説のベールで隠されて、曖昧模糊《ぼんやり》したものになっております。御主人田中一郎さんの最も近いところにいたもののひとりとして、(正しくは「一匹として」と申すべきでしょうが) ぼくは、この不世出の天才的盲人打者のデビュー時の正確な事情を、実物大で——つまり如何《いか》なる法螺《ほら》をも混えずに——後世に語り残しておきたい。そのためには、今年度のセ・リーグ前半戦、とくに第一節から第五節までの様子をこまかく思い出してみなければなりません。ご面倒でしょうが、ひとつおつきあい願いたい。そうしないと、わがご主人の登場ぶりがどのように劇的なものであったか、しかとはわからぬ。それにしても第一節から第五節前半までの横浜大洋ホエールズの成績は、ホエールズファンにとって泣きたくなる、いや

「泣きたくなる」なんて表現はかったるい、そう、死にたくなるほど情けないものでありましたな。四月二十八日の対阪神六回戦まで、二十一回戦って四勝一五敗二引分、勝率二割一分というていたらく。その二十一試合の星取表をごらんに入れましょう。注釈をつけるまでもありませんが、○、●は横浜大洋ホエールズからみての勝ち負け、△は引き分けをあらわしております。投手名は、その試合のホエールズの勝ち投手、あるいは負け投手であります。

第一節
●1―9広島① 野村
△7―7広島② ―

第二節
○4―0中日① 斎藤（明）
●0―5中日② 野村
●1―8中日③ 高橋（重）
△8―8阪神① ―
●2―4阪神② 門田

○5―3阪神③　斎藤（明）

第三節

○10―9ヤクルト①　門田
●5―6ヤクルト②　大川
●0―8ヤクルト③　野村
●1―5巨人①　斎藤（明）
●2―10巨人②　高橋（重）

第四節

○2―0中日④　根本
●2―6中日⑤　鵜沢
●0―1中日⑥　斎藤
●2―18広島③　野村
●5―7広島④　門田

第五節

●9――11阪神④　竹内
●0――2阪神⑤　根本
●3――8阪神⑥　宮本

ものはついで、この対阪神六回戦までのセ・リーグのチーム成績、打撃十傑、本塁打五傑、投手五傑を掲げておきます。

前年度優勝のヤクルトスワローズが投打まことによく噛み合って順調に勝ち進んでいるのにひきかえ、横浜大洋ホエールズの方は絵に描いたようなもたつきぶりであります。

そのころのぼくは荒れておりましたぜ。わが主人の雇い主であるホエールズはぼくにとって「主人の主人」に当ります。ぼくら犬族は俗に「三日飼われたらその恩を忘れず」といわれるぐらい、主筋に対して忠義を尽す癖がありますが、この癖がぼくを神経衰弱にしたんですな。「主筋の不振は自分がジフテリアにかかったよりも辛い」というイライラ、それに加うるに「どうして別当監督はわが主人を登用してくれないのだろうか。まったくもってバカではないか」というクヨクヨ、さらに「別当監督の悪口をいうなど、主筋に忠節を、がその主義であるべき犬にとって、あるまじき振舞いではないか」というストレス、これらが一緒くたになりまして、イライラクヨクヨストレスノイローゼになってしまった。夜鳴きはする、他の犬にはすぐ噛みつくで、永井さんによく

チーム成績

	試	勝	敗	分	率	差
ヤクルト	21	15	6	0	.714	—
広　島	22	12	8	2	.600	2.5
阪　神	20	11	9	0	.550	3.5
中　日	22	10	10	2	.500	4.5
巨　人	18	7	11	0	.389	6.5
大　洋	21	4	15	2	.210	10.0

打撃十傑

	率	試	打	安	本	点	振	四	盗
①マニエル(ヤ)	.423	21	78	33	12	25	16	10	3
②ライトル(広)	.417	22	84	35	5	17	6	8	2
③ヒルトン(ヤ)	.382	21	89	34	8	21	7	9	10
④ミヤーン(洋)	.351	21	77	27	0	5	0	7	2
⑤ギャレット(広)	.350	22	80	28	9	16	19	6	0
⑥シピン(巨)	.349	18	63	22	4	13	29	7	0
⑦若松(ヤ)	.3382	21	68	23	4	24	4	20	4
⑧杉浦(ヤ)	.338	21	71	24	11	26	4	6	2
⑨水谷(ヤ)	.333	21	75	25	0	8	2	12	12
⑩大杉(ヤ)	.329	21	85	28	10	18	6	11	0
⑩角(ヤ)	.329	21	85	28	8	17	0	8	5
⑩大矢(ヤ)	.329	21	85	28	7	15	5	5	1

投手五傑

	率	試	勝	敗	セーブ	回	振
①松岡(ヤ)	2.73	8	5	1	0	59	51
②大野(広)	2.90	9	4	2	0	54	21
③鈴木(ヤ)	3.00	7	5	2	0	41	23
④井原(ヤ)	3.33	6	3	1	1	39	10
⑤安田(ヤ)	3.54	11	2	2	5	46⅓	8

本塁打五傑

①マニエル(ヤ)	12
②杉　浦(ヤ)	11
③大　杉(ヤ)	10
④ギャレット(広)	9
⑤ヒルトン(ヤ)	8
⑤　角　(ヤ)	8

叱られました。

「うるさいぞ、チビ」

　とすくなくとも日に五、六回はお尻をぴしゃっと叩かれたもんです。ぼくが、

「だって口惜しいじゃありませんか。いまぐらいホエールズがぼくの主人を必要としているときはないのに、主人の仕事ときたら、毎日毎日、国府台球場で調整するだけ、こんな宝の持ち腐れはありませんぜ」

　と目顔で訴えますと、永井さんは勘の鋭い人でありますから、

「よしよし」

　お尻を叩いた手で今度は頸《くび》などを撫でてくれ、

「チームの不振が心配なのだな。そして、一郎のデビューの遅れているのが気に入らないのだな。わかる、わかる。だが、これには犬などには判らぬ深い仔細《わけ》があるのだよ」

　と呟くのが常でありました。

「犬などには判らぬ深い仔細」とはなにか。このことについては後で触れる機会もあるだろうと思いますので、ここでは省きますが、とにかく主人は二軍にも加えてもらえず、毎日、国府台球場通いです。ホエールズからは河守峰男《かわもりみねお》投手が助ッ人にきました。ごぞんじありませんか、ノンプロ日本楽器で鳴した若い左投手で、おそるべきくせ球の持主ですが、ただコントロールがわるい。主人の打撃投手をしながらコントロールをつけさせよう、というコーチ陣の方針で、市川駅前のラーメン屋『小人軒』で、永井さんや主人と同居することになったらしい。捕手と外野手三人は市川市内の野球狂をアルバイトに頼みました。たしか一人五千円の日当であったと記憶しておりますが、この金は球団から出ていたようです。もちろん、河守左投げ投手の球ばかり打っていたのではフォームが偏ったものになってしまいます。わが主人田中一郎さんは、二百本は河守投手を相手に、そして別に二百本は、永井さんを相手に打ちまくりましたよ。そして朝夕は、ぼくに先導されて、江戸川の左岸を、京成電車の鉄橋から旧矢切りの渡しまで、平均二十回往復のランニング。

さて、そうこうするうちに、一生忘れられない、あのデビューの日がやってまいりました。一九七九年四月二十九日、すなわち天皇誕生日の午後六時、ぼくは主人田中一郎さんの後について、後楽園球場の三塁側ベンチに入ったのであります。ちなみに永井さんはスタンドです。

試合前のバッティング練習には加わりませんでした。巨人軍に「田中一郎」という秘密兵器の存在が暴露《ばれ》てしまいますからな。午後、国府台球場でたっぷり打ち込んでおいて、駆けつけたわけです。

ベンチに犬がいる、これは前代未聞のことであります。横浜大洋ホエールズの選手諸君、ぼくを気にしていたようでした。そのせいでしょうか、試合は九回表まで0―3のワンサイデッドゲーム、どうしても相手方の西本聖投手が打てない。安打はわずかに二本。内訳は、山下大輔、投手の斎藤明雄が一本ずつ、開幕以来、二一試合連続安打を続けていたミヤーン選手も、この日は三振二つに捕邪飛が一つと、まったく冴えたところがない。考えてみればこれも当然、ミヤーン選手の綽名《あだな》は、その「ミヤーン」という音から由来した「猫《キャット》」である。犬が始終、傍にいたのでは、たしかに猫は怯えますな。

一方の読売ジャイアンツは、二回裏にヒットと四球で出塁した王とシピンを一、二塁に置いて、七番を打つ二塁手の篠塚利夫が右翼ポールぎりぎりにライナーで第三号スリーランを叩き込み、三点を先取、西本が好投してその三点を守り抜き、九回表のホエールズの最後の攻撃を迎えたわけです。この夜の観客数は二万三千でした。同じ夜、神宮球場で行われていたヤクルト対広島の第五回戦には、四万五千の観衆がつめかけています。ジャイアンツといえばお客が集まるという〝幼稚な時代〟は、どうやら昭和五十三年のペナントレースで終りを告げたようですな。結構なことであります。それはとにかく、七回ごろから観客がぞろぞろ引き揚げはじめました。これまた余談ですが、こういうお客は後楽園球場に断然多い。なぜでしょうか。ぼくが思うに、後楽園球場を本拠地とする読売ジャイアンツがそういう試合ばかりしてきたせいではないでしょうか。七回あたりで点差が四、五点以上はなれていれば、もうそれで大勢は決定、逆転なんぞ滅多に起らない。ジャイアンツはこのようなゲームをやりすぎた。だから後楽園球場のお客は点差のついた試合を見棄てるという悪い癖を身につけてしまったのである。ぼくはそう見ている。もっといえば、後楽園球場のお客は、試合の勝ち負けだけを観に来るのですな。試合の内容を見ようとしない。要するに薄っぺらなお客。ジャイアンツが勝ちゃァいいのです。どう戦ったかをみようとはしない。この手の観客は結局、ジャイアンツそのものをダメにしてしまいました。後楽園球場の観客が（ということは、ジャイアンツファンが）勝負にばかりこだわるものですから、長島監督までがそれにすっかり乗せられてしまった。毎試合、勝とう勝とうとあせる。それが昨五十三年度シーズンでいえば新浦の使い過ぎになってあらわれた。結局、新浦は九月の正念場でくたばってしまいましたが、つまり長島監督は勝ちにこだわって、ゲームの内容をすこしでも充実したものにしようという地道な努力を怠ったと、ぼくは思うのです。前者のような態度からは逆転劇なぞ生れっこありませんぜ。

ジャイアンツの悪口をあれこれと言い過ぎました。とにかく、後楽園球場の観客がぞろぞろと席を立ちはじめた九回表・横浜大洋ホエールズの攻撃、長崎さんが右飛、ミヤーン三塁ゴロで簡単に二死となりました。ところが三番高木さんが一塁手王さんの頭上をふわりと越える右前安打で出塁します。あとから思えば、これがあの球史に残る大逆転劇の序幕だった。このテキサス安打が西本投手のリズムを狂わせたのでしょう。松原さんと田代さんに連続四球を与えてしまいます。二死満塁。

例によってジャイアンツのベンチから杉下コーチがとび出しマウンドへ歩み寄って行きました。

ホエールズのベンチでは、別当監督が動きはじめた。別当監督は、ベンチの端にきちんと腰をおろして戦況に聞き入っていた主人のところへやってきて言いました。

「田中くん、現在《いま》がどういう情況かわかるかね」

「九回表二死満塁。得点は0─3で、こちらの負け。次打者は中塚さんです。中塚さんに一発ホームランが出れば逆点です」

主人の舌は、滑らかに回転いたします。

「ただ中塚さんは、これまでの三打席とも膝元に喰い込んでくるスライダーに詰まらされている。中塚さんはあのスライダーが打てるかどうか。監督さんはそう考えていらっしゃる」

「当った」

「でも、西本投手は攻め方を変えてくるかもしれません。あくまで内角をスライダーで攻め込むと見せかけて、二、三球、ボールになる内角スライダーを投《ほう》ってはくる。しかし、勝負球は今度は外角ぎりぎりのシュート、そういう攻め方も考えられます」

「うむ、充分にそれはあり得るね。さて、そこでだが、もし、きみがピンチヒッターとして打席に立てといわれたら、西本の投球の組立てはどう変ると思うかね。そして、その西本をどう打ち崩すつもりかね」

「西本投手がどういう組立てを、つまり配球をしてくるか、自分が打席に入るとなると、ちっとも見当はつきません。ですから、ぼくは彼の配球を読もうとは思わない、ただ一打数一安打を心掛けるだけです」

「一打数一安打……？」

「ぼくのモットーです。代打者にとってモットーは、この一打数一安打しかないと考えています」

一打数一安打。さすがわが主人です、いいことをいうではありませんか。別当監督もこのことばが気に入ったようでした。にこにコッと顔を崩しながら、

「よし、田中くん、その一打数一安打のモットーを実行してきたまえ」

「はい」

主人はすっくと立ちあがり、ぼくはシッポを振りました。主人のデビューは、同時に彼の盲導犬であるぼくのデビューでもあります。ですからぼくのシッポは♩＝120の速さを示す、メトロノームの振子のようにせわしなく右へ左へ振られていたのです。

「ただし……」

別当監督の視線がぼくのシッポの上に落ちた。

「今回はチビ公なしで打席に立つのだ」

「……はあ？」

「今夜だけはチビ公を連れて出てはいけない」

「どうしてでしょうか」

「いまは説明している時間がない。とにかくきみひとりで西本投手に立ち向うのだ」

マウンドからジャイアンツの杉下コーチの降りるのがみえます。たしかに打者交代を告げるなら今です。

「実績をあげないうちに盲導犬を連れて打席に立つのは拙《まず》いのだよ」

別当監督はこう言い残してダグアウトから出て行きました。そして猫背の背中をさらに丸くし、主審に近づいて行き、

「代打、田中一郎」

と告げました。おっと、この夜の主審は低目の球を採らないので有名な富沢さんでした。

「七番中塚に代って田中。背番号41」

鶯嬢《うぐいすじょう》の声が場内にひびきわたります。

「行ってくるからな」

主人がぼくの首をぴたぴた叩いた。

「大人しくしているのだぞ。ははあ、チビはヒットを打ってもどうやって一塁へ駆けて行くのですか、と心配しているみたいだな。なんとかなるさ。これでもぼくの足は百米11秒4、阪急の福本選手並みの快速の持主なんだもの。ベースだってちゃんと踏める。一万回走って、踏み外すのは、一回ぐらいなものだ。それにぼくはホームランを打つつもりなのさ。ホームランならゆっくり四つのベースを踏んで帰って来ることができるだろうからね」

主人はグラウンドへ出ました。バットは、ほれ、剣客が刀に打ち粉をふるときのように、こう右手で握って立てて持って。

ぼくは主人の背中の41という番号や「TANAKA」と綴られたローマ字を見つめながら、別当監督のことばの意味を考えておりました。いったいなぜ、実績を積んでからでないと主人はぼくを連れてグラウンドに出ては拙いのか。

（おそらくせっかく盛り上ったところへ水を差されるのがいやだったのではないか）

こうぼくは結論を出した。

（犬を連れた代打者なんて前代未聞だ。まず審判団が、それからジャイアンツのベンチが、がたがた騒ぎ出すにちがいない。いくら別当監督が「この田中一郎は天才的な打者であって、掛布や杉浦や角、あるいは三浦や松本と並んで、明日のプロ球界を背負って立つ大スターになるのは確実な逸材だ」と主張したところで、実績がなければ「別当さん、悪い冗談はよしましょうよ」でチョンだ。例の日本プロフェッショナル野球協約の第八十三条を持ち出し、

「これだけ打つことが出来るのだから『野球をするのに不適当な身体を持つもの』とはいえない」と演説をぶつには、とにかく田中一郎の打撃の才能を満天下に披露しておくのが大事……。別当監督はこう思ったのだろう）

主人が左打席に立って、投手板上の西本さんにぴたりと右耳を向けました。当然のことながら顔は三塁コーチスボックスの沖山光利《みつとし》コーチの方を向いております。

「きみ、いつまでコーチを見ているのだ」

富沢主審の声が三塁ベンチのぼくのところまで聞えてきました。ぼくは犬、だから鼻もいいし、耳もまた鋭いのです。

「プレーを宣してもいいのかね」

「お願いします」

主人が答えた。

「これがぼくの癖なのです」

「では……」

と富沢主審、ぱっと右手をあげた。

「……プレーボール！」

西本さんと山倉捕手との間でサインが交換された。西本がセットポジションから投球動作へ入る。思い切り高々と左足をあげると、シュート回転の速球を主人の膝元めがけて投げ込みました。主人はそれをカキッとバットで受け止めた。そして力強いフォロースルー。

（あっ、セカンドライナーだ）

とぼくは心の中で叫んだ。

（まずいな！）

ところが打球はジャンプした二塁手篠塚くんの頭上を掠《かす》めると、ぐっぐっぐっぐっぐーン、多段式ロケットのようにみるみる速度をあげて行き、あっという間に、右翼観覧席の最上段に突き刺さってしまったのです。四、五秒の間、後楽園球場、しんと鎮まり返っていた。が、そのうち、マウンドの西本さんがふらふらっとなって土の上に両膝をつきました。それがきっかけでどーっという一万八千人の溜息（つまりそのときまで五千人ばかりの、早とちりの観客たちが、球場を出てしまっていたわけですな）。三塁側のスタンドから拍手が湧き起ったのは、主人がゆっくりと二塁ベースを回ったころのことでした。

逆転満塁本塁打です。4―3とひっくりかえしてしまったのです。主人が三塁を回って沖山コーチの差し出す手をポンと叩いたあたりでベンチは空っぽになっておりました。全員で主人を迎えに出たのです。

公式戦初打席で本塁打を放った選手はこれまでに十二人おります。

①金光彬夫（朝日軍）昭和十九年
②戸倉勝城（毎日）二十五年
③塩瀬盛道（東急）〃
④高木守道（中日）三十五年
⑤ハドリ（南海）三十七年
⑥後藤忠弘（近鉄）〃
⑦相川進（中日）四十一年
⑧スチュアート（大洋）四十二年
⑨小室光男（西鉄）四十三年

⑩山村善則（太平洋）五十年
⑪バチスタ（ロッテ）〃
⑫ミッチェル（日本ハム）五十一年

しかし、公式戦初打席で満塁本塁打――しかも逆転、釣銭なしの――を放ったのはわが主人田中一郎をもって嚆矢《こうし》といたします。まことにたいしたものであります。

このあと、山下さん、福島さん、斎藤明雄さんと三連安打して西本さんをノックアウト、投手が角さんに代りました。が、この、二度目の二死満塁にトップの長崎さんが二直に倒れてチェンジ。

「レフトを守ってくれ」

ベンチの隅でうれしそうにぼくの背中を撫でていた主人に別当監督がいいました。

「グラヴを抱いてレフトに立っていろ。これも実績づくりのひとつだ」

「はあ、はい」

「今度もチビ公のお供はなしだよ。そのかわり、斎藤明雄には、左打者へは内角に、右打者のときは外角に球を集めろ、といってある。だからレフトへ打球が飛ぶ可能性は低いとおもう」

「もしも飛んできたら？」

「そのときはまたそのときだ」

もっとも、この九回裏に、斎藤明雄さんは王さんにソロホームランを右翼席に打ち込まれ、同点にされてしまいました。斎藤明雄さんは左翼へ打たれまいとして、内角へ球を揃えすぎたのです。時刻はまだ八時四十五分、ナイター試合には珍しく延長戦に入ることになりましたが、それにしても口惜しかった。ぼくはベンチに戻ってくる斎藤明雄さんに吠えてやった。だってですよ、もしも斎藤明雄さんが九回裏を零点でおさえてくれればですよ、わが主人の名前は、あくる朝のスポーツ紙の大見出しになっていたはずですからね。それも黒インクの見出しではない、赤インクの見出しで、こうです。

驚異の新人田中一郎、プロ入り初打席で代打逆転満塁ホームラン！

有力新人王候補のデビュー　田中一郎沈没寸前の巨鯨《ホエールズ》を救う！

こんな新人みたことない！　初打席で日本新記録

王貞治を継ぐのはボクだ！　大洋ホエールズに天才打者出現

わが主人が盲目であることに記者諸君が気付いたら、見出しはもっと大きくなる、各紙とも全段抜きだ。

座頭市もまっ青！　恐怖の抜き打ち打法巨人を一刀両断！

現代の机龍之助、盲目剣法で巨人を斬る！

野球は初めて盲目のものになった！　盲目の打者田中一郎の快挙に全国の盲人たちが熱狂！


ところが王さんのホームランで同点にされちゃった。スポーツ紙の見出しは王さん中心になるにちがいない。それで口惜しくなったわけですよ。とはいうものの、第六感だけで左翼を守る盲人外野手のところへ打球が飛ばぬように内角球だけで王さんを攻めなければならなかった斎藤明雄さんの苦心も判らなかったわけではない、それですぐに吠えるのをやめました。

もうひとつ、後で考えてみると斎藤明雄さんが王さんに同点ホームランを浴びたことが、主人のためにももっとすばらしい、空前で絶後の大劇的場面を用意してくれたのですから、ぼくが吠えたのは間違いでした。その夜の試合、八回の裏までは両軍を通じて得点機はただの一回だけ、あとは西本さんと斎藤明雄さんの淡々とした投手戦だった。そこでゲームがてきぱきと進行しており、九回の裏の攻撃が終ったとき、センターのスコアボードの大時計はまだ九時前を指していた。当然、試合は延長戦となりました。そして主人は延長十回の表にまたとんでもない大記録をつくったのです。

すなわち、ミヤーンさんが遊直で二死になったあと、高木さんと松原さんがそれぞれ二塁横と三遊間を抜く単打で出塁、田代さんは四球を選んで一死満塁、ふたたび主人の登場となったのです。読者諸賢《みなさん》もご記憶の通り、主人はここでも右翼場外へ大本塁打を叩き出しました。再度の満塁ホームラン。大洋は8点。4点のリード。

一塁側のベンチはせきとして声なし、でしたな。エース格の新浦さんが初球をかくもやすやすと打たれようとは思っていなかったようです。九回表の満塁ホームランはまぐれ。そう考えていたところへ特大のをもう一発くらってしまった。長島監督以下全選手、ぽかーんと口をあけて見ていた。

宇佐美徹也さんの『プロ野球記録大鑑』（講談社）を前肢でめくっているうちに判ったことでありますが、一試合で二本の満塁本塁打を放つという快挙をなしとげたのは、いまは故人となりました飯島滋弥一塁手（大映＝ロッテの前身ともいうべきチーム）ただひとりらしい。昭和二十六年十月五日に大須球場で、この大記録を樹立いたしております。相手チームは阪急。一本目は福島日東紡から入団した阿部八郎投手に浴びせ、二本目のは彼の鉄腕《か》野口二郎から奪った。そういうわけでこの記録前人未踏とは申せませんが、しかし、デビュー試合で、しかも連続打席でこの大記録をひょいとやってのけたところが凄い。まるで神技であります。

十回裏のジャイアンツはまるで亡者の集団でしたな。すっかり度胆を抜かれ、三人の打者、腑抜けのようにぼんやりとバットを担いで立っているばかり。斎藤明雄さん、三者連続三振に討ちとって、三勝目を稼ぎ出しました。

ゲームセットが宣せられまして、恒例の監督インタビューとヒーローインタビューが、三塁ダグアウトの前で行われました。が、このとき、別当監督は注目すべき発言をしております。

——監督、いやもうただただ驚きました。すごい新人を掘り出されましたね。

別当　芋みたいに言いなさるな。じつはあの田中一郎くん、わたしが見出し、そして育てたのではありません。この三月下旬、横浜スタジアムへ売り込みに来たのです。テストしてみますとね、たいへんな才能の持主であることが判った。それでドラフト外《がい》選手として契約しました。つまり、わたしやコーチたちの手柄ではありませんよ。

——ははあ。

別当　なんでもウチに来る前にジャイアンツさんのテストを受けようとしたらしい。ところが、あるコーチが門前払いをくわせた。そこでウチへやってきたわけです。

このとき一塁側のジャイアンツベンチで長島監督が「畜生、そのコーチ野郎はいっただれだ」と失神しひっくり返ってしまったことは有名ですが、この次の個所が、あとで長く物議をかもした、いわゆる「別当発言」です。

別当　じつはそのジャイアンツのコーチは、田中一郎くんが盲人であることを知って、剣突を食わせたらしいのですよ。

――あの田中一郎選手が盲人ですって。

別当　そうです。

――ほんとうですか。

別当　本人に聞いてごらんなさい、嘘ではありませんから。明日から田中一郎くんは先発メンバーに名を連らねるはずですが、その場合は、常に盲導犬と共にプレーすることになりましょう。

このあたりから後楽園球場、騒然となりはじめましたよ。

盲《めしい》は立てり

ああ、二打席連続本塁打！

最初の打席の本塁打は、「公式戦初打席」「代打」「逆転」「満塁」「釣銭なし」と五つの肩書付き。

第二打席のは、「勝越し」「二打席連続」「満塁」の肩書みっつ付き。

ぼくはうれしかった。誇らしかった。鼻が高かった。尻尾がピンと立ちっぱなしだった。ぼくのご主人田中一郎さんは、バットをたった二回振っただけで、読売ジャイアンツを叩き潰してしまったのです。しかも二打席連続満塁本塁打は日本プロ野球の新記録であります。これほどすばらしいデビューを飾った新人がこれまでありましたでしょうか。断じてない。まあ、大甘《おおあま》に見て、辛うじて匹敵するのは、十九世紀のイギリスの詩人バイロン氏ぐらいなものではないでしょうか。二十四歳のときに『チャイルド・ハロルドの巡遊』という旅行記を出版し、それが大成功、「ボク、ある朝、目を覚したら有名になっていたの」といった、あの御仁ですよ。でも、わが主人の方は「一夜明ければ有名人」だなんて、そんな生易しいもんじゃない、その場で直ちに有名人になってしまいました。格がちがいます。次元は数段わが主人の方が上。

でもまあよしましょう。比較などすべきではないことを比較して、「こっちが勝った、バンザーイ」と叫ぶのは、ぼくら日本在住邦犬の悪い癖ですから。もっともこの悪癖は在日邦人——つまり日本人——から譲り受けたものでして、その点では、ぼくら主人似ということになりましょうか。

たとえばですよ、狭い球場で打った本塁打と、米国の、広い球場で打った本塁打。これは比較しても仕方がないでしょう。でも、ぼくらの主人たちはすぐ「世界新記録」なんてことを口走る。みっともないです。「日本プロ野球新記録」で充分ではないですか。

もっとわかりやすい例で申しあげましょうか。このへんのところを誤解されて「なんだ、貴様、われらの英雄王貞治をおとしめるのか」と叱られたりしちゃァ口惜しい。ぼくは王貞治選手を尊敬しておる。とかく外国人を疎んじ敬遠する癖のある人びとの住むこの日本国で、中国国籍を持つ王さんが超一流の野球人となり三歳の童子からも「ワンちゃん、ワンちゃん」と慕われる。これは凄い大事業だ。頭が下ります。ぼくは犬だから素直に尻尾を巻き、できれば王選手の足を舐めたい。しかし、だからといってぼくは王選手の本塁打記録を「世界新記録」とは呼ばない。

たとえば——。

お隣の韓国で、有り得ないことだが、相撲が盛んになったとする。しかも、韓国の人たちが相撲を非常に気に入ってくださって準国技化したといたします。さて、その韓国相撲界――正しくは韓国角界でしょうか――に不世出の天才力士が現われて堂々七十連勝したと仮定いたします。さらに韓国のマスコミが、

「本場日本の大横綱双葉山の記録を破る！」

「世界新記録！」

と騒ぎ立てたとご想像ください。さて、そのとき、日本のマスコミ、特にスポーツジャーナリズムはどう反応するでしょうか。さらにとりわけ、現在、「王がルースを破った！　王は世界一！」と騒ぎ立てている方々は、どうおっしゃるでしょうか。たぶんこうおっしゃるはずです。

「その韓国の天才力士が勝ち抜いた相手は、相撲技術の低い韓国の力士なのでしょう。比較になりませんよ」

「韓国角界の力士数が少い、つまり層が薄いわけよ。そこへ行くと日本の相撲は国技だし、層が厚い。日本へ来てもらったらどうかな。よくて小結かな」

「世界一は言い過ぎだよ、なんたって条件がちがうもの。それはさ、将来、こっちの年間最優秀力士とあちらの年間最優秀力士との間で『日韓シリーズ』というようなタイトルで七番勝負があって、あちらの力士が勝てば較べられるだろうけど、とにかく別個にやっているわけだからさ……」

「韓国にとても強い力士がいた。その力士が七十回連勝した。とても偉大だ。――これだけで充分なんじゃないの。双葉山の大記録を数の上では破った、だから世界一っていうのはへんですね。だいたいね、双葉山と北の湖《うみ》を比較することだってナンセンスなんだから」

もっとあるでしょうが、いずれにせよ右に記した意見はきっと出ると思う。どっかおかしいとは思いませんか。比較しても意味のない数なのに、自国の数は大いに喧伝《けんでん》し、他国の数はなるべく割引きする。「お国自慢」といってしまえばそれまでですが、「他は悪かれ、我よかれ」の、こういう風潮がある間は、日本のプロ野球はしょせんはコップの中のバイキンの運動会の域を出ませんな。ま、人間様はどうでもよろしい。ぼくら犬までが主人たちの悪癖を引き継ぐことはない。わが主人田中一郎さんの登場を不当に華やかに印象づけようとしてバイロン卿を引き合いに出し、その上比較すべきでないことを比較してしまった愚挙をここに犬虚に反省いたします。

さて、別当監督にかわってお立ち台にあがったのは、いうまでもなくわが主人田中一郎さんです。このときのヒーローインタビューの訊き手《インタビュアー》は、なぜかNHKのスポーツアナでありました。

――ヒーローインタビューです。田中一郎選手、あなた、たいへんな記録をおたてになりましたねえ。
田中　ありがとうございます。
――二打席連続本塁打、それも、公式戦初打席、代打、逆転、満塁、釣銭なし。それから、勝越し、二打席連続、満塁。信じられないほど沢山の肩書つき。この大記録をだれが一番よろこんでくれるとお思いですか。
田中　永井さんです。
――永井さん？
田中　ぼくの打撃コーチです。
――ほう。その永井さんから最初に教わったことはなんでした？
田中　タイミングのとり方、それから重心の移動法でしょうか。
――なるほど。タイミングのとり方ねえ。そのこつを手短かにご披露ねがえませんか。
田中　簡単なことなんです。完全に茹であがる寸前に、網杓子《ネット》でさっとすくいあげるわけですね。
――すくいあげる？　つまり、あなたの場合、ジャイアンツの打法で代表されるダウンスイングとは逆の、かつて流行したゴルフスイング打法なわけですね。なにしろ、こう、すくいあげるわけですから。
田中　いや、そういうふうに振りまわしてはお客さんが火傷《やけど》をしてしまいます。芯まで湯のとおる寸前に網杓子《ネット》でちゃっとすくいあげ、さっさっと水を切って丼へぱっ……。

——お客さんがなぜ火傷をするんですか。

田中　だって玉を熱湯《ネットウ》から出すわけですから。

——ネットウ？　（混乱して）球はネットからは来ないでしょう。投手板の方からでしょう、来るとすれば。

田中　なんの話ですか？

——その永井さんというコーチから、あなたが最初に教わったこと、ですよ。

田中　じゃ、やっぱりこれでいいんだ。

——二番目の重心の移動法に、それこそ話を移動させましょう。

田中　軽くですね、右足へ体重を移すんです。

——やっぱり。

田中　その際、目の前にお客さんがいますから、そっちへ汁《つゆ》がはねないように細心の注意をします。で、すぐに玉をほぐして……。

——ほぐすんですか?!　あの、球を?!

田中　ええ。その方が見た目がきれいですから。

——信じられません。

田中　でも、どこでもそうやってますよ。

――あのう、その永井さんの次によろこんでくれるのは誰だと思います？

田中　お得意さんたちでしょうねえ。みんな、『うまい！　じつにうまい』といってくれます。

――なるほど。そういうお客様たちがいちばん大事ですよねえ。

田中　ええ。でも、ぼく、自分ではワンタンの方が上手だと思っているんですけどね。

――それはもうワンちゃんもうまいですよ。天才的です。それにワンちゃんの場合は努力がものをいっています。それで、ワンちゃんの一本足をどう思いますか？

田中　一本箸？

――そう、ワンちゃんの一本足。

田中　やりにくいでしょう。

――やっぱりねえ。

田中　一本箸では引っ掛りませんもの。二本箸でもやり難いですよ。普通は二本箸とレンゲの併用が無難だと思います。

――レンゲ？

田中　知りませんか。中国式のスプーンですよ。

――な、なんの話ですか。

田中　ですから、永井さんからぼくが最初に教わったこと、でしょう？

――（小声で）じゃ、やはりこれでいいんだ。（大声で）ヒーローインタビューをおわります。目が不自由なようですが、明日からの活躍を期待しております。

田中　ありがとうございます。

ＮＨＫのアナウンサーは永井コーチが総武線市川駅前でラーメン屋小人軒を開業していることを知らなかった。一方、わが主人としては、『永井さんから最初に教わったこと」がラーメンの茹で方だったから、正直にラーメンの茹で方について喋った。つまり二人はまったくちがうことを語り合っていたわけです。むろんぼくは二人を、頓馬《とんま》だな、などというつもりはないのです。ヒーローインタビューの最中、三塁側スタンドの横浜大洋ファンが熱狂的に騒いでおりましてね、その歓声が二人の、この対話《やりとり》に決定的な影響を与えたのだろうと思っております。つまり、この頓痴気《とんちき》な対話はだれの責任でもなかった。

他の選手に一足おくれてロッカールームに入って行った主人はさかんな拍手で迎えられました。松原一塁手が、

「こいつ、おれの一塁の定位置を盗《と》りにきやがったな」

と、主人の頭を軽くコツンと叩きます。本気でいっているんじゃない、野球選手特有の手荒な祝福ですね。

「定位置を盗られるのは俺だよ」

　中塚政幸左翼手が泣く真似をした。

「田中君が明日から一塁に入る。すると松原さんが外野へこぼれてくる。松原さんはきっと右翼だ。で、右翼の高木が左翼へ回ってくる。ね、はみだすのはこの俺なんだ。ねえ、監督、そういうことになるんでしょう」

　中塚左翼手は、近くで永井コーチと小声でなにか打合せていた別当監督に、お道化《どけ》て訊いた。別当監督はそれを例の一千万円の微笑で制し、主人に、

「田中君、いま永井さんとも相談していたところなのだがね、明日から川崎等々力の合宿に入ってもらうよ」

　といいました。

「そのチビも連れて来なさい」

「はい」

「合宿での部屋割は引地君、二軍監督の引地君に委せてあるからどの部屋になるかわからんが、二階の、たぶん去年まで明雄《あきお》の居た部屋に入ってもらうことになるんじゃないかな」

「ステレオをプレゼントさせてもらうよ」

　明雄、つまり、斎藤明雄投手が主人に握手を求めにやってきました。

「きみは、ぼくに勝星をプレゼントしてくれた。そのお返しだ。気にすることはないんだぜ」

「ありがとう、斎藤さん」

主人は斎藤明雄投手の手を握り返しましたが、ぼく、はじめてでした。主人の顔があんなに明るく輝いているのを見たのは。合宿入り！　これで主人は名実ともに横浜大洋ホエールズの戦力となったのです。


永井さんのおんぼろカローラが市川に着いたのは午後十一時を二、三分すぎたころだったと思います。珍しく高速道路が空《す》いていて、横浜・市川間が四十五分しかかからなかった。佳い日には良いことが続くものですな。車の中での永井さんと主人、あまり口をききませんでした。時折、永井さんが、

「よかったな、ええ、おい」

としみじみ呟く。すると主人がこれまたしみじみ、

「はあ、ほんとうによかったです」

と答える。この短い問答を五、六回、繰り返しただけ。人間、真実、心から嬉しいときは、こんなものでしょうね。そのとき、ひとの口は喜びを語り合うためにあるのでは

ない、ただ喜びを噛みしめるためにのみある、というわけで。

ところで駅前の小人軒に到着しておどろいた。ガラス戸に「本日休業」という札をぶらさげ、電灯も消して出かけたはずなのに、店の戸は大きく開かれ、灯りが煌々《こうこう》とついているではないですか。市川というところは、夜、仕舞うのが早い、そういう点ではつまらん街でありますが、小人軒の前の道路や横の空地は橙《だい》色《だい》に輝いている。店の灯りが外へ洩れているんです。

永井さんが空地の奥にカローラを停めると、店の内部《なか》からどやどやと人間が飛び出してきた。見ればいずれも小人軒の常連であります。

「やったね、一郎ちゃん」

「おめでとう、一郎君」

「マスター、よかったな」

常連たちは、車から降りた主人のまわりにさっと集まると、一気に主人を担ぎあげ、わっしょわっしょと胴上げをはじめた。

「マスター、勝手に店へ入りこませてもらっているよ」

たったひとり胴上げに加わっていなかったのは、いつも「意外だ。意外だなあ」を連発するところから意外先生という綽名のある、さる高校の教頭先生。この先生、永井さんの白衣を着用に及び、長い菜箸《さいばし》を手にしている。

「閉めて出たはずの店が開いているので意外だったろう。だがね、こんな愉快な晩に、この小人軒に来ずに寝られるものじゃない。閉店承知で駆けつけてきたのだ。そうしたらここの常連、だれしも思いは同じとみえて、みんな集まってきておった。そこで、無断で悪かったが戸をこじあけて入り、内祝いをはじめた……」

「大いにやってくれ」

永井さんがいった。

「今日限りでラーメン屋は廃業だ。冷蔵庫のビールを、焼肉を、全部払ってしまってくださいよ、意外先生」

「廃業だって。意外だなあ。しかしほんとうかね」

「うむ、一郎は明日から合宿で寝起きする」

「だが、マスターまで合宿に入るわけじゃあるまい」

「ここに住む。が、遠征にはついて行くつもりだし、横浜スタジアムで試合のあるときだって出かけて行く。つまりラーメン屋なぞやっていられないってことです」

「いつも一郎君につきっきりか。なにか心配なことでもあるのかね」

「グラウンドの中での一郎、こいつは心配はない。おれが心配なのはグラウンドの外さ」

「悪い虫がつくという意味かな。そのう、わしは女のことをいっとるのだが」

「いや。女が出来るのは大いに結構だ。おれがおそれているのはあの手この手のいやがらせなんだ」

「いやがらせとは意外だねえ。しかしどんな……」

「そのうち、わかりますよ、意外先生。とにかく乾杯といこうじゃないですか」

と店へ入って行きました。ぼくも店の隅に四ツン這いになり、永井さんの投《ほう》ってくれた骨付き肉を舐めたり齧ったりしながら、常連のみなさんとわが主人の華麗なるデビューを祝いました。

そのうち、いつもゴム長をはいて小人軒に現われるところからゴム長おじさんと綽名されている中年禿頭のおやじさんが、

「おっと、こいつを見逃す手はねえぞ」

と叫び、テレビのスイッチを入れた。チャンネルは8、いわずと知れたフジテレビ「プロ野球ニュース」です。ちょうど司会の佐々木信也さんの挨拶《オープニング》がはじまったところで、

「いやあ、みなさん、セントラルリーグに大変な新人が現われました」

といつもの大変節《たいへんぶし》。でもその夜の佐々木信也さんの十八番《おはこ》の大変節には、力がこもっておりました。

「どんなに大変な新人か、フィルムをご覧になってご自分の目でおたしかめくださ い。

ほんとうに大変なんですから。では、別所さんに盛山《もりやま》アナウンサー、お願いします」
ぱっと画面が切りかわり、向って左に、一寸オツムが薄くなりかかり、いつも唇を尖《と》んがらした感じの盛山アナと、ばか長い、そして白いものの混った眉毛でおなじみの別所毅彦解説者の二人場面《ツー・ショット》。
盛山　佐々木信也さんの口真似じゃありませんが大変な新人ですねえ、この田中一郎という選手は。
別所　凄い、のひとことです。ただ、ぼくは非常に残念なんだ。口惜しいですよ。
盛山　とおっしゃると？
別所　この田中選手はテスト生で横浜大洋ホエールズに入った新人なんですがね、ホエールズを受ける前に、ジャイアンツのテストを受けようとしたらしい。ところが、あるコーチがね、田中選手が目の不自由なのを見て、言下に「帰れ」と追い払ったというんだ。ひどいもんだねえ。目が悪いのはそのコーチの方だ。
盛山　惜しいことをしましたね。
別所　惜しいなんてもんじゃない。このコーチのミスは少くとも二十年間は祟《たた》るとおもうな。偉大なワンちゃんにも年齢による衰えという、決定的な壁がある。ジャイアンツが欲していたのはこの田中君のような選手です。ジャイアンツは日本プロ野球の盟主です。強いジャイアンツはプロ野球の隆盛と直結している。こういう天分のある選手こそジャイアンツのユニフォームを着なけりゃいかん。ぼくが南海ホークスからジャイアンツに移籍したとき、別所よ、金に転んだのか、と散々悪口をいわれた。またスワローズにいた金《かね》やんがジャイアンツのユニフォームを着たとき、変節漢！　と叩かれた。でも、ぼくは言いたい。「名選手は一度はジャイアンツのユニフォームを着ること」とね。ジャイアンツをみんなで強くしなければいけません。ジャイアンツが弱くなれば日本のプロ野球は亡びます。田中君はジャイアンツに入るべきだった！
盛山　（辟易《へきえき》しながら）と、とにかくフィルムを御覧いただくことにしましょう。
別所　ジャイアンツは常に強者でなくてはいかん！
盛山　まあまあまあ……。

巨人ＯＢ臭《しゅう》を芬々《ふんぷん》とさせた――ということはエリート意識をいやらしく匂わせた、ということですが――別所さんの前説に続いてフィルムが流れはじめた。が、そのとき、ぼくは背後に、異様な気配を感じました。低く唸りながら振り返って見ると空地に黒い人影が三つ。いずれも黒っぽいレインコートに中折れ帽。どういうわけか、三人とも大きなマスクで鼻と口とを覆っている。そこだけが白いのが、どうも尋常ではない。
「だれだね」

ぼくの唸り声によって、妙な訪問客のいることに気づいた永井さん、そっと戸外へ出た。他の人たちはフィルムに熱中していて気付かないようでした。

「あんたが永井さんかね」

三人のなかではいちばん目つきの鋭いのがぞんざいな口のきき方で訊ねた。人間の五千倍以上の、鋭い嗅覚《きゅうかく》を持つぼく、この男から、印刷インクと、鉛筆の芯と、ギョーザと、ビールと、麻雀パイと、排気ガスの匂いを嗅ぎとった。このうちで重要なのは「印刷インク」と「鉛筆の芯」の匂いでしょう。新聞記者だろうと思いました。そしてもうひとつ重要なのは、ぼくがさっきまで居た横浜スタジアムの匂い。ということはスポーツ新聞の記者か。

「田中一郎の育ての親とかいうのはお宅かね」

「そうですよ。それがどうかしましたか」

「こちら、名前は明かせないが、日本プロ野球の重要人物」

記者が紹介したのは老人であります。巨《おお》きな耳の持主。魚料理の匂いがする。鱸《すずき》だ。鱸の塩焼でお銚子一本、ぼくはそう踏みました。

「そのお隣がセ・リーグの某球団の広報担当の方」

最後の白マスクも鱸の塩焼の匂いを発散させていた。ははーん、老人と、この某球団の広報係は、ついさっきまで一緒に飲んでいたな、と思いました。

「プロ球界のＶＩＰ《ビップ》がはるばる何の御用ですか。もっともおおよその見当はつくが」

「それなら話がしやすくて大助かりだ」

老人が半歩、前へ出た。

「田中一郎は明日から盲導犬を引き連れてプレーをするそうだの。別当君に先刻《さっき》、電話をしたらそういっておったよ」

「その通りです」

「それは困った。というのは公認野球規則に違反するからでね。野球規則にははっきり『……監督が指揮する九人のプレヤー』によって行うのが野球というものであると明示してあるんだよ。その田中一郎という子が盲導犬に導かれてプレーをするとなれば、野球規則を『……監督が指揮する九人と、一匹のプレヤー』と改正しなくてはならん。改正が必要だということは、つまりいまのところは規則違反だということです。わかるかね、きみ」

「永井君とやら……」

某球団の広報担当が老人の話をひきついで、

「ホエールズから田中一郎を退団させたまえ。これは脅迫ではない、忠告なんだよ。野球は激しいスポーツだ。いや、危険な、と言いかえてもよろしい。目の不自由な人にはどう考えても向かない。田中一郎君が怪我でもしたらどうするつもりだ。え、きみ」

「そうだとも」

記者が大きく頷いた。

「毎打席、本塁打が打てるならこんな忠告をしに来やしない。一塁ベースで、あるいは二塁ベースで、そして三塁で本塁で田中一郎はきっとクロスプレーに巻き込まれる。目が不自由となると、きっとそういうときに、間違いが起るよ。むろん、きみは盲導犬がついているから大丈夫だ、と強弁するかもしれない。だが、田中一郎はたとえ大丈夫だとしても相手側の選手が危い。犬につまずく、紐に足をとられる。会……いや、こちらのVIPはそのへんのことも心配していらっしゃるのだよ。きみがどうしてもいやだと頑張るなら、会……いや、こちらのVIPは法的な措置をとらざるを得ないだろうとおっしゃっている」

「法的な措置というと」

はじめて永井さんが口を開いた。

「いったいどういう……」

「コミッショナーに提訴しなければならなくなる、ということだね」

老人は重々しい口調で、

「わしは責任上、自分のリーグの選手たちの安全を守ってやらなければならぬ。だがな、永井君、われわれは子どもじゃない、そこまでツノを突き合うこともなかろうと思うのだ。こうやって穏やかに話し合いをし、きみは田中一郎を退団させる。それで八方まるくおさまる」

「盲人が野球をするのは危険だ、とおっしゃるわけですな。そして盲導犬を使えば、こんどは相手側の選手も危険な目に遭う可能性があるとおっしゃる」

「そういうことじゃよ」

「なるほど、こいつは新手のいやがらせだ」

「いやがらせじゃない」

記者がけしきばむのを、

「うるせえ、ジャイアンツの回し者め」

永井さん、ドスのきいた声でどやしつけた。

「あんたら、別所先生と同じ発想だな。プロ野球はジャイアンツで保《も》っていると思っていやがる。田中一郎がジャイアンツに入団していたら、やい、じいさん、あんたなんぞはまっさきに野球規則や野球協約をこう変えていたろう。『……なお、目の不自由なプレヤーは盲導犬と共にプレーできる』とね」

「きみィ……」

「だまれ、ジャイアンツの小使め。おまえさんたちは田中一郎の登場によってジャイアンツファンの何割かが、ホエールズファンに鞍替《くらが》えしないだろうかと、それだけを気に病んでいるんだ。去年のドラフト改正案、あれだって底意は『江川がジャイアンツに入りやすくしよう』と、それだけのことじゃねえか。この改正案をまとめたドラフト制度審議委員会、ふん、名前は立派だがその実体はジャイアンツの召使だろうが」

「いや、ちがうよ、きみ。ある青年が自分の希望する球団に入ることができない、これは憲法の職業選択の自由に反しているのではないかというもっともな疑問が出て、それじゃいかん、ドラフト制度を見直そう……」

「がたがたいうな、この三百代言め」

永井さんの心のどこかについに火が点《つ》いた。

「だれも江川に野球をやめろとはいってやしない。それをいったら職業選択の自由に反するが、事の真相はそうじゃない。『どうか、江川さん、野球を充分にやってください。ただし、プロ球界のとりきめによって、あなたが野球をやるのはクラウンというパ・リーグの球団で、ですよ』と、決まったのはこれだけのことだ。江川が可哀想なら、ほかの大学生はどうだ？　何人、自分の本当に希望する会社に就職できているというんだい。あるいは他のプロ野球選手たちはどうだ。年俸二百万円台の選手はザラにいる。事業者契約だから労働組合とも縁がない。老後保障は名ばかり、選手会の社団法人設立も文部省に握りつぶされている。移籍の自由もない。じじい！」

「は、はあ」

「あんたはいましがた『わしは責任上、自分のリーグの選手たちの安全を守ってやらなければならぬ』といっていたな」

「いったとも」

「それならどうして公傷制度をもっと充実しようとはしないのだ、え？　江川を巨人に入りやすいようにしようとドラフト制度審議委員会を設けることはする。しかし、全選手のためになる公傷制度審議委員会など考えようともしない。そんなことでいいのか。いったい、江川とはなんだ。政治家のうしろにかくれ、野球留学とやらで茶をにごし、人権がどうのこうのと吐かす大甘の甘ったれじゃねえか。人気球団とやらに入って人気者になりたい、ただそれだけの人気取り小僧じゃないか。考えてみれば哀れな男よ。自分の青春を自分から一年無駄にしてさ。その分だけ自分の通算記録が低くなることに気がつかない。まあ、江川のことはどうでもいい。おれがいいたいのは、あんたらが盲人の職業選択の自由を妨げようとしているってことだ。盲人はいつまでもマッサージ師をやっていろというのか。たとえ別の才能があっても盲人はマッサージ師にしかなれないのか。全盲人の人権よりも、江川ひとりの人権の方が大事なのか」

「きみ、飛躍しすぎだよ」

記者がたしなめようとした。

「だまれ、痴呆新聞」

「痴呆……？」

「引っくり返してみろ」

「呆……痴……。げえっ」

「なにがゲエッだ。おまえら、盲人をこれ以上差別するなら、おれにも考えがある」

「というと」

「バットでぶん殴ってやる」

三つの怪しい人影は空地からあたふたと出て行きました。もっとも記者は、

「憶えていろ。あとで吠え面《づら》をかくことになるぜ」

とお定まりの捨台詞を吐くのを忘れませんでしたが。

ところでぼくは、そのとき、空地の隅で、ゆっくりと手を叩いている、別の人影があるのに気付きました。それはときどき小人軒へ食事に来る、近くの盲学校の生徒さんたちでした。人数は五人。たがいに庇《かば》い合うように身を寄せて、ひっそりと、まばらに、でも心から嬉しそうにペタペタ、ペタ、ペタペタと拍手をしているのでした。空は星空、よく晴れているのに、生徒さんたちの眼尻や頬には雨粒のようなものがキラキラと光っておりました。ラジオで主人の快挙を聞いてお祝いにかけつけてくれたのでしょう。そして永井さんの今の大演説を耳にして……。

わがご主人、盲目の天才打者田中一郎選手の華々しい登場は日本のプロ球界に強烈な衝撃を与えました。いや、ぼくが思うに、ショックを受けたのはプロ野球の世界ばかりではなかった。そのときまでの日本人ひとりひとりの精神そのものが主人の登場によって烈しく揺れ動いた。そのときまでの日本人に圧倒的に多かったのは、強いものは正義、多数は正しい、という考え方でした。おっと、不愉快そうな表情をなさらんでください。たかが犬コロの、それもどこの馬の骨かもわからぬ雑犬の言うことじゃありませんか。「へえ、そういう見方もあるのか」と聞きのがしてくださいよ。ぼくは自説に一切拘泥いたしません。一応、自分の意見を開陳して、みなさんのご批判をいただきたい、と思っているだけで、はい。ぼくの説にまちがいがあればどうかビシビシおっしゃってください。「ご批判なるほど」と思えば、ぼくは、すぐに改めます。ぼくは犬、その点、素直なものですよ。

さて。日本人の、多数は正しいという考え方はどういうところにあらわれていたか。その実例は山ほどありますが、テレビにひとつ例をとりましょうか。日本放送協会というのがあります。国民の受信料で運営されている放送局であります。この放送局はむかし、固苦しくて、真面目な番組ばかり送り出しておりました。一時は、「ＮＨＫ調……」といえば、「ばかまじめ」とか「固苦しい」とか「つまらない」とか、そんな意味をあらわしていたほどであります。ですが、そうであったからこそ、なかには見ごたえのある番組も混っていた。視聴率は一〇パーセントとれたら「御《おん》」の字、大抵は六、七パーセントあたりをふらふらしている、つまり大多数は見ない、少数の人間——といっても、六、七パーセントでは五百万人前後が見ていたわけで、「少数の人間」なる表現は当らないかもしれませんが——が見ていた、そういう目立たないがなかなか歯ごたえのある番組が日に二、三本は放送されていた。視聴率が低くともスポンサーは国民のはず、焦る必要はないのに、いつの間にか日本放送協会の番組には民放二番煎じ三番煎じが目立つようになりだした。これはね、多数をもってよしとする視聴率万能の考え方に、協会幹部が色目（というと下品ですが）をつかったせいだと、ぼくは思ってます。「せっかく番組を送り出すからにはできるだけ多くの人間に見てもらおうじゃないか。視聴率の高い番組をたくさん送り出していれば、その分だけみなさんから受信料をいただきやすい」と考えた協会幹部、一見もっともな発想でありますが、「見る人間が二倍に増えれば、番組の質は二分の一に低下する」という鉄則を忘れておりましたな。それ以来、協会の番組には碌《ろく》なものがない。これ、多数を制するのが正しい、と信じたために元も子もなくした一例であります。

よくは知りませんが、出版の世界も同じではないですか。一部の出版社が「本はマスセール商品だ。売れれば官軍よ」と壮大な宣伝戦を展開しつつ本を売りまくった。ここまではいいでしょう。だれもその出版社のやり方を批判できない。口惜しけりゃ、それらの出版社の、さらに上を行く宣伝法や販売法を考え出せばいいのだから。しかしやがておそろしいことが起った。そういう宣伝に慣らされた大多数の読者たちが、こんどは逆に〈大宣伝をして評判になったものしか買いませんよ〉となっちゃった。これ、多をもってよしとしたためにやがて自縄自縛におちいった好例です。ぼくは思うのですよ。

ひとりの作家がこれを書かねば死んでも死に切れぬという作品をこつこつと書く。編集者がその作品に惚れ込んで本にする。そして、その作家のものが好きでたまらぬ読者がいそいそと本を買い求め、舐めるようにして読む。この関係が基本です。そうじゃないでしょうか。宣伝の力で、その作家の世界とまるで関わりのない人間にまでその本を買い求めさせる。そんなことをしたって仕方ないでしょ。そういう読者はいずれどこかへ去って行ってしまうんです。宣伝で己が精神の糧を選ぶような怠惰で浮気な読者の乱入《おおごと》によって、元からある作家＝編集者＝読者の関係がこわれでもしたら、それこそ大事でしょうよ。

ぼくは畜生だ。犬畜生ってやつ。人間様とちがって「理性」という宝物に恵まれておらんです。ですから、いったん喋り出すと理性の歯止めがきかない。もうなかばやけくそになって喋り続けてしまいますが、昨今の、対中国関係だってずいぶんと妙なものでござんすよ。台湾としか交際《つきあい》していなかった自民党政府を常に支持し続けてきた国民が、ちかごろわーっと中国一辺倒だ。「中国はどうもソ連と対抗するために日本と手を組みたがっているのではないでしょうか。中国はそのために、日本からの技術援助をあてにしている。また、再軍備をなさい、自衛隊の数をもっとふやしなさい、強くなさいとすすめているのではないかしらん。日本政府としても資源大国中国との交際はとても魅力。そこで両国のお偉方が互いに手を握り合って《過去のことは水に流しましょう》と一見麗しき友好光景を繰りひろげた。大新聞はここを先途とお祭りさわぎ。ですがお偉方が手を握り合ったところで、すべてが水に流れて消えてしまうものだろうか。中国と仲よくするのには、諸手《もろて》をあげて大賛成だが、しかしかつて中国本土を荒しまわり、中国の人たちに血を流させたのと同じ刀や鉄砲を、またぞろ日本人が大っぴらに持つ、しかもその中国のお偉方にすすめられて持つというのは、どこか変ではあるまいか。日本としては、《われらには武器を持たぬという国是がござる。その国是を守ることができる範囲でならば、よろこんで友だちづきあいをさせていただこう》と答えるべきだったのではあるまいか」

などと言ったら、たちまち睨まれてしまうのは必定でしょうな。なぜ？　この日本国に〈多数は正義なり〉という考え方が背高アワダチ草の如く蔓延《まんえん》しているからです。ぼくはですな、偉大な思想は必ずはじめは少数意見としてあらわれる、ということをこの際、大声で吠え立てたいですね。犬ごときが偉そうに吠えるな？　へえ、それでは黙ります。ただねえ、これだけは日本国の皆さん、心のどこかに銘記しておいた方がよろしい。夷《い》をもって夷《い》を制する、これが中国の政治家の常識です。夷《い》とはすなわち外国のことですね。外国を互いに争わせ、自国の安全を維持するのが伝統的な外交法なのですよ。とまあそのようなわけで日本人には日本人の癖があり、中国人には中国人の癖がある。それらをよく承知した上で、生硬なことばですが「主体的」に外交を行う。これが大切……。棒を振り上げないでください！　もう小生意気な口を叩くのはやめますから。

いずれにせよ、わが主人の登場は、この国の少数派であった盲人に、ほのかにではありましたが、照明を浴びせかけました。〈目の不自由な人たち、ほんとうにお気の毒ねえ。でも、なんといったってあたしたち晴眼者の方が圧倒的に数が多いのだから、どうしてもこっちの方の事柄のほうが先決ということになってしまいますわね。まあ、そういうわけですから、せめて盲人ということばは使わずに目の不自由な人と呼びかえてさしあげているのですけれど〉と、この程度しか盲人について考えていなかった大多数の人たちの心を、わが主人のバットは二度も連続してしたたかに打ったのです。力に乏しい、少数派のひとつである盲人集団。そのなかからひとりの若者が颯爽《さっそう》と現われ、少数派もまた正しいと主張したのです。あくる日の朝刊は、その意味でじつにおもしろかった。各紙とも奇妙に一致した解説を載せていた。どの新聞も、

はなばなしいデビューを飾ったプロ野球選手は大成しない。

と足並みを揃えておりましたよ。

とりわけ、田中一郎選手は目が不自由である。これからは他球団の投手から徹底的にマークされるはずだし、昨夜のようなフロックは二度とないのではないか。ちなみに宇佐美徹也氏の『プロ野球記録大鑑』（講談社刊）にはこうある。

《しかしこうした恵まれたデビューをした選手にはその後大成したものが意外と少い。（これまで初打席で本塁打を放った）十二人中、通算で百本以上打ったのは高木守（中日）、ハドリ（南海）の二人だけ、半数の六人が三本以下という結果をみせている。これらと逆に初打席三振組の王、長島、張本、野村らが長い寿命を保って中心勢力となっているのはなんとも皮肉なことだ》。

記者は田中一郎選手のこれからの活躍を望まないわけではないが、やはり心のどこかに「現実はそう甘いものではない」という球神の囁き声を聞くのである。

右は某有力スポーツ紙の解説記事ですが、これと似た内容のものがどの新聞にも載っていた。田中一郎選手はいわば異形の者、晴眼者にはなんとなく薄ッ気味悪く思われたのでしょうねえ。そして、少数派に属する若者が「多をもってよし」とする世界に殴り込んできたのを見て、咄嗟《とっさ》にいつもの心理的メカニズムが作動したんでしょうよ。はい、俗に「差別」と呼ばれている心理的メカニズム……。あれ、今日のぼくはどうしたんでしょうかねえ、屁理屈ばかり捏《こ》ねちゃって。

さて、昭和五十四年四月三十日午前、わが主人は川崎市の横浜大洋ホエールズの合宿に転居いたしました。むろんぼくも一緒です。ぼくは裏庭に犬舎を一棟あてがってもらいましたよ。そして永井コーチは近くのアパートに引っ越してきた。市川駅前の小人軒は畳んじまったようです。犬舎の横には例のフライ打ちボックス（三九頁参照）が運ばれてきました。わが主人は午後一時まで、このボックスの中でおよそ六百匹の蝿を打ち殺し、二時間ばかり昼寝をし、それから永井さんの運転するおんぼろカローラで後楽園球場へ出かけました。ぼくも一緒です。

ところでその夜の主人の成績は次の如くでありました。

横浜大洋ホエールズ一回表の攻撃

長崎右飛。ミヤーン三遊間安打。高木一塁強襲安打。松原右飛。田代四球。**田中初球を場外へ満塁本塁打**。山下左飛。計四点。

二回表

福島三ゴロ。門田投ゴロ。長崎中飛。

三回表

ミヤーン三直。高木左飛。松原右ポール際へ安打、二塁を欲張ってアウト。

四回表

田代、中越三塁打。**田中第五球を左翼最上段へホームラン**。山下、二越安打。福島、遊ゴロで併殺。門田三振。計二点。

五回表

長崎右前安打。ミヤーン三振。高木中飛。松原四球。田代三ゴロ。シピン横にはじいて満塁。**田中、三球目を右翼のジャンボスタンドに満塁ホームラン**。山下中飛。計四点。

六回表

福島左前安打。門田二ゴロで併殺。長崎右飛。

七回表

ミヤーン中前安打。高木一直で一死。ミヤーン当りに釣られて飛び出し二死。松原右中間二塁打。田代三ゴロ、またもシピンが前に弾く。**田中、第一球をスコアボードの時計に打《ぶ》ち当てる**。山下、遊ゴロ、計三点。
八回表
福島三振。門田ものすごい当りの三塁ライナー。シピンよけきれず、さりとてつかむこともできず、ライナーシピンの股間を直撃。シピン失神。長崎二ゴロで併殺。
九回表
ミヤーンの代打基《もとい》、中前安打。高木一飛。松原中飛。田代左中間へ二塁打。**田中、左翼ポール「ワリコー」の看板の「リ」の字を直撃するホームラン**。山下右中間三塁打。福島四球。門田三振。計三点。

この夜のわが主人田中左翼手の獅子奮迅の大活躍、みなさんご記憶にもまだ新しいと思いますのでこれ以上ウンヌンするのはやめますが、とにかくわが主人はひとりで十六点を叩き出した。従来の記録は昭和二十六年（一九五一）十月五日、大映の飯島滋弥選手が対阪急戦でつくった一試合十一打点が日本最高記録。わが主人はこれを軽々と破ったわけであります。また、一試合五本塁打も日本新記録ですぜ。これまでの記録は、岩本義行（松竹。昭和二十六年八月一日。対阪神戦）と王貞治（巨人。昭和三十九年五月三日。対阪神戦）の四本でした。それから前夜から数えての七打席連続本塁打、これも

日本記録ですわ。これまでは王貞治の四打席連続が最高でした。つまりわが主人はデビューしてわずか二日間で、
①初打席満塁本塁打（日本初）
②三打席連続満塁本塁打（日本最高）
③一試合二満塁本塁打（日本タイ）
④一試合十六打点（日本最高）
⑤一試合五本塁打（日本最高）
⑥七打席連続本塁打（日本最高）
と、四個の日本最高、一個の日本タイ、そして一個の日本初をつくってしまったわけです。なおこの試合は16—0で横浜大洋ホエールズの圧勝でした。勝利投手は門田、敗戦投手は加藤。

これまたみなさまご存知のように、ぼくもこの試合からわが主人の盲導犬として出場しましたよ。球団側のはからいで、帽子をかぶって、胴着みたいなユニフォームを着て。エヘヘ、主人が打席に立つときは、主人にならってヘルメットをかぶって。ほれ、横浜大洋ホエールズの選手はホームランを一本打つと、ヘルメットに星印を一個貼りつけましょ。ぼくのヘルメットの星印も、試合終了時には七個に殖えておりましたっけ。最初にグラウンドに立ったときは上ったろうって？　いいえ、ちっとも。平静そのも

主人前に出て上るようでは盲導犬はつとまりませんや。それにもうひとつ。ぼくの首環にくくりつけられていた革ひもの長さは三米。その端は主人のベルトの右腰に結《ゆわ》えつけられている。この革ひもがたるんだりせぬように、かといって引っ張りすぎもせぬように、程よいポジションにいるのがぼくのつとめ。いつもそのことばかり気にしておりましたから、上るひまなぞありゃしません。

　この試合での主人の守備位置は左翼手でした。で、主人が左翼にいるときはこのぼくも左翼に出ていました。試合の後半で巨人軍選手はめったやたらに左翼へ打って来ました。いくら勘がよくったって相手は盲人だ、五本に一本ぐらいはミスするだろうと踏んで、わが田中左翼手を狙いはじめたわけですな。ええ、べつに悪いこっちゃない。相手の弱点を攻める、これは野球の王道でさ。卑怯でも何でもありゃしません。ぼくが巨人軍監督でも同じ攻め方をしたでしょうな。そう、飛球が六個にライナーが二本、左翼に飛んで来ましたかな。運動神経は主人よりぼくの方がすこしはよろしい。カーンという音と同時に、まずぼくが球に向って走り出す。当然、ぼくの首と主人の右腰とを繋ぐ革ひもがピンと張られます。すると主人は、それを頼りに動き出すわけで。全部大過なく処理しましたよ。危かったのは一本だけだった。八回裏でしたか、それまで五安打散発に巨人打線を押えていた門田投手がちょいとコントロールを乱した。柴田、篠塚、張本と三連続四球、そして迎えた打者が王貞治選手。そのときまでの得点は横浜大洋ホエールズ13、読売ジャイアンツ0、大勢はすでに決しているけれども、巨人軍ファンで埋まった後楽園球場、わーっと沸いた。この試合で最初の巨人の好機ですから沸いて当然です。ベンチからの指令でわが軍、王シフトを敷きました。中堅の長崎さんが、

「おーい、王シフトだぞ、田中」

と大声で怒鳴ってくだすったんで、主人は左中間に移動しました。こういう布陣を敷いた上で門田投手はビューンと王選手の内懐《ぶところ》を攻める。三球目の低目の速球、こいつを王選手がさっと掬いあげた。王選手には珍しく左翼の左隅を狙う高い飛球になりました。秒速五、六米の風があれば左隅ポールぎりぎりに落ちるホームランになる当り。この夜の後楽園球場は殆ど無風でした。だから塀の二、三米前に着地するな、と思いながら走りました。主人もぼくの先導と自分の勘とを頼りに打球の落下予定地点めざしてぐんぐん走る。主人は百米を十一秒ちょっとで走ることのできる快足の持主。これはどうやら追いつけそうだとぼくは思った。

「捕るんじゃない」

絹糸のように細く澄んだ声が外野席の最前列からあがった。巨人ファンの少年でしょうな。

「捕ったら殺してやるッ」

さすがにぎょっとした。思わずぼくの足が止まった。どさっ。ぼくの目の前に焦茶色

の、さかんにいい匂いを発している物体が落ちてきた。

(あっ、大好物のケンタッキー・フライドチキンだ)

ドキンと心臓が鳴った。

ぼくらの同類の先輩に《パヴロフの犬》という綽名の犬がおりましてね、この犬が粗《そ》忽《こつ》にも「犬は条件づけに弱い」ということを天下に暴露してしまった。それ以来、人間の生理学の先生方はおもしろがってぼくらの仲間にいろんな条件づけをなさいましたぜ。メトロノームの音を聞いて唾液《だえき》を出すように条件づけられたパヴロフの犬氏などはまだいい方でしてね、なかには三波春夫さんの「おまんた囃子」を聞くと涎《よだれ》をたらし尻尾をふるようにしつけられた仲間がいる。「おまんた囃子」のレコードが鳴ると同時に餌を与えられる、これを数回やられたら、すっかりそういう癖がついちゃった。まったくばかばかしい話で。なかには、猿の啼き声のテープで唾液を出すように仕込まれたやつもいる。猿といえばぼくら犬にとっては倶《とも》に天を戴かざる伝来の宿敵でさ。その宿敵の啼き声を聞いて、尻尾を振り涎をたらす。こうなると犬もおしまいです。「ソ連」と聞くと「仮想敵」と仕込まれた犬は……いませんな。だれかにそう仕込まれたのは日本の防衛庁だ。ぼくの場合は割合まともなことを条件づけられております。以前の飼主、例のプロ野球の審判ぐるいの植木屋の伜《せがれ》がフライドチキンが好きで日に一回はこれをたべる。そして骨をポイとぼくに抛《ほう》ってくれていた。そこでぼくはフライドチキンを見ると動けなくなってしまう。涎をたらして尻尾を振って、お預けを待つポーズをとってしまう。そういうわけで、チキンを見てドキンとなっちゃった。

もうボールを追うどころの騒ぎじゃない、チキンの前にキチンと坐り込んだ。一方、わが主人はそのままボール際へ突っ込んで行った。ぼくは革ひもでいやというほど首環を引っぱられ、キャンと吠えて失神してしまいました。すぐに気がつきましたが、そのときちょうど主人が地上二十糎ぐらいのところでボールを摑んでいました。

ぼくのこのフライドチキンに弱い癖。これをさすがは動物的カンの持主です。長島監督がずばっと見抜きました。そしてぼくは長島監督のフライドチキン作戦にひっかかって、主人を幾度かピンチに追い込むことになりますが、これはまた後の話で。

「いい加減にホームランを打つのはやめにしろ」

「どうせ打つならヤクルト戦で打て」

「もう盲人学校へ帰ってくれ」

「明日の晩も犬を連れてくるつもりか」

「そんな犬、ぶっ殺してやる」

酔っぱらった巨人ファンの怒鳴るなかでまず別当監督に対するインタビューがはじまりました。訊き手はNTVのスポーツアナでした。

——監督、ただただ驚異、これに尽きますね。

別当　まったくです。

——ほんとうにおどろきました。

別当　まったくです。

——すごいですね。

別当　まったくです。

——ほんとうにいうべきコトバがない。

別当　まったくです。

——それに利口な盲導犬ですねえ。

別当　まったくです。

——人間と犬とが一体となって共に走り、共に捕り、共に投げ、そして共に打つ。じつにすばらしい。

別当　まったくです。

——ありがとうございました。


訊き手が冷静さを欠くとかようなインタビューになります。つづいてヒーローインタビューを再録しておきましょう。訊き手は反省し、だいぶ平静さを取り戻しております。

——もののけに憑《つ》かれたような、ということばがありますが、今夜の田中選手の当りはこの憑かれたということばがもっともふさわしいと思います。いま、なにを考えていますか。

田中　盲人でもやればやれるなあ、ということです。

——といいますと？

田中　盲導犬がいれば、ぼくら盲人も晴眼者の社会に参加できるのではないか、という自信がわきました。もちろん、晴眼者となんの遜色《そんしょく》もなく、というわけにはいきません。がしかし、盲導犬次第ではかなりやれそうです。

——はあ。でも、盲導犬なしでもあなたはホームランをかっとばせるじゃありませんか。打席へ立っているとき、盲導犬は関係ないでしょ。

田中　心の支えになる、ということです。自分と一緒に動いてくれる友だちがいる。そう思うと心強いんです。心に余裕ができる。ぼくにホームランを打たせてくれたのはその余裕だと思うのです。……そこで生意気なようですが、提案があります。提案というよりお願いといった方がいいかもしれませんが。

——なんでしょう。

田中　スコアボードがありますね。

——そりゃありますが。

田中　明晩の対巨人五回戦にあのスコアボードの上段を直撃するホームランを打ちます。

もしぼくが……。

——ちょっと待って下さい。いくらなんでもそれは言いすぎですよ。大下弘、中西太、マニエル、そして王。特大のホームランを打つ打者はこれまで何人もいた。しかし、スコアボードの上段を直撃する特大ホームランを打った選手はまだおりませんよ。不可能ですよ。ベーブ・ルースだって無理なんじゃないかな。

田中　ぼくは打ちます。

——あのですね、世の中には言っていいこととわるいことが……。

田中　もし打った場合、どなたかぼくに百万円くださらないでしょうか。

——断言します。もし仮に、仮にですよ、君が王選手以上の大打者であってもそれは無理です。

田中　その百万円を盲導犬協会に寄付します。

——そんなことを約束して、もし明日、巨人軍の投手が君を敬遠したらどうするのですか。

田中　それでも打ちます。

——打てない！

田中　盲導犬は一匹百万円もするのです。仔犬は十五万か二十万ですが、訓練費用がずいぶんかかる。

——打てません！

田中　国からの補助はすくないし、それで盲導犬を手に入れることのできる盲人はよほどの金持に限られてくる。

——打てないんだってば。

田中　でも、もしぼくがスコアボード上段を直撃するホームランを一本打てば……。

——打てません。

田中　盲導犬が一匹、貧しい盲人ひとりのために用意されることになる。日本にはいま百二十万人の盲人がいるといいますから、ぼくのやろうとしていることは焼石に水ですが、でもやらないよりはましだと思うのです。ですから……。

——打てるもんか。

田中　どなたかスポンサーになってくださいませんでしょうか。

——田、田中君、きみはよく打つ。しかし、よく法螺《ほら》も吹くねえ。

田中　やってみなければわかりません。

——君は知っているのかね、プロ球界最高首脳部の動きを。いいかね、田中君、君は明日にでも出場停止……（口を押えて）あ、あのう、ヒーローインタビューをおわります。

正直いってがっかりしました。いやじつは「やあ、これが田中君のよき〝伴侶〟であるチビ君ですね。じつに賢そうな顔をしているじゃありませんか」と、訊き手がぼくにもマイクを向けてくるんじゃないかと、期待していたのですよ。そのときはね、〽ワンワワワワワワ、ワワワワワワー、ウーウウウウウ、ヒーワンワン……と、『裏の畑でポチがなく』でも歌ってやろうかと思っていたんだけどさ。あてはずれ。

ロッカールームでは永井さんが待っていた。

「すみません」

わが主人が永井さんに帽子をとって詫びた。

「思いつきであんなことをいってしまって」

「スコアボード上段直撃のホームラン一本につき百万円の一件かい」

「そうです。ぼくは自分を縛りつけたかった。世間に向って、ホームランをきっと打つぞ、と公言して、どうしてもそうしなければならないところに自分を追い込んでおきたかった。永井さん、あまりうまく行きすぎて、かえって不安なのです。自信がない」

「たしかに昨日今日と出来すぎだね。だからかえって不安だというお前の気持、よくわかる。でも、教えられたぜ」

「はあ……？」

「今夜のインタビューでおまえは悪玉に徹していた。別にいえばおまえは世の中に喧嘩を売ったのだ。もっといえば、盲人が目明きに毒づいた」

「つい、言ってしまったのです」

「それでいいんだよ、一郎。盲人だからっていつまでも世間様のいい子でいる必要はねえ。ただし、おまえには人気はつかないかもしれないよ。よほどのことがないかぎりはな」

「……………」

「悪玉で通す決心はつけておけよ」

「はい」

頷いて主人は奥へ行こうとしたが、ふと立ちどまって、

「アナウンサーが妙なことをいってましたよ」

「出場停止ウンヌンか」

「はい」

「そういう事実があるのはたしかさ。盲人の選手がプレーするのは構わない、それは認めよう、しかし盲導犬を連れてグラウンドに出るのは禁止。そう決ったらしい。いま、監督と球団代表とが額を寄せ合って善後策を相談しているが、しかし心配することはないぜ。なんとかなる」

永井さんはしゃがんでぼくのくびを撫ではじめました。

「球界のお偉方がそう出るなら、かえっておもしろい」

勝算ありそうな口吻《こうふん》です。ぼくはすこし気が晴れた。お礼に永井さんの手を舐めてあげました。

「手ひどく逆襲してやるまでさ」

そのときです。ぼくの鼻はある華やかな匂いを嗅ぎつけました。高級香水、純毛の洋服、アメリカ煙草、洗濯石鹸とジーパン、革靴、革カバン。そして不思議なことにかすかなクレゾール消毒液の匂い。ここは男の聖域です。そこへ女の匂いが侵入してきた。おかしいな、と思って出口からのぞいてみると、二十七、八の、それはもうとてつもない美人が通路をこっちへ歩いてくるところでした。洗い晒《ざら》しのジーパンに白い毛糸のとっくりセーター、指には喫いかけの煙草をはさんでおります。その女性はロッカールームの前までくると急にぼくの前にかがんで、

「おや、きみが話題のチビ君ね。きみの主人に逢いに来たんだけど、新聞記者にどこかへ連れて行かれてしまったかな」

と頭を軽く叩いたのでした。

眼科の敵

「田中一郎君に会わせてちょうだいな」

　銀の鈴でも振るような声をあげてロッカールームを覗き込んだ女性を見た途端、ぼくは思わずへたへたと床に平べったくなってしまいましたよ。その女性はものにたとえていえば、若竹で、鞭《むち》で、春の雲で、むき玉子で、バラの花びらで、森で、夕月で、雪で、まっぷたつに断《た》ち割《わ》ったレモンの切口で、苺《いちご》で、剝いたバナナでした。これじゃなんのことかおわかりにならないと思いますので、すこしく説明いたしますと、まず背丈《せい》が若竹のようにすらりと伸び、鞭を思わせるようなしなやかさ。髪の毛が春の雲のようにやわらかそうで、顔全体が一個のむき玉子。耳たぶはバラの花びら、長い睫毛《まつげ》の森の下には濡れた夕月の如き目、襟首は雪よりも白く、またまっぷたつに断ち割ったレモンの切口みたいにさわやかです。口は摘んですぐの苺のように新鮮で、鼻は剝いたバナナそこのけの形のよさ。そして、これらのひとつひとつが印刷したてのトランプカードのハートのクイーンのようにハッキリとかつクッキリとしております。ぼくは犬ですから、人間の男性諸公の気持、よくは理解しませんが、それでももしぼくが人間の男性であったら、

（搗《つ》き上ったばかりの餅のような女だな）

と思ったことでしょう。つまり、

（こんな女を、餅をこね回すようにこね回してみたい。それができたら本望だ、死んでもいい）

という、それほどの美しい女でありました。

別当監督と立ち話をしていた永井さんが女の前へ歩み寄って、

「田中一郎の親がわりをしている者で、永井といいますが……」

と冷たい声で申しました。

「一郎をだれにも会わせることはできませんな。一郎に美しい虫がつくにはまだはやすぎる。四、五年してからまたおいでください」

「わたしを、野球選手との結婚目当ての女性ファンと間違えないでください」

ぼくが彼女をトランプのカード、ハートのクイーンにたとえたのは正しかった。というのは、彼女は女王然とした口のきき方をしたからですが。

「医者なんですよ、これでも」

「ほう、女医さんがどうして」

「専門は眼科です」

「なるほど」

永井さんの態度がすこし柔かになった。

「眼科医なら一郎に興味を持つのは頷けないでもないな」

「芹沢明子です」

女は永井さんに名刺をさし出しました。女性の名刺は、小型で角を円く落してあるのが普通ですが、彼女の名刺は変っていた。普通の大きさの名刺にボールペンで字が書いてある。

「ジョン・ホプキンス病院眼科ですか。失礼だが、はじめて聞く名ですな」

「アメリカ人なら誰でも知っている病院なんですけど」

「医学博士、とありますが、これは……」

「角膜計の研究でジョン・ホプキンス大学から博士号を受けました」

「角膜計というと」

「角膜をご存知でしょう」

「目玉の、一部分ですな」

「それじゃ答になりませんわ」

芹沢明子と名乗った女医さんはある種の鳥類のような笑い声をあげました。

「角膜というのはね、眼球壁の正面に向った透明な部分のことよ。つまり目のレンズ部分といったらいいかしら。人間の眼球は直径約二・四糎の、そう野球のボールのような形をしている。そのいちばん外側にある膜の一部が角膜なの。もっといえば、空気に接している、黒目にあたる部分の、円型の膜のことです。直径は、横が約一・二糎で、縦が約一・一糎。厚さは一粍ぐらいかな。で、この角膜の不正彎曲《わんきょく》を測定する機械についてずっと研究していたんです」

「はあ」

「で、いまはケラトプラスティを勉強しています」

「ケラ、ケラ……何ですって」

「ケラトプラスティ。角膜移植術のことです。ある人間の身体の組織を別の人間の身体に移す、これを臓器移植といいます。これ、拒絶反応があったりして、なかなかむずかしいのだけど、角膜移植は拒絶反応がすくないのね。角膜はどんな人間にもすぐ同化してしまう」

「なぜですか」

「角膜には血管がないせいね」

「そういうものですか」

「田中一郎の親代りの人間にしては、目についてなにもごぞんじないみたい」

「皮肉はいわんでください。ところで芹沢さんは一郎にその角膜移植とやらをすすめに見えたわけですな」

「そこまで考えていないわ。ただ、彼の眼に興味があるの。人間はその情報の八〇パーセントを眼からとり入れている。つまり彼は普通の人間と較べて八割引きの情報蒐集力しかない。にもかかわらず、普通の人間など足下にも及ばないような働きをしている。どこにその秘密があるのか。それを知りたいのよ。彼を研究すれば、なにか摑めるかもしれない。これまでの眼科の治療法を根本から変えるような、なにかとんでもないことが」

「一郎はモルモットじゃない」

永井さん、きっとなっていった。

「一郎はスターなのだよ、お嬢さん。いや、まだスターになったわけではないが、とにかくスターへの道を確実な足どりで歩みつつある。スター、これがどういうものか知っているかね。スターにあらざる人たち、すなわち一般大衆の希望であり、慰めであり、励ましの鞭であり、生きるよりどころなのだよ。眼科の治療法の進歩も大事だろう。それは認める。しかしだね……」

「全盲の青年が日本全国の大衆を熱狂させ励ます。その方がもっと大事だ。そういうわけ」

「その通りさ、お嬢さん。さ、帰ってくれ。一郎はいまのままでいいのだ」

「眼科の敵だわ」

芹沢明子さんは煙草を咥えましたが、その先は、魚を引っかけた釣竿の先のようにぴくぴくふるえておりましたよ。

「盲人の敵よ」

「なんとでもいえ。一郎には山ほど『仕事』があるのだ」

「一時間でいいのよ。話をさせて」

「一秒たりともお断り」

「間をとって三十分間だけ話をしましょうよ、永井さん」

普段着に着かえたわが主人がいつの間にか傍に立っておりました。

「永井さんは、ぼくがその先生と話をして、たとえば手術によって眼が治るかもしれないというような希望を、ぼくが持つのがこわいのでしょう。そのことによって、ぼくの平常心が乱される。それをおそれているのでしょう」

「うむ。いまの調子を崩してもらいたくないのだよ。おまえは見事なデビューを飾った。もう、あとへは引けないぜ。デビューしたからには、あとはどんなことがあっても勝ちいくさを続けなければならん」

「どんな名医でもぼくの眼は治せませんよ。ぼくは五歳のときから全盲なんです。望みは一切捨てています。どんな話にも心を迷わされはしません」

「しかし……」

「相手が女性なので心配なんですか」

「ああ。それも凄い美人なのだよ、一郎。野球選手に美人のファンは禁物だ」

「関係ありませんよ、永井さん。ぼくは目が見えないんですから」

「それはまあ、そうだろうが」

「どうせあなたがた食事はなさるんでしょう。その食事にお相伴させて。それならいいでしょう」

芹沢明子さんは煙草の火を靴の底にこすりつけて消し、廊下の灰皿へポンと指で弾きとばしました。なかなか活潑な女性であります。

「そのかわりわたしが食事代をもたせていただくわ。そうそう、チビ君も一緒に食事のできるような所がいいわね」

彼女はしゃがみ込んでぼくの首環のあたりを指で軽く掻きはじめた。これはよい心持のものでしてな。ぼくは目を細めてでれんとしておりましたよ。ぼくが人間の男子だったら、たぶんその場で彼女の躰を押し倒していたでしょうな。

「やはりステーキがいいわね」

芹沢明子さんは四谷紀尾井坂に立つある有名ホテルの名をあげ、

「そこの地下に『サラマンジェ』というステーキ店があるわ。三十分後にそこで逢いましょうよ。すっぽかしたらひどいわよ。女性週刊誌に駆け込んじゃうから」

「女性週刊誌にだと」

「そうよ。いま大売り出しの横浜大洋ホエールズの田中一郎の、わたしは情婦でした、ってね」

芹沢明子さんはショルダーバッグを担ぎ直すと、大股で出口の方へ歩き去って行きました。

三十分後、「お待ち申しあげておりました」という愛想のいいマネージャーの声にむかえられて、永井さんと主人とは、その『サラマンジェ』の客となりました。全体、西洋館の食堂の仕立て、床には絨毯《じゅうたん》が敷きつめてあります。ぼくはこれでも育ちは悪くない。犬の分際は心得ておりますから、つい入口で立ち止まってしまった。するとそのマネージャーがぼくの首環をやさしく摑み、

「チビ君、きみのための支度もちゃんとしてあるのです」

といってくれた。

「今夜のチビ君の活躍ぶり、わたしも調理場のテレビで拝見いたしました。きみもなかなかやりますなあ。お食事のあとでサインをたのみます。ええ、足の裏に墨を塗らせていただきますから、その足で色紙の上を歩いていただければよろしいので。ハイ、こちらですよ」

奥の一室へ連れて行ってくれました。和室にすれば六畳ほどの広さ、むろん洋室であ

ります。部屋の隅に大きなボウルがおいてあって、中に大きな骨つき肉。ぼくはさっそく食事にとりかかりました。

「まず、礼儀として、わたしの身の上ばなしからはじめましょうね」

自分のためには二百瓦《グラム》、永井さんと主人のためには四百瓦《グラム》のヒレステーキを注文してから、芹沢明子さんがいいました。どこか遠くで映画主題歌メドレーが聞えております。天井にスピーカーでもかくしてあるのでしょうか。

「といってもわたしの身の上ばなしはすぐすむわ。生れは東京。生年月日は一九五〇年一月三日」

「すると、当年とって二十九歳か」

永井さんはワインを倒しそうになった。

「おどろいたな。まったく。一見二十二、三歳にしか見えない。女は魔物だ」

「アメリカではハイティーンにしか見られないのよ。女子医大を卒業し国家試験に通ってからアメリカのジョン・ホプキンス大学へ留学。付属病院の医師として勤務し、現在に至る。おしまい。ちょっとつけ加えますとね、ジョン・ホプキンスというのは人の名前よ」

「お医者さんの、かね」

「十九世紀に活躍した鉄道家ね。ボルチモア＝オハイオ鉄道の持主だった。それからボルチモア商業銀行の総裁。そのほかにも生命保険会社を持っていた。もうひとつ、大きな船舶会社のオーナー」

「財閥の親玉か」

「そんなとこ。このホプキンス氏、遺産をそっくり病院事業のためにのこした。十九世紀の後半の金額にして約七百万ドル」

「七百万ドルねえ。ピンとこないね、どうも」

「そうねえ。現在《いま》の日本のお金に直したら一千億円にはなるんじゃないかしら。この遺産を基金としてボルチモア市に作られたのが、ジョン・ホプキンス大学と病院なの」

「すごいことをやるねえ」

「そうね。わたしは外国崇拝は嫌いだし、また国粋主義者でもない。つまりいいものはいいと信じているだけの平凡な女……」

「女医で外国に留学中の女が平凡かね。いや味だねえ、まったく」

「まあ、とにかく聞いて。外国のものはすべていい、とはまったく思っていない。ただし、資本家だけは、日本より外国の方がまだましだわね。民百姓《たみ》から吸いあげたお金を多少は民百姓に還元しようとするもの」

「なるほど。そういえば日本には大金持の名前をくっつけた病院なんぞまだないや、ね」

「そうなの。資本家のやることには限界がある。労働者を死ぬほど働かせ、死に際に砂糖をひと匙《さじ》与えるようなもので、五十歩百歩だけど、それにしても砂糖をサービスするだけはましね。資本家と革命家は倫理的であらねばならぬ、というのがわたしの考えだけど、日本の資本家と革命家はその点、落第だわ。とくに資本家は民百姓から絞りっぱなしだものね。……はなしが逸《そ》れちゃった。ま、ジョン・ホプキンス氏はさんざん民百姓を絞りあげたけれども、最後にすべてを民百姓に返した。そこは評価してあげたい」

「で、あんたのお家は」

「四谷で眼科医院をやっているわ。父も兄も眼科医なの。その父がこの三月に亡くなったので、休暇をとって日本へ帰ってきているところ。ところで……」

芹沢明子さんは、真向いに坐った主人のグラスにワインを注ぎました。

「一郎君。これからあなたにいくつか質問するわよ。おやおや、急に硬くなっちゃって。ワインをのんですこし気持をほぐしてちょうだい。ワインはビールや日本酒とちがってアルカリ性の飲料よ。野球選手の身体にはもってこいなの。安心してもうすこしおやんなさい。それからわたし眼のことしか聞かないわ。だから警戒しなくてもいいのよ。えーと、あなた。生れはどこなの」

ぼくは耳をピンと立てた。そのときのぼく、自分の主人の過去についてなにひとつ知らなかった。そこでなにかつかめるかもしれないと思ったわけです。

天才の生立ち

「田中君、君は五歳のときに全盲になった、といっていたわね」

運ばれてきた牡蠣《かき》にたっぷりとトマトケチャップを振りかけながら、米国は、ジョン・ホプキンス大学付属病院眼科の芹沢明子先生が訊きました。ぼくはといえば、その気持のいい個室の隅に寝そべって牛の骨を齧《かじ》っておりましたな。

「どこで全盲になったの」

ぼくのご主人田中一郎選手は、そのときまで、芹沢明子先生の気配、彼女の手の動きが立てる物音、なにひとつ聞き逃すまいとしてじっと右の耳を向けておりました。芹沢先生が小さなフォークで牡蠣の身を殻から剝《はが》し、その実を例の「摘んですぐの苺のように新鮮」な口の中へ入れるところまでじっと耳を澄していた主人は、微かにうむと頷き、自分でも牡蠣の上にレモンを絞り、トマトケチャップをかけ、フォークで身を掬ってたべました。

「おいしいですね」

聴覚による驚くべき学習能力であります。牡蠣のたべ方をたった一度だけ耳で聞き、すぐさま模倣してみせる。ああ、素晴しい勘であります。この勘があってこそ、デビュー試合で、二打席連続満塁本塁打という日本プロ野球新記録をたてることができたのでしょうな。

「ぼくは東北の農村で育ちました」

「ちょっと待ってちょうだい。わたしが聞きたいのは、まず生れなんですよ」

「わかりません、生れは」

「どういうことかしら」

「あんたみたいなお嬢さん育ちのいや味なところは、つまりここさ」

永井さんがいいました。

「他人《ひと》の話を素直に聞いてやりなさいよ。一郎は、自分の生れはわからんといっている。それは、それだけのことで、それ以上でも、またそれ以下でもない」

「孤児《みなしご》ってわけ」

「そういうことさ」

「おばあさんに育てられていたのです」

ご主人は早くも四つ目の牡蠣に取り組んでおりました。

「五歳の子どものことですからはっきりした記憶はあまりないのです。が、このおばあさんのことだけは、はっきり憶えています。しょっちゅう『おまえはずーっと南の、東京というところから、この村へやって来たんだよ。おまえの生みの親も、育ての親もその東京というところにいるのだよ』といっていました。家のまわりは畑でした。おばあさんはひとりで畑をやっていた」

「育ての親は？　あなたを育ててくれたお父さんやお母さんは？」

「ですから不思議なことですが、まるで憶えていないのです。居たような気もするし、居なかったような気もする」

「たよりない話ねえ」

「わたしの想像はこうなんだ」

　永井さんがまた注釈をつけました。

「一郎の生みの親はむろんわからない。が、たとえば育ての父はおそらく東京へ出稼ぎに出たまま、ある年からふっと村へ戻ってこなくなってしまった」

「では、育ての母は？」

「夫を探しに東京に出た。そしてこっちも二度と村へは戻ってこなかった。それがおばあさんの『おまえの生みの親も育ての親も東京にいるんだよ』ということばの意味ではないか。一郎が五歳の頃といえば、いまから十六年前、昭和三十八年のことだ。東京オリンピック関連の工事がたけなわ、それに高度成長がいよいよぐんと上昇期にかかるころ、日本中が〝中央〟を中心に熱に浮かされていた。はやりでいえば、高度成長フィーバーってやつが日本列島を渦巻いていた。そのフィーバーに鉋屑《かんなくず》のように煽《あお》り立てられて、一郎の育ての親は、東京へ迷い出て行った」

「なるほど」

ウエイターが牡蠣の殻をさげにきました。別のウエイターがかわりにステーキを三人の前に置きます。

「生みの親は知れず、育ての親は行方不明。一郎君は老婆と二人で暮していた。そういうことね」

「すみません、あまりはっきり憶えてなくて」

「いいのよ、べつに。わたしは区役所の戸籍係じゃないんだから。ただ、一郎君が視力をなくす前後のことを知りたいだけ。で、一郎君、あなたがそのおばあさんと二人で暮していたというのは、東北のどこなの」

「それもわからないのです。なにしろ五歳までしかいませんでしたから。ただ、家のまわりの景色は、いまでもはっきりと瞼の裏に浮びます。家は山の中腹にありました。家の前から向うへ畑がひろがっています。畑は、向うへ行くにつれて斜面が急になり、下へ落ち込んで行く。イモ畑、豆畑、それから何も植えてない畑」

「三圃《さんぽ》制だわ」

芹沢先生がフォークとナイフを皿の上におきました。

「昭和三十八年頃に三圃制をとっていた畑を探せばいい。そこが一郎君の育った所よ」

三圃制というのは、芹沢先生によれば、畑を三つに分け、そのうちのひとつを遊ばせるやり方なのだそうですな。この場合、はっきりと一年ごとに、三つに区分した畑を①イモ畑、②豆畑、③休み畑と回転させて行く。だからいつも畑の三分の一は休んでいるわけで、つまり一年休ませて地力を回復させ、次の年に豆科の作物を播《ま》く。豆科の作物というのは土地を肥《こ》やすんだそうで、地力はさらに豊かになる。そこへイモや小麦を育てるとどっさりと収穫があがる。

「眼科の女医さんが、まるで農業高校の先生のようなことをおっしゃる。こいつはおどろいたな」

永井さんが言いますと、芹沢先生、ケラケラと笑った。

「ジョン・ホプキンス病院のわたしの私室をお見せしたいわ。本棚に並んでいるのは、日本語の、農業の本ばかり。農業の本を読んでいると落ち着くのよ」

明治維新まで日本の人口の九割までが百姓だった。と、芹沢先生はお喋りを続けました。ということは、現代の日本人、それがいかに都会人然としていようと、たとえば、高層ビルのオフィスでテレックスを叩き、夕食にスコッチをたしなみ、マンションにある我が家に帰ってエルメスのネクタイをほどき、ローレックスの時計とローゼンシュトックのメガネを外し、シャワーを浴び、テレビを眺め、寝しなにガルブレイスの本を拡げようと、三代か四代前にさかのぼれば、先祖は百姓である。その生地が外国暮しをしているると、ヒョイとでてくる。その百姓の子孫としての地金《じがね》が、農業書を本棚に並べさせるのだろう。

「とまあ、そういうわけ。一郎君、話の邪魔をしてごめんなさい。あなたの瞼の裏にある風景のはなしを続けて」

「畑が向うへ落ち込んで行くというところから、そこが山の中腹だったろうと睨んでいるのですが」

「でしょうね」

「畑の下方に、小さな町が見えていました。夕方になるといつも紫色に煙っていた」

「炊事の煙や、風呂をたく煙のせいね」

「あ、そうか。町の中央を銀色の蛇のような川が流れていました。町の向うは、こっちと同じような山畑です。そしてその背後に、高い山。大、中、小のみっつの山が重なり合っていた。夕陽はいつもそのみっつの山のかげに沈む。ある夕方です。ぼくはひとりで家の中にいました。ポポウ、ポポウと山鳩が啼いていたような気がする。ぼくは囲炉裏のまわりを走りまわっていた。猫を追いかけていたんです。そのうちに囲炉裏の端の木の枠につまずいて転んだ。突んのめって、勢いよく囲炉裏の灰に顔を突っ込んだ。あとのことは憶えていません」

「そのときなの、目が見えなくなったのは？」

「はい。気がつくと薬品の匂いです。芹沢先生はいまイングリッシュラヴェンダーのオーデコロンをつけていらっしゃるでしょう。でも、そのオーデコロンの匂いとは別に、薬の匂いもしている」

主人の指摘は正しい。人間よりも数千倍もよく鼻のきく犬のぼくは、ずいぶん前からそれに気付いていていた。

「その匂いと同じ匂いがしていました」

「病院へ運び込まれたのね」

「ええ。看護婦さんがお医者さんにこう言っていた。『先生《しぇんしぇ》、この童《わらす》の婆様《ばっちゃ》ァ、今し方《えますがた》、外科病棟《げがびょーとー》で息《えぎ》ば引きとった』って」

芹沢先生はハンドバッグから手帖を取り出すと、それに主人の口にした方言を書きとめました。

「高校時代のボーイフレンドが、東大の言語学科を出て、国立国語研究所に勤めているの。彼に、この方言が東北の、どの地方のものか訊ねてみます」

「とたんにぼくは、おばあさんの口癖の『おまえはずっと南の、東京というところから、この村へやって来たんだよ。おまえの生みの親も、育ての親も、その東京というところにいるのだよ』ということばを思い出しました。そしてあくる朝、ぼくは手さぐりで病室を抜け出した。記憶の糸は、そこでふっつりと切れています」

「そのあとは、わたしが引き継いだ方がいいだろう」

空になった皿を押しやり、永井さんがナプキンで口を拭いた。

「昭和三十九年の九月二十三日、秋分の日の朝のことです。その頃、わたしは総武線の市川駅前でラーメン屋をしながら、隣の小岩の「山」《やまさ》という家具店の野球チームの監督をやっていたんだが、午前五時ごろ、江戸川堤防下のグラウンドへおりて行くと、乞食みたいな、ボロボロの服を着た盲目の子どもが、川岸をふらふらしながらこっちへやってくるのが見えた」

「永井さん、ちょっと待ってくださらない。永井さんが一郎君と出会ったのは、昭和三十八年じゃないの。だって、一郎君の目が見えなくなったのは、五歳、つまり昭和三十八年でしょう」

「とにかくわたしが一郎と出会ったのは、東京オリンピックの年だ。これははっきりしている」

「すると、東北のどこかの田舎町の病院から抜け出して江戸川の土手に辿りつくまで一年かかったってわけなの」

「そうとしか考えられない」

ウエイターがコーヒーを運んできました。

「その間《かん》のこと、一郎君、まるで憶えていないの」

「すみません」

主人が頭をさげました。

「空白なんです。ぼくが憶えているのは、永井さんの店へ連れて行かれて、焼飯をたべさせてもらったこと。その焼飯からこっちのことは、記憶にありますけど」

「とにかく一郎を見たときはおどろいた」

「どうして」

「一郎は左手に石を握って川岸に立っていた。そのうちにその左手のスナップを効かせてピュッと水面へ石を投げる。すると、ポッカリ、銀色の鮒が浮きあがる。石をぶっつけられて脳震盪《のうしんとう》をおこすわけだ」

「魚に脳震盪なんてあるかしら」

「とにかくわたしにはそう見えた。で、その鮒を棒で引き寄せ、摑みあげて竹の串に刺し、そばの焚火にかざす。盲目なのに、まったくそうとは感じさせない」

「その鮒が一郎君の朝御飯だったわけね」

「そういうことだったんだろうな。わたしは連れて帰って、一緒に暮すことにした。そして現在に至る」

「石を投げて鮒をとる。そういう技術を、どこで教わったのかしら。どこで憶えたの？」

「だから、空白。からっぽ。ただ……」

主人はここでふと眉と眉を寄せて、

「このごろ、ふと気付くとぼくは、わけのわからないことばを呟いていることがあるんです」

といった。

「俳句みたいな感じの、ひとつながりの文句なんです」

「いってみてくださらない」

芹沢先生が手帖から鉛筆を抜いて構えた。

「どういう文句なの」

「野も山も茂れば瑠璃《るり》の世界哉《かな》」

「俳句かしら」

「このあいだはこんなことを呟いていました。色々の雪を畳んで物の音」

「やはり俳句だわ」

「おばあさんが俳句を作っていたのかもしれない。それが頭の隅に残っていて、今頃になってふっと口をついて出てきた。そう思った。でも、山の畑で、肥桶《こえおけ》に直接《じか》に手を突っこんで人糞を撒《ま》いていたあのおばあさんに俳句をつくる余裕があったかどうか」

「また、わたしの生活には俳句のハの字もない」

永井さんが主人のあとを引きついだ。

「ラーメン屋の主人、そしてアマチュア野球チームの雇われ監督、わたしの生活はこの二色《ふたいろ》です。花鳥風月いっさい関係ない。すると、いまの俳句のような文句は、その空白の一年間にどこかで仕込まれたものではないか。これが一郎とわたしのたどりついた結論でね」

「おもしろいわねえ」

芹沢先生はナプキンをおいて立ちあがり、

「ひと足先に出て、お勘定を払っているわ。ゆっくりコーヒーを召しあがれ」

と部屋を出かかりましたが、急に立ちどまって、

「明日のゲームは神宮球場でしょ」

主人と永井さんの方をふり返りました。

「わたしの家からなら歩いて行けるわ。今夜、これからわたしの家へいらっしゃい。そうすれば、わたし、一郎君の目も診ることができるし、どうかしら」

クロロホルムの甘い香り

「冗談を言っては困るな、芹沢さん」

永井さんがわがご主人田中一郎さんとジョン・ホプキンス大学付属病院眼科の医師芹沢明子先生との間に割って入りました。

「一郎は合宿へ帰らなくちゃいかん。合宿には合宿の規律がある。その規律を、初日から破ることは許されない。一郎をどうしてもわたしは今日中に合宿に送り届けなくちゃならん。ま、ご親切はありがたいが」

「それもそうね」

芹沢先生はあっさり引き下った。こういうところが、この先生の魅力ですな。申し出を断られても、眉毛吊り上げて怒ったり、躰を縄のようによじってすねてみたり、鼻声で甘えたりいたしません。始終変らぬ態度でてきぱきと話を進める。ぼくは自分が犬の身であることも省りみず、芹沢先生に惚れました。因《ちな》みに、ぼくの愛読書は、人間の女性である伏姫と猫に養われたという猛犬八房《やつぶさ》とが、あらゆる常識を超えて交わり和合するのが発端の、彼の『南総里見八犬伝《なんそうさとみはっけんでん》』であります。

「じゃあこうしましょう。わたしの家は、このホテルから歩いて十分とかからない四谷若葉町にある。そこまで食後の散歩をしましょうよ。そして、一郎君の眼を十五分、いや十分だけ見せてもらう。それからタクシーでここへ戻って来て、それぞれの車に乗ってサヨナラする」

一歩引き下ったとみせて半歩前進、鮮やかなものです。ぼくはすこし感心しすぎでしょうか。

「川崎の合宿に午前零時半までには着けると思うわ」

「お断りする」

永井さんはにべもしゃしゃりもない。

「これ以上はつきあえない」

「待ってください」

ご主人がいった。

「ねえ、永井さん、三点差で負けている九回裏最後の攻撃、局面は二死満塁、カウントは二―三《ツー・スリー》、打者はこのぼく。さて、投手が投げてきたのは、きっと腕がちぢかんでいたのでしょう、ハーフスピードの真《ま》ン真《ま》ン中《なか》の直球です。この球を見送って三振して帰ったら、永井さんはどうしますか、ぼくになんていいますか」

「何もいわんよ。まっすぐ合宿に行き、おまえの荷物をまとめ、それからおまえをおんぼろカローラに引き摺り込んで市川へ帰る。で、一生、ラーメンを拵《こしら》えて暮すさ」

「でしょうね。永井さん、芹沢先生にとってぼくはその真ン真ン中の絶好球だと思うんです。盲目のプロ野球選手、これを診察もせずに別れては医学の神様に叱られる。ぼくがその絶好球を見逃すことはできないのと同じように、芹沢先生も、ぼくという絶好の研究対象を見逃すことはできない」

「ありがとう、一郎君」

芹沢先生はご主人に向って軽く左目をつむってみせました。が、果して主人にそれがわかりましたかどうか。

「一郎君、あなたって相手の立場になってものを考える訓練がちゃんとできている人なのね。あなたの打撃術を支えているもののひとつは、きっとそれだと思うわ。相手の立場になってものを考えるということと同じ。つまり配球が読めるわけね。そこへ行くと江川とかいう坊やは、この訓練ができてないみたいね」

芹沢先生の話の穂先は鼠花火と同じで、一秒後にはどこへ飛ぶかわかりません。その意味ではまことにスリリングな女性です。

「あのときはアメリカにいたから詳しいことはわからないけれど、あれはたしかコミッショナー裁定が下って、巨人の提訴が却下されたときだから、去年の十二月二十一日かな、江川投手が記者団に『トレードもイヤです』といったことがあるでしょ」

ああ、あの日を忘れてなるものか。あの頃、まだぼくは千葉県習志野市のさる植木屋に飼われておりましたが、プロ野球審判員志望の飼主に感化され、すでに人後に落ちぬプロ野球愛好犬でした。そうして、金子鋭コミッショナーの、
〈昭和五十三年十一月二十一日読売興業株式会社東京読売巨人軍が江川卓選手となした選手契約について、同日セントラル野球連盟会長が、その承認を却下したのは野球協約に違反せず、撤回の必要性を認めない。〉
という裁定主文に感動して涙を流しました。ああ、ここにキチンと筋道を立てて物事を考えることのできる人がいた。聞けば金子鋭様は富士銀行の頭取様であらせられたことがあるとか。いつか道端でお金を拾うようなことがあったら、そのときは迷わず富士銀行に預金しようとまで思ったものでありました。
さて、この裁定の出た日、江川投手は小山市の自宅でこんなことをおっしゃっている。
〈……（阪神とのトレードについては）そういうことはいやなんです。僕が巨人に入ることで、トレードに出される人に迷惑がかかりますから。だから巨人との契約を認めてもらうことが最上の方法だと思うんです〉（日刊スポーツ）
〈自分のためにほかの人が移籍させられるのは迷惑なことだし、自分の性格に合わないので、それはありえない〉（報知新聞）
日刊スポーツは朝日系、報知新聞は読売系、ですから同一人の同一談話が系列のちが

いによって、かくも異なる。ま、野球試合の結果をちがえないうちは許しましょう。もっとも報知新聞なぞは今年（昭和五十四年）どんなスコアを載っけるかわかったものじゃありません。江川登板、滅多打ち、巨人がどこかに10―0かなんかで零封されても、報知だけは、

「江川デビューを零封で飾る」

なんて書くかもしれない。

それはとにかく、このときの江川投手の談話も立派でした。自分のために他の選手をトレードに出したくない。その言やよし。他人の立場を思いやることのできる好青年、とこう思いました。

ところがそのあくる日、すなわち十二月二十二日、金子コミッショナーのあの珍指令が出ました。

〈江川投手を阪神―巨人両球団間で、来年二月一日のキャンプイン前にトレードして、事態の現実的な解決をはかってほしい〉

呆れましたな。ぼくら犬でも三日飼われたらその恩は忘れませんぜ。それがこの御仁、たった一日で自分のいったことをひるがえしてしまった。ぼくはあんまり腹が立ったものだから富士銀行習志野支店の正面玄関に小水をひっかけてきました。あと百年もしてみなさい、土台がじわじわと腐って習志野支店め、前へつんのめってしまいますから。

ところで金子コミッショナーの珍指令が出たあとで、江川投手はどう語ったか。

〈どちらかといえば金銭トレードがいい。人が傷つかないから。そのほかにも方法があるかもしれませんけど〉（東京）

なんか巨人軍投手というよりも巨人軍オーナーみたいなことをおっしゃっておる。一方、読売には、

〈トレードは球団間のことですからぼくにとって口をはさむ問題ではありません〉

といっている。読売は巨人軍の親会社、やはりオーナー然とした口をきいてはいけないと考えたのでしょう。さて、相変らずこの青年は「人が傷つくのはいやだ」と殊勝なことをおっしゃっておりますが、しかしそのニュアンスは一日のうちにだいぶ変ってきている。前日までは、自分の性格にあわないからほかの人が移籍させられる三角トレードはいやだ、といっていたのに、あくる日は、どちらかといえばというところまで崩れてきております。巨人に入団できる可能性が濃くなるにつれて、トレードの方法は問わない、という方向へ気持が変化しているんですな。結局、この青年は他人のことなぞどうでもいいのです。

ぼくは彼に聖人君子であれ、と無理な注文をつけているのではありません。犬もヒトもみんな動物、欲と本能のかたまり、犬に聖犬がいて、ヒトに君子がいたら、それはお化けだ。だから、人を傷つけるのはいやだ、などと恰好つけずに、最初からおしまいま

で「巨人、巨人、巨人、巨人」と叫びつづけていた方が、動物らしくてもっとよかった。ぼくのいいたいのは今のところこれぐらいかな。

「――ところがそのあくる日、どちらかといえば金銭トレードがいい、しかし球団間で三角トレードがよしということに決ればそれでもかまわない、と意見がすこし変ってきた。つまり、他人の立場を考えるということを放棄してしまったわけよ。これは投手にとって致命的なことね。というのは、ボブ・フェラーという大リーグの名投手がこういっているの。『投手の財産はスピードボールやドロップだけではない。打者の立場にいかにすばやくなれるか。これが最大の財産。そして二番目がコントロールだ』……」

「ほほう、あの火の球投手のボブ・フェラーにしてその言ありですか」

永井さんは芹沢先生の江川批判がよほど気に入ったとみえて、にこにこしだした。

「では、芹沢さんのお宅まで散歩としゃれますかな」

上智大学グラウンドを右に見、次に赤坂離宮の塀を左に見ながら芹沢先生は喋りつづけました。話題は主としてアメリカ大リーグの珍談奇談のたぐいでしたが、ぼくはあまり身を入れて聞いていなかった。というのはほかでもない、ぼくは去年の暮に自分の考えていたことを思い出し、ひとりでにやにやしていたからなんです。

世の中は金子コミッショナーの珍指令を、阪神がどう受けとめるか注目していました。金銭トレードか、三角トレードか、あるいは珍指令を断乎拒否するか、鳴りを鎮めて見

守っておった。が、そのときぼくは、

(阪神はトレードに応じて、正力オーナーを要求したらどんなものだろうか)

と考えたものでした。ま、王選手を要求するのもおもしろいが、とにかく洒落でもって、正力オーナーを要求したら？　正力オーナーがいれば野球協約などあってなきが如きもの、阪神はぐんぐん強くなることができるではないか。

(うん、正力オーナーと江川投手のトレード案は、そう悪くはなかったな)

そんなことを思いながら、大通りを新宿の方へ三人のあとについて歩いているうちに、どこからともなく滅法いい匂いが漂ってきた。ちょうど『有明家』という佃煮屋さんの前です。

(肉の佃煮の匂いかしらん)

立ちどまって鼻をぐるっとまわした。

(ちがう)

それはじつになまめかしく、甘い匂いでしたな。もっといえば、じつにみだらな体臭です。ぼくの股間が重くなった。生殖器の海綿体に血がどっと流れ込み、その分だけ重くなったわけであります。

(近くにメスがいる)

いっそう鼻をきかせておりますと、そのみだらな体臭は、右へ入る小路の奥から濃い霧のようにこちらへ押し出してきていることがわかった。思わず知らずぼくはその小路へ前肢を踏み入れました。すると四、五米先の電柱の蔭から、

オーマイ・ダーリン
オーマイ・ダーリン
オーマイ・ダーリン海綿体《カイメンタイン》

とぼくの怒張した海綿体を呼ぶ声がしたのであります。可憐きわまりない、いい声でありました。駆け寄ってみますと、全身をピンク色の染料で結構な色合いに染め上げたプードル嬢が、そのお尻をぼくに向けて立っておりました。犬の世界は、セックスに関するかぎり人間さまよりはるかに開けております。さよう、フリーセックスなんです。

「見参、犬参……」

ぼくは鼻を鳴しながら彼女のお尻へ接近して行った。

「ぼくはチビと申す野球盲導犬ですが、卒爾《そつじ》ながらお腰を拝見したい」

「どうぞ」

よい色に染め上っているだけに彼女は色よい返事をしてくれました。

「なおよろしければ一手、契り合せねがいたい」

「はい、不束《ふつつか》ではございますが、よろこんで」

これで挨拶がすみ、いよいよ嗅ぎに入ります。がそのとき、ぼくは彼女の体臭よりもっとずっと甘い匂いがこっちへ急速に近づいてくるのに気づきました。

「なにものだ。犬の恋路を邪魔するやつは人に喰われて死ぬがよい」

と唸りながら躰の向きを変えようとしました。が、ときすでに遅く、ぼくの鼻は背後からしっかりと塞がれてしまっていたのです。鼻を塞ぎにかかってきたのは白いガーゼでした。

（ややや、この匂いはクロロホルム……。だれかが、このぼくに麻酔をかけようとしている。でも、いやだなあ、クロロホルムなんて。こいつをあまり長い間、嗅いでいると、心臓と肝臓と腎臓とに障害を起すんだがなあ）

以前ちらと覗いた新聞の、医学啓蒙欄に書いてあったことをなぜか思い出しました。そしてすぐなにもわからなくなってしまったのです。

豚雷光油《とんらいこうゆ》

……ピシャ、ピシャ、ピシャ。

だいぶ前から、その奇妙な音が、ぼくの鼓膜を叩いておりましたな。ぼくはその音を感じるたびに、

（目をさませ、チビ）

と自分で自分に声をかけた。

（早く正気を取り戻せ）

自分に向って喝《かつ》を入れていた。

（あの音は死の音だぞ、チビ。死神の足音なんだぞ、チビ）

しかし、ご存知のように、ぼくは何者かによってクロロホルムをしこたま嗅がせられておりましたので、日頃から行動の指針としている犬生訓（人間さまなら人生訓ですな）、別のことばでいえばモットーの、
豚雷光油《とんらいこうゆ》

をすっかり忘れていた。

脳味噌の中の、この四文字の格言の仕舞ってあった部分が、たまたま最もひどくクロロホルムにやられていたんじゃないか。だから、なかなか正気を取り戻すことができなかったのではないか。ぼくはそう考えている。

この格言を作ったのは、ぼくの遠い先祖の巾着丸《きんちゃくまる》という犬です。戦国時代の武将に武田信玄という、卓抜なる戦術家がおりましたが、巾着丸は、この武田信玄の飼犬だったそうで、そりゃもう主人に忠実で、信玄より先に寝たためしなく、信玄より遅く起きたことがない。常に信玄の身辺に居て、信玄に尻尾を振っていた。その有様をことばにすれば、もう「腰巾着」としかいいようがない。そこで巾着丸という名がついた。そういう犬ですからね、信玄が例の「風林火山」を自軍のモットーにするや、巾着丸もそれを真似して、この「豚雷光油」という格言をひねり出し、甲斐国一帯のすべての犬に、

「これからは、あらゆる行動をこの四文字にのっとって起すことにしよう」

と提言したんです。ま、ぼくらの方の史実ではそういうことになっている。

そのときは〈さわぎ〉だったようです。

「バカな犬コロめ。犬に格言がいるか」

甲犬が色をなして吠えれば、乙犬、これを、

「あって悪いことはないじゃないか、この犬の糞め」

と反駁《はんばく》する。すると丙犬は両犬をなだめて、

「喧嘩はよして冷静に話し合いましょう」

と仲裁犬面《づら》をする。と丁犬が、

「犬と格言との関わり合いについて、おれにはさしたる定見はないが、しかし喧嘩はおもしれえ。止めるな、止めるな。ケリがつくまで噛み合わせろ」

とけしかける。犬々囂々《ごうごう》という成句はじつはこのときに出来たものらしい。ちゃんと史料にそう書いてあります。

結果は巾着丸の負けでしたな。普段の腰巾着ぶりが、他犬の反感を買っていた。それで孤立してしまったってわけです。ただし、自分の子どもには、この四文字を繰り返し繰り返し、口を酸っぱくして教え込んだ。それが連綿と伝えられ、現在、このぼくの犬生訓となっている。そこで、この「豚雷光油」の意味ですが、

食べるときは　豚のごとく
吠えるときは　雷のごとく
走るときは　光のごとく
逃げるときは　油虫のごとし

と、こういうこと。油虫とはゴキブリの別称ですが、しかしそう悪い格言ではないでしょ。

いずれにしても、そのときのぼくは、クロロホルムの麻酔作用で脳味噌がしびれ、「豚雷光油」が思いだせない。したがって「逃げるときは油虫のごとし」という行動がとれない。ただとろーんとした目付で目の前を眺めていた。

ピシャ、ピシャ、ピシャを、そう、五十回も聞いたでしょうかね、そのうち、目の前がぼんやり明るくなり、周囲の事物の、輪廓が次第にはっきりしはじめました。目と鼻の先に西洋便器があった。すぐ横が浴槽でしたよ。便器と浴槽との色が合わせてあって、どちらも淡いピンク色だった。

〔犬には色彩感覚というものがない〕とおっしゃる学者がおいでだ。それも大勢いらっしゃる。まあ、定説といってよいだろうと思います。みなさんはどなたも〔犬には世界がモノクロに見えている。たとえば七色の虹も、犬にとっては、濃淡の段差があるだけの灰色の帯にしか見えない〕と申されている。この説、当っていないこともない。いや、かなり事実に近い。がしかし、せっかくこうやってお話しするからには物語に「色」をつけたいと思うのは、自然の情でしょ。つまり、多少の「科学的事実」は犠牲にしても、より多くの「物語的事実」を。これがぼくの立場なんです。ですから便器と浴槽に

「色」がついた……。

床、壁、天井はうすい青。後方にドアがありましたが、これにも同じく、うすい青色の塗料がぬってある。ドアの上方に、郵便箱の、投入口とそっくりの、平べったい方形の覗き窓がついていた。つまり、ドアの向うに立てば、便器にしゃがんだり、シャワーに入っている姿が覗けるわけで、これは変ってますわな。

便器をはさんで、浴槽の反対側に洗面設備があった。これは淡いピンク色。その上には棚。化粧品のビンが、そうですな、五十本はあったでしょうか。

(この浴室を、主として使っているのは、若い女性ではないか)

化粧品棚の様子から、ぼくはこう推理した。

(そしてその女性は、いわゆる堅気娘ではない)

この推理は、ドアの覗き穴からもたらされたものです。

(男性に、自分の肉体の一部を、時には全部を賃貸《ちんが》しして生計を立てている女性、それがこの浴室の、主なる使用者ではないかしらん)

のっそり立ち上り浴室の中をひとまわりしました。蛇口から浴槽の底へ水滴が落ちている。ピシャ、ピシャの音は、この水滴の音だったのですな。

(水がもったいない。蛇口をきちんと締めることができないなんて、その女性、よほど締りのない、ルーズな性格の持主にちがいない。あるいは、入浴中、ないしはシャワー

を浴びている最中に、なにか急ぐことでも起きたのか）

浴槽の底に血の塊があった。もっともよく見るとそれは真ッ赤なパンティでした。

（はて、その女性はなぜ、パンティをこんなところに捨てたのだろうか。下穿きをつけたまま湯に入る奇癖の持主なのか、それとも……）

カタン。なにかが浴槽の縁からタイルの床に落ちた。みると、シャンプー壜でした。縁に立ててあったのを、尻尾で引っかけてしまったらしい。蓋が緩めてあったんでしょうな、タイルの床の上に、中身の、赤いシャンプー液が流れ出した。その香料で頭が変になりそうでした。ぼくら犬の嗅覚の驚くべき鋭さについては再三申し上げております。ですから、ここでは重複をおそれて、何も申しませんが、この鋭敏な鼻に多量の香料、これは地獄です。息がつまりそうに苦しい。

ドアの把手《ノブ》を引っ掻いてみたものの、ぼくら犬の足には、ものを握ったり摑んだりする機能がない。したがって、この足掻《あしか》き行為は「無駄な足掻《あが》き」の標本のようなもので。さいわい、壁には小さな、空気逃しの高窓があり、しかもそこが開いていましたから、間もなく匂いがうすくなった。ほんとうにあの高窓には救われました。

ところで、匂いのはなしが出たついでに、赤いシャンプー液がタイル床にこぼれ流れ出すまで、浴室に君臨していた匂いについて申し上げておきましょう。まず、第一がシアン化合物の匂いです。ちょっと酢の匂いに似ております。その匂いが洗面器からしていたことを思い出し、ぼくはチンチンをいたしましてな、洗面器のなかを覗いてみました。するとありました。シアン化合物の入った小壜が底に立っていた。蓋はとってあった。そしてそのそばに、使い捨ての注射器が一本。

（ぼくにクロロホルムを嗅がせた男をXとして、このX氏は、ぼくを四谷駅前の小路でとっ捕まえると、まずここへ連れてきた。そしてこの浴室で、ぼくにシアン化合物を注射しようとした。ところがそこでなにかが起った。なにが起ったか、それはわからないが、とにかくなにかの理由で注射を中止し、浴室から出て行った。そうして、ぼくが正気づいた。まあ、こんなところだろう。さて、問題はそのX氏と彼《か》の「女性」との関係だが……）

そこまで推理を進めたとき、ドアの向うで、人間の女の悲鳴があがった。いや、悲鳴といっては正確さを欠く。泣き声といった方がいい。

「死にそう。あ、死ぬわ。ああ、もう死んじゃった」

ぴんときました。そしてぼくは次のような結論をくだしました。

（X氏と「女性」との関係は、肉体関係という関係で、二人はいままさに関係中である。すなわち二人はいま、交《つが》っているところなのだ）

この結論の正しさは、間もなく聞えてきた、男のことばによって保証されました。男の声が、

「紙をとって、拭いてくれないか」

といったんです。

「動いちゃだめよ」

これは女の鼻声。

「抜いちゃいや。余韻をたのしませて」

「じゃ、その間、煙草でも喫うか」

「なにをしていてもいいけど、とにかく抜いてはいや」

「わかっているよ」

男の言葉が不明瞭になった。煙草を咥えたんですな。シュッとマッチを擦る音。

「燃えてるねえ」

と男がいった。むろん、マッチが燃えてるねえ、という意味じゃない。「今夜のおまえの躰は燃えてるねえ」と解釈するのが正しい。

「浴室であなたは犬を殺そうとしていた。それをわたしはシャワーを浴びながら眺めていた。あなたは獣医さんの卵だけあってとても冷静なのねえ。顔色ひとつ変えず毒薬を注射器に移していた。そのうちに、わたし、この人にいますぐ抱かれたいという気持に襲われて……」

「それでおれのズボンをいきなり引き摺りおろしたんだな」

「そう」

「じゃ、これからは、毎日、ベスを借りて行こうか。ベスをおとりにして野良犬とっつかまえて戻ってくる。そしておまえの見ている前で殺す。それだけでもうおまえは充分に濡れてしまっているから、前戯をしてやる必要はなくなる。手間が省けていいや」

「男ってどうして前戯を面倒くさがるのかしら」

「へえ。するとおまえのパパもいきなりズバリの口かい」

「パパのはなしはよしてよ。せっかくの余韻が台なしだわ。あ、煙草、一口、すわせて」

ぼくは女の声のする方へ向き直って尻尾を振りました。だって、その女、ぼくの命の恩人ですからねえ。彼女が浴室で男のズボンを引き摺りおろしてくれなかったら、いまごろぼくは土になってしまっていた。

「おっと。おまえのパパに電話しなくちゃな。犬を殺したらすぐ報告しろ、といっていた。いや、下宿に帰ってからにしよう。その方が安全だ。おまえのところから電話をしたと知れては、こんどはおれが殺される」

「大丈夫よ。わたしがパパに『長谷さんと寝たわよ』なんていうはずないじゃない」

「いや。電話というやつには、知らぬ間にこっちの周囲の様子を相手に伝えてしまうところがある。しかも政五郎親分は勘が鋭い」

「パパが勘を働かすっていうの」

「ああ」

「まさか。いつもぼけーっとして鼻くそむしってばかりいるわよ」

「お芝居だよ、それは。おれはさ、この一年、政五郎親分と麻雀でつき合ってきたろ。だから、あの人の勘のよさはいやというほど見ている。油断も隙もないぜ」

「おやおや、妙に落ち着かなくなってきたじゃないの、びくびくしないでいいのよ。パパは今夜は絶対にここに来ないわ」

「なぜ」

「結婚記念日なんだって。いまごろ奥さんのおなかの上に乗ってるわよ」

「じゃあ、泊って行くか」

「そうして」

このとき、電話のベルが鳴りました。

「はい、藤山です」

女がそれまでの鼻声をやめて、ちゃんとした声をだした。

「なあーんだ、パパだったの。これからこっちへ。ここで麻雀？　ええ、もちろんいいわよ。メンバーが一人足りないからあたしに？　あたしじゃだめよ、並べるのが精一杯だもの。長谷さんがいいわ。いま、長谷さん、浴室で例の犬を処分中よ。わかった。長谷さんを足留めしておくわ。じゃあ、あとでね」

受話器を置く音。

「聞いててわかったでしょ」

「ああ、まず窓を開けて空気を入れかえておけよ。なにのあった部屋ってのは、なんとなくわかるものなんだ。おれは例の犬を殺《や》ってくる」

「わたし、見てたい」

「だめだよ。また興奮するからさ」

男の声がこっちへ近づいてきました。さあ、どうしよう。この数秒間で方策を立てなくちゃならん。

首のない犬

　ぼくには横浜大洋ホエールズの盲目の天才打者田中一郎選手の盲導犬をぜひとも無事に勤めあげて青史にその名を残そうという大望があります。田中一郎選手が野球殿堂入りするときは、せめて一緒に首環ぐらいは並べて飾られてみたい。ですから、ここで殺されてはそれこそ犬死というものであります。助かる道はないか。必死で考えました。がしかし、すでに述べましたように、ぼくが閉じ込められたのは、小さな高窓がひとつの、ほとんど密室といってもよろしい高級マンションの浴室。どこにも逃げ道はない。ドアには長谷という男が近づきつつある。事態は絶望的といってよろしい。勿論、長谷がドアを開けた途端、捨身の逆襲を試みる手もないではない。しかし長谷という男が以前にもそうしたように、クロロホルムをたっぷり染み込ませたガーゼかなんかを右の手の平にかくし持っていたらどうなりますか。今度こそ間違いなくおだぶつであります。ぼくはぐるぐる浴室の中をかけまわった。運から見離されているときはよくないことが重なるものでしてな、ぐるぐる回っているうちに、タイルの床にこぼれた赤いシャンプーの液に滑ってすてんどうと転んでしまいました。お尻のあたりが赤いシャンプー液に染って真っ赤になりました。お猿さんのお尻どころではない。尻っぺたに怪我をして血を牛乳壜にひとつかふたつ流したみたいに赤く染った。思わず泣きたくなってしまったが、その途端、

（あっ、これだ）

と閃いた。

（ぼくはお尻に大怪我をしているように見える。そうだ、こいつを利用しない手はないぞ）

ぼくはドアの前で逆立ちいたしました。ドアの覗き窓の下に赤く染ったお尻を持っていったわけであります。このマンションは妾宅です。政五郎親分とかおっしゃる方が、藤山という苗字の女性に買い与えたものなのですな。そういう住居ですから、ところどころ猟奇的な造作がほどこされている。このドアの覗き窓もそのひとつです。お妾さんが入浴し、用便するのを覗き見して政五郎親分は奮い立つ。そういう仕掛けになっているわけです。こいつを利用してやろうと考えついたところなど、我ながら策士であります。さすがは軍師武田信玄公の愛犬巾着丸の子孫というべきであります。

「桃枝、たいへんだ」

ドアの向う側から覗き窓を覗き込んだ長谷という男、案の定、大声をあげてお妾さんを呼び立てた。

「犬が自殺しているぞ」

「犬が自殺したって。そんなばかな。吾郎ちゃんたらしっかりしてちょうだいよ」

「いや、たしかに首がない。血だらけの切口が見えている。こわいよ」

「獣医大学の学生がなにをいってるのよ。学校を卒業したらやがて犬の病院たてるんでしょ」

「そうだ」

「犬の病院たてたらわたしを奥さんにしてくれるんでしょ」

「むろんだ」

「その資金稼ぎのために今夜の犬の暗殺を引き受けたんでしょ」

「そう」

「じゃ、しゃきっとしてよ。はやく犬の死骸を片付けなさいよ。ぼつぼつ政五郎親分のくるころよ」

「ああ……」

「でも、たしかに首がないわね」

　藤山桃枝嬢もこっちを覗きおろしているようであります。しかし角度の関係でこっちの頭部（申すまでもなく、ぼくは逆立ちしているわけだからタイル床すれすれのところに頭部はある）は覗き窓からは見えません。ぼくは安心して逆立ちを続けておりました。

あんまり作戦がうまく進捗《しんちょく》しつつありますので、嬉しくなってつい尻尾を振りたくなっちゃいましたよ。しかしこれは厳禁です。尻尾を振っては作戦が露見する、それこそ文字通り「尻尾を出す」ことになる。ぼくはじっと我慢をしておりました。

「真中に血まみれの穴があるわね。吾郎ちゃん、あれはなに」

「頸動脈だろ」

嘘ばっかり。お尻の穴です。

「切口のすぐ下におちんちんみたいのがさがっているわね。あれはなに」

「咽喉《のど》チンコだ」

吾郎ちゃんの当り。たしかにそれは拙犬のおちんちんなのでありました。

「どうせ殺さなければならなかったんだもん、かえってよかったじゃない。手数いらずだわ。でも犬が自分で自分の首を掻き切って自殺するなんてケースはよくあることなの」

「さあ、どうだろう」

「頼りのない獣医の卵ねえ。とにかく死骸を片付けて」

「どこに捨ててこようか。注射で殺したら袋に入れて学校の死体置場へ運ぼうと思っていたんだ。でも首のない犬では、やはり問題になるな」

「氷川神社の境内にでも捨ててらっしゃいよ」

「わかった」

ガチャリと把手《ノブ》の回る音。ドアが開いた。これを待っていたのです。ぼくはドアの隙間に頭をこじ入れ、スルリと抜け出した。

「あっ、犬が蘇生した。いつの間にか頭が生えてる」

「そうじゃないのよ。わたしたちの見てたのはあの犬のお尻よ。吾郎ちゃんが見まちがえていたんだわ。こら待て」

「待て」

待っちゃいられません。ぼくはベランダに向って走った。ドアが開いてりゃドアを目指したでしょうがね。生憎ドアは閉っていた。そこで開いていたベランダの窓へ向ったわけです。そのとき、マンション内部を瞥見《べっけん》したのでありますがね、なかなか豪華なインテリアでした。総坪数は二十坪ぐらい。それがワンルームのこしらえになっている。奥の角《かど》っこにボクシングやプロレスのリングほどもある巨大なベッドが置いてありました。つまりその上でプロレスよろしく肉弾あい打ちあいもつれ、ボクシングよろしくストレート突き出しそれをカウンターでむかえようというわけで。

ベッドの左が厨房《ちゅうぼう》になっている。右が三点セットや椅子式の麻雀台やテレビなどのある居間です。ベランダはこの居間の向うにあった。出入口は居間のさらに右手です。

さてベランダといっても草花の鉢などを置く略式のやつでした。床も周囲の柵も鉄棒を組んだもの。危っかしくて仕方がない。しかし文句はいっていられない、ぼくはそのベランダの奥の奥まで後退いたしました。

「おいでおいで」

長谷吾郎がモップの先にハムをくくりつけたやつをそろそろとこっちへ繰り出してきた。

「こっちへ来たらこのハムあげるよ。テレビのコマーシャルで有名なマルダイのハムだよ」

冗談じゃありませんや。そのマルダイハムからはクロロホルムの匂いが芬々《ふんぷん》としている。ハムに鼻を近づけた途端、コロリです。ぼくは鉄柵にピタリと軀を寄せ、鼻を外へ向けた。目の下に黒い森が見えております。おそらくその森が氷川神社の境内なのでしょう。森の向うは小高い丘であります。丘には軍艦の如きビルが建っている。屋上に小さなネオン文字があって、曰く「アメリカン・エンバシイ・アネックス」。つまりアメリカ大使館の別館です。生命の危機にあるのでなければ石川五右衛門先生張りに「絶景かな」と小手をかざしたくなるような夜景です。

「吾郎ちゃんて本当に馬鹿なんだから」

桃枝さんがいいました。

「おびき寄せるより、モップで突き落してしまいなさいよ。ぐいぐい押しなさいよ。でね、トコロテンみたいに鉄柵の間からそのワンちゃんを突き出してしまうのよ」

思わず下を覗き込みました。真下にある人家の屋根が、さよう文庫本ぐらいに見えました。ということは相当に高い。落下傘でも背負っていれば話は別ですが、まずここから落ちたら一巻の終り。

（これはいよいよ進退極まったか。今夜が年貢のおさめどきか。ああ、それにしても思えば、幸い薄き一生であったわい）

そう思ってお尻をモップで突っつかれるのを待っておりますと、そのときポンポーンとドアのチャイムが鳴りました。

「あら、いけない。パパのご到着だわ」

「どうしよう」

「どうしようもないわよ。あたし、さっき、パパに『例の犬は長谷さんが処分中よ』といっちゃったもん。処分したことにしなくちゃ『その間、おまえたちは何をやっとったのだ』と疑われてしまうわ」

桃枝さんは窓を閉めました。ただし慌てていたのでしょう。二糎位、閉め残して行っちゃった。ぼくはその政五郎親分とやらに感謝しましたねえ。親分の御入来があと三十秒おそければぼくは生きていなかったでしょうから。もっとも五秒もしないうちに親分に感謝するのはやめました。ぼくの暗殺はどうやら親分の指示によるものらしいことを思い出したせいです。元凶は政五郎親分。そいつに向ってなにも尻尾を振ることはない。

「桃枝、麻雀の用意はできているだろうね」

入って来たのは年の頃四十歳の、角張った顔の男。鼻下に下品なチョビ髭を貯えている。

「もちろんよ、パパ。点棒も揃えてあるわ。サイコロ振って場所決めをすればいいだけになっていてよ」

「御苦労。ときに長谷くん」

「は、はい」

「例の犬はどうした」

「殺《や》っちゃいました」

「そりゃまた御苦労。では殺し賃の二百万」

政五郎親分、胸の隠しポケットから新聞紙包を抜き出して長谷吾郎に手渡した。政五郎のうしろに立っていた人物が、

「よくやってくれたねえ」

と長谷に握手を求めた。視野のなかに入ってきたその人物を見て、ぼくは思わず心の中でワンといってしまいましたよ。いつぞやの夜、市川駅前の小人軒へ永井コーチを脅しにやって来た三人組のひとり、セ・リーグ某球団の広報担当係とスポーツ新聞の記者

から、「日本プロ野球のＶＩＰ」と奉られていた禿頭の老人だったのです。

「それで、例の犬をどうやって捕えたのかね」

「田中一郎を後楽園球場からずっと尾行《つけ》ました。田中一郎は紀尾井坂のホテルで女と落ち合って食事をしました。永井増吉という男も一緒でした」

「そのへんまではわしの方でも尾行をつけた。だからそのへんのことならわかっている。女は芹沢明子という眼科医だよ。男は田中一郎の発見者さ」

　禿頭のＶＩＰはサイコロを振りました。五か九が出たらしく、もう一度振る。

「つまり王貞治選手に対する荒川コーチのような人物だね。おやおや今夜はついているぞ。二回続けて五が出たわい」

「食事の後で三人は散歩と洒落込《しゃれこ》みました。ぼくは幸運でしたね。ホテルで散会、ということになれば、チビを捕えることはできなかったでしょうから」

「ふっふっふ。散歩するよう仕向けたのだよ」

　禿頭のＶＩＰはここで驚くべきことをいったのです。

「芹沢明子が散歩するよう仕向けたのだ」

「そうでしたか」

「きみの仕事をしやすくしてやったってわけだね」

　場所が決った。禿頭のＶＩＰがぼくの方を向いて坐り、政五郎親分がその対面《といめん》（つまりぼくに背を向けて坐ったというわけです）、そして右に長谷、左に桃枝さん。

「四谷駅前に近い小路に、チビを囮犬《おとり》を使っておびき寄せ、クロロホルムを嗅がせました。そしてここへ運び込み、シアン化合物を注射しました」

「さすがは獣医の卵じゃな」

「恐れ入ります」

「先生、この長谷くんには注意なさいましよ」

パイを掻き回しながら政五郎親分がいいました。

「去年の全日本学生麻雀選手権大会で入賞したほどの腕前ですから」

「ほほう。それでルールは」

「それはもちろん報知ルールですよ、先生」

「そりゃそうだな」

「四谷の雀荘でね、この長谷くんの打っているのを見て、あたしゃ一目で惚れ込んじゃった。『これなら充分、接待麻雀が打てる』。そう思ってうちの組の嘱託にしたわけで。なんたってね、先生、うちの組は政界や官界のお歴々とつきあいが多いでしょ。接待麻雀の打ち手がいないと仕事にならない」

「千点一万円のレートでわざと四、五十万負けてやるのだろう。勝負にかこつけて袖の下を渡すわけだね」

「おや、よくご存じで」

「わしの耳は地獄耳だよ。で、今夜のレートは」

「千点千円。いかがですか」

「よかろう」

「先生」

桃枝さんが禿頭のＶＩＰにたずねた。

「どうしてなの。どうしてみんな、あのチビって犬に血眼になっているの。そこんところが桃枝にはどうしてもわからない。だって相手はたかが犬コロじゃない」

「巨人軍のためなのじゃ」

禿頭のＶＩＰ、いきなり卓を拳で打った。井桁に組みあげたばかりのパイの山が崩れてしまったようです。

「ひいてはプロ球界のためなのじゃ」

匂《にお》い文字

ぼくの生命を断つことが巨人軍のためであり、ひいてはプロ球界のためである。禿頭のVIPの、このことばを聞いて、ぼくは仰天してしまいました。一匹の野球盲導犬と巨人軍やプロ球界の命運との間にどんな関係があるんでしょうか、風が吹けば桶屋が儲かる、という延々と長い屁理屈があるけれど、それよりも難しいや。

「つまりだね、オールスター戦以後に江川卓投手が後楽園球場のマウンドに立つ機会があるじゃろ」

麻雀パイを自模《つも》っては捨てしながら、禿頭のプロ野球界のVIPは、政五郎親分や、その情婦の藤山桃枝や、獣医学生の長谷吾郎に説明しだしました。麻雀に打ち込んでいないところを見ると、あんまり良い手ではないらしい。

「江川卓は巨人の星なのだ。巨人の星だということは、プロ野球の星であるということにもなる。なにしろ巨人軍あってのセ・リーグ、そしてセ・リーグあってのパ・リーグなのだからね」

禿頭のVIPは巨人軍を除く全プロ野球関係者が耳にしたら怒り出すにちがいないよ

うなことを平然と口にしております。ぼくは、この禿頭のＶＩＰめ、長い間、生きているわりには歴史感覚というものに欠けるな、と思いました。いったいなんのために長生きしているのだ、バカ。たとえばニューヨークヤンキースというチームがあります。だれに聞いても「名門」ということばをかぶせます。ところが一九二〇年までは、このヤンキース、アメリカンリーグのお荷物球団だった。「弱小」とか、「オンボロ」とかいう薄みっともないことばの帽子をいつもかぶっていたんです。一昨年までのヤクルトスワローズと同じように、ただの一度もペナントを獲得したことのない、情けないチームだったんです。ナショナルリーグのニューヨークジャイアンツはこれに較べて古くからの名門、ポログラウンドという専門球場を持っていた。ヤンキースはジャイアンツのお情けに縋《すが》って、このポログラウンドを使わせてもらっていました。土曜、日曜、祭日はジャイアンツが使いますから、ヤンキースの使用するのは平日ばかり。観客が僅かの七人、なんてときもあった。

ところが、ベーブ・ルースがボストンレッドソックスから移籍してきたあたりから様子が変ってきた。別にいえば歴史の流れが変った。それまでの米国野球は、いま日本で大流行している科学的野球《サイエンティフィック・ベースボール》ってやつだったのが、ベーブ・ルースの打つホームランでころっと変ってしまった。そう、ホームラン野球の開幕であります。それまではどっちかというと団体競技とみられていた野球というゲームに、ベーブ・ルースのホームランは個人技としてのおもしろさを加味したのですな。ベーブ・ルースのホームランが野球をちがったものにしてしまったのです。観客は次第に平日に行われるヤンキースの試合にあつまるようになってきた。

ところがジャイアンツの首脳部には、この歴史が変りつつあるということが見えない。「ジャイアンツあってのポログラウンドだ」なんて思っている。思ったばかりではない、ヤンキースに意地悪をしはじめた。

そこでヤンキースは、一九二一年に初優勝をしたのを期に、ハーレム川の北東岸に自前の球場をつくりはじめた。球場が完成したのは二年後の一九二三年ですが、これこそかのヤンキースタジアムなんであります。以後、歴史はひっくり返って、ジャイアンツはかすみ、ニューヨークといえばヤンキース、ヤンキースといえばニューヨーク、というのが常識になっちゃった。似たようなことが日本球界にも起っている。ぼくの犬解《けんかい》によれば、巨人、阪神、阪急、南海という老舗球団は、そろってニューヨークジャイアンツみたいになりますよ。好き嫌いは別にして、ヤクルトスワローズ、横浜大洋ホエールズ、近鉄バファローズ、西武ライオンズなどが、これから「新しい名門」になる。歴史とはそうしたものです。この禿頭VIPにはそこのところがわかってない。

「わしはプロ野球界の首脳部のひとりとして、江川卓に新人王を取らせてやりたい。江川卓を真実《ほんもの》のスターにしてやりたい。それがプロ野球繁栄の道だ」

「あ、会長さんの捨てた『中《ちゅん》』をポン」

桃枝さんが禿頭のＶＩＰの前から「中」を拾いあげた。

「どうぞどうぞ。ところが、江川卓の前に例の盲人の打者が立ちふさがりおった。江川が六、七勝すれば新人王は確実、オールスターがすぎてから登板しても六、七勝なら難なく届くだろうと思っていた。ところが、あの田中一郎が最初から飛ばしている。このままでは、新人王は田中一郎ということになってしまうだろう。もしそんなことになったら、これまでの苦心はすべて水の泡じゃ。この二年間、なんのために巨人と江川に肩入れしたかわからなくなる。だいいち、江川を巨人に入団させるためにひとり泥をかぶりコミッショナーの椅子まで賭けられた金子さんがどんなに口惜しい思いをなさるか」

「会長さん、その『発』もポンさせていただくわ」

「はいはい。江川卓に新人王を取らせるためには田中一郎を試合に出させてはならぬ。そこでわれわれは田中一郎の盲導犬のチビを殺すことにしたのだ。チビがいなくなれば、田中一郎は守備や走塁ができない。つまりピンチヒッター専門ってことになる。スポーツ記者諸君、いくらなんでもピンチヒッター専門の新人に投票はすまい」

「あっ、会長さんのその『白《しろ》』でロン。はい、大三元です。役満よ」

「いや、これは捨てるつもりではなかったのだ」

老人に似合わぬ素速さで、禿頭のＶＩＰは捨てたばかりの「白」を仕舞い込みました。

さすがは老獪《ろうかい》ですな。

「ずるい」

「なんとおっしゃろうとも、この白は切れない。もともと切る気はなかったのだ。まちがえたのだから許しておくれよ」

「捨てたパイから手を離したらもうだめ。それがルールよ」

「いいじゃないか。自模《つも》る可能性だってあるんだし……」

押問答してるところへ、ピンポンとチャイムの音。政五郎親分がいいました。

「桃枝、鮨がきたぞ。来るときに註文してきたんだよ。取っておいで」

「とにかく会長さん、当りですからね。プロ野球機構とやらでは会長さんの横車は通るかもしれない。でもここはプロ野球機構じゃない。藤山桃枝、つまりこのわたしのマンションなの。ずるはなしよ」

桃枝さんの立つ気配。ぼくは、しめたと思った。桃枝さんがドアを開けたところをするりとすり抜けてここから脱出しよう。

「あら、まとい鮨さんね。いつもごくろうさま」

桃枝さんのこの声を聞くや、ぼくは窓の隙間に鼻っ先を抉《こ》じ入れて開《あ》きを拡げ、室内へ飛び込んだ。

「わっ、犬だ」

「やっ、チビではないか」

驚いて棒立ちになった禿頭のＶＩＰと政五郎親分の間を一気に駆け抜け、桃枝さんと鮨屋の店員の足許を縫って廊下へ出ました。そして階段を一目散に駆けおりた。

桃枝さんと長谷吾郎氏、政五郎親分からきっと大目玉を喰っただろうと思う。いや、大目玉ぐらいじゃ済まなかったかな。二人とも半殺しにされたかもしれない。でも、ぼくの知ったことではありません。

ぼくはまずマンションの地下へ直行しました。そしてぼくの匂いのしている車を探した。隅に停めてあったムスタングにぼくの匂いが残っておりましたよ。

（このムスタングでぼくをここまで運んできたんだな。よーし……）

と今度はムスタングの匂いをたっぷりと嗅ぎ、次にその匂いの跡を辿りました。そして十五分後に、四谷駅前の佃煮屋『有明家』の裏の小路に着きました。そのあたりには、わがご主人田中一郎選手と、主人の育ての親の永井増吉コーチと、それから眼科医芹沢明子さんの匂いが濃く残っていた。

（長い間、ぼくのことを探していたのだな）

三人の匂いを嗅ぎ分け、分析しているうちにひとつ判明したことがある。三人の匂いが車道にのびているのです。そしてその匂いは、右折し、円を描き、左に折れ、はねて、逆戻りといった按配に複雑な模様を呈している。ぼくは何回もその匂いの跡をなぞって歩きました。

（三人は改めて酒でもあおったのだろうか）

しかし、これは考えられない。世界に一匹しかいない野球盲導犬が姿を消したのです。酒を飲むどころではなかったはずだ。

（ではいったい、これはなんだ）

また二度ほど匂いの跡を辿ってみました。そしてそのうち、はっと思い当った。

（あッ、これは匂い文字だ）

真夜中だ。車もすくない。そこで三人は車道に匂いで文字を書き、ぼくに伝言をのこしたのだ。ぼくは解語犬であります。三人はそのことに思い当って匂い文字を書いた。

さて、匂い文字を再現すると、こうであります。

アスゴゴ2ジ　ココデ　マテ

「明日午後二時、ここで待て」だって。ぼくの能力をずいぶん低く見積ったものだな、とすこし恨めしかった。匂いを辿れば、ぼくはどこへでも行けるのに。

そこでシャドーボクシングをしました。車道《シャドウ》で、ぼく《ボク》、考え《シング》たわけです。するとたちまち次のことが判った。車道の或る個所で主人と永井コーチの匂いが断たれたように消えているんです。

（タクシーを拾ったな）

と推理しました。

（たぶんホテルへ戻ったのだ。そこでカローラに乗りかえて川崎市中原の合宿所へ帰ったんだな）

一方、芹沢さんの匂いは新宿方面へのびております。

（芹沢さんも車をホテルの駐車場に停めてあるはずだ。にもかかわらず車を取りにホテルへ帰らなかったのは、家が近いからにちがいない。明日、車を取りに行こう。そう考えてまっすぐ家へ向ったのだ）

芹沢さんの匂いを追って歩いて行きました。匂いの跡は二百米先で左に折れた。そして三十米ほど行ったところで、三階建のビルの中へ消えている。「芹沢眼科」という看板が出ていた。

ビルと三面の塀にかこまれた小さな庭が、入口の鉄柵を通して見えます。ぼくは跳躍一番塀を跳び越え、芝生の庭に入りました。十坪ぐらいの庭です。縁側の戸が一枚、風を呼び込むためでしょう、大きく開け放してある。

「おじさまはまだ帰らないの。もう真夜中の三時ですよ。間もなく八十歳だというのに、すごいスタミナだわね」

芹沢さんの声でした。

「おばさま、わたしもうやすみます。もう電話はしません。ですから、おじさまにことづてをおねがいします」

近づいて覗き込むと、パジャマ姿の芹沢さんが電話の送受器を首にひっかけるようにして話している。

「えーと、伝言はね、こうなの。『明子はおじさまを見損いました』。そう。そうおっしゃっていただければわかります。じつはね、今夜、犬が一匹、行方不明になったの。行方不明になった現場にはクロロホルムの匂いがしていた。さて、その六時間前、後楽園球場でおじさまに逢った。そう、巨人＝大洋戦のはじまる寸前。おじさまのほうからわたしのところへやってきたのよ。『明ちゃん、きみは大洋の田中って選手に興味があるだろ。田中選手は盲目だ。明ちゃんは眼科の先生だし、田中選手の目を治したいと思ってるんじゃないのかい』。おじさまはこういった。『うん、一度診察したいな』と答えたら、おじさまの曰く『別当監督に話しといてあげる。今夜、診《み》てやんなさい。その前に四谷辺のホテルで、飯でも御馳走してやるんだな。四谷のホテルから腹ごなしに君のところまで歩いてもいい。そうすれば田中選手、きっときみに診せようって気になるよ』。わたし、おじさまのことば通りにした。そしたら犬が姿を消した。おじさまの指示と犬の失踪との間に、わたし、なにか繋りがあると睨んでる。こんなことをいってもおばさまにはチンプンカンね。でも、これは陰謀よ。その陰謀の片棒を知らないうちに担がされて怒ってんのよ。とにかくお願いします。はい、おやすみなさい」

芹沢さんが送受器をおいたところを見計って、ぼくは低く一声吠えました。

「まあ、チビ君じゃないの」

芹沢さんは庭へとびだしてきました。

「どこへ行ってたの。さらわれてたんじゃないの。それにいったいどうやってここへ……」

芹沢さんはぼくを抱きあげて家のなかへ戻り、ピシャリと戸を閉めた。

「もうどこへも行っちゃだめよ」

ぼくをソファの上におろしました。ええそりゃもう、ぼくはご主人に再会するまでここを動きませんとも。この気持を態度にあらわすために、長々とソファに寝そべってみせましたよ。

「そうだ、合宿所へ電話してあげよう。田中くん、おどりあがってよろこぶわ」

芹沢さんは再び送受器をとりあげ、ぼくの受難劇はこれでひとまず終りを告げたわけです。

え？　よかったなですって？　ところがみなさん、これはほんの序の口。ぼくとぼくのご主人とは、まだまだたくさんの妨害を受けなきゃならなかったんです、はあ。

六千万円のホームラン

あくる日の午後二時、アメリカはボルチモア市のジョン・ホプキンス病院眼科の医師芹沢明子さんの作ってくれた牛肉御飯をぱくついているところへ、わがご主人田中一郎選手と永井増吉コーチが飛び込んできました。劇的な再会でしたなあ。主人は、ぼくの頸をやさしく叩いたり撫でたりしながら、

「えらいぞ、チビ。よく帰ってきてくれたね」

と、ポロリ涙をぼくの背中に落しました。涙一粒の重さは、科学的にいえば、まことに軽い、〇・一瓦《グラム》あるかなしでしょう。しかし、ぼくにとっては百瓩《キログラム》にも、また二百瓩《キログラム》にも相当する重さでありました。

——この主人のためなら生命だって捨ててやる。

——この主人が日本プロ野球史上最大の強打者になるためなら、どんな犬死だろうといといはしないぞ。

——ぼくが獣医学生の長谷吾郎に殺されかかったのも、もとはといえば四谷の佃煮屋『有明家』の横の通りをふらついていた桃色のプードル犬の色香についぼーっとなって

しまったのが原因だ。これからは二度とそんなことがあってはならん。ようし、ぼくは生涯、雌犬《ビッチ》を断つぞ。この主人のためぼくは、必要とあらば童貞で通そう。

主人の落した一粒の涙は、ぼくにこれだけのことを決心させたのでした。

「ほんとうにごめんなさい」

芹沢明子さんは永井コーチに謝まっていました。

「あたしの親戚に海坊主のできそこないのような老人がいるのよ。名前を口にするのも汚らわしいから仮に海坊主という名前でよぶことにするけど、その海坊主がね、昨夜、ネット裏にやってきて『田中選手の眼をそれとなく診てやってほしい』といったの。あたし、海坊主のこの言葉を真《ま》に受けてあなたたちを食事に誘った。ところがその食事の直後、チビ君が行方不明になっちゃった。あたし、じつをいうとチビ君が迷い子になったときピンと来たの。海坊主め、わたしに薄みっともない陰謀の片棒を担がせたわねって……」

そのとき、ぼくはご主人の足許に寝そべってうとうとと食後の仮眠《うたたね》をたのしんでおったのですが、海坊主と聞いて思わずぷっと吹き出してしまいました。あの禿頭のプロ球界のＶＩＰが海坊主、まことに言い得て妙です。

「あたしを道具に使って、田中一郎君とチビ君とを横浜大洋ホエールズの選手たちから切り離す。切り離した上でチビ君を誘拐し殺す。そうすれば、チビ君なしでは万全な守備や走塁のできない田中君をピンチヒッター要員にしてしまう。それが海坊主の陰謀だった」

「あの老人は、プロ野球の害虫さ」

永井さんは吐き捨てるようにいった。

「プロ球界のトップにすわっているのは三馬鹿爺だ。ま、そのうちのひとりの、金子鋭という馬鹿は、例の江川問題で一応の責任とってやめたから、馬鹿は馬鹿でもまだ救いようはあるが、残った二人は処置なしの愚か者さ。特にきみのいう海坊主は巨人軍の茶坊主だ。リーグのリーダーの椅子に三十年近くもしがみついている。まともな老人なら（自分はもう八十歳になる。自分は後進たちの邪魔になってやしないだろうか）と考えるところだが、あの海坊主はちがう。頭が半分呆けているくせに、権勢欲だけは旺盛で、いつまでもリーダーの椅子に固執《こしつ》しつづけている。しかも救われないのは巨人軍の茶坊主に徹していれば、リーダーの椅子は安泰であるという信仰を持っていることだ。だが、今年の暮あたりがそろそろ年貢のおさめどきだろう。それまでせいぜい巨人軍の提灯を持つさ。海坊主が引っ込むまではチビのことをよく見張っていることにしよう、二度とチビを危険な目に遇わせやしないよ」

「あたしのミスを許してくださってありがとう」

芹沢明子さんがしんみりした口調でいった。

「田中君の活躍を祈っています」

「あれ、妙だな」

　主人が申しました。

「しばらく会えないみたいなことを言いますね」

「ぼつぼつジョン・ホプキンス病院に戻らなくちゃ。じつはね、今夜のニューヨーク行の航空券が取れたの」

「今夜ですか」

「そう。当分、あの海坊主の顔を見たくないの。それに病院の眼科の連中と田中君の目について話し合おうと思って」

「ぼくの目について?」

「そう。ジョン・ホプキンス病院の眼科チームには世界最高のスタッフが揃っている。きっと田中君の目を治せると思うのよ。昨夜、一晩つき合ってもらえたおかげで、だいぶ詳しいデータが揃ったわ。眼科チームで検討してもらいます。結論が出たら、大洋の合宿所へ国際電話を入れます」

　ぼくは不愉快になって三十秒ほど芹沢明子さんに向って、ウーウーウーと唸ってやりました。主人の目が治れば、ぼくは主人の仕事を手伝うことが出来なくなる。つまりぼくはお払い箱です。それでつい歯を剥き出してしまった。もっとも、主人が仕合せになることを願わない飼い犬なんぞ、それこそ犬に喰わせろであると気付いてあわてて尻尾を振り直しましたが。

「残念だな」

と言った永井コーチの声、その実、あまり残念そうではありませんでしたよ。これはぼくの推測ですが、永井コーチは、主人が芹沢明子さんに好意を抱いているのをよろこんでいない風でした。出世前の若者に女は禁物——というのが昭和ヒトケタの永井コーチの信仰箇条のようです。このへんはちょっと古いな。

「今夜の対巨人戦で一郎はスコアボード直撃のホームランを打つと予告しているのに。君はそれを見ずに旅立つわけだ」

「でも、多分、聞けるはずよ」

「というと」

「九時半の離陸なの。八時ぐらいまではラジオの野球中継を聞いていられると思う」

四谷若葉町の芹沢眼科医院を出たのがちょうど三時でした。永井コーチのおんぼろカローラが四谷見附から雙葉学園へ曲ったあたりで、

「次にプロ野球の話題をひとつ……」

それまでカーラジオを通じて、荘重といえば荘重、謹厳といえば謹厳、糞真面目といえば糞真面目な口調でニュースを報じていたNHKのアナウンサーが、突然、妙にはし

ゃいだ声で喋りはじめました。

「デビューして二日目で、はやくも、公式戦初打席で満塁本塁打、三打席連続満塁本塁打、一試合二満塁本塁打、一試合十六打点、一試合五本塁打、七打席連続本塁打と、四つの日本最高、一つの日本タイ、そして一つの日本初記録をつくって、プロ野球序盤戦の話題をひとり占めにしている横浜大洋ホエールズの新人田中一郎選手は、昨夜、対巨人戦直後のヒーローインタビューで、今夜の対巨人五回戦に後楽園球場のスコアボードを直撃するホームランを打つと予告いたしました。このことは皆さんもご存知のことだろうと思います。さて、その際、田中一郎選手は『もし、自分が予告通りスコアボードを直撃するホームランを打ったときは、どなたか百万円をくださらないでしょうか。そして、ぼくはその百万円を日本盲導犬協会に寄付したいのです』と語りましたが、午後二時までに次の企業、あるいは個人の方々が百万円の寄付を、ＮＨＫを通じて申し出ています。ＮＨＫには企業名を出すのはできるだけ避けるという不文律がありますが、これは特別のケースなので、あえて企業名をはっきり申し上げることに踏み切りました。では、寄付を申し出た企業と個人の名前を申しあげます」

永井コーチがほほうというような顔でカーラジオの音量をあげました。むろんぼくも聞き耳をたてた。さてアナウンサー氏が並べたてた固有名詞は以下の如くであります。

朝日新聞社
毎日新聞社
東京新聞社
サンケイ新聞社
日本経済新聞社
日刊工業新聞社
日刊スポーツ社
サンケイスポーツ社
スポーツニッポン社
日経産業新聞
日商岩井
丸紅
三越百貨店
岸信介
田中角栄
笹川良一
日本医師会

三菱銀行
創価学会本部
日本国有鉄道
山崎製パン
国立大蔵病院
日本航空
ＴＢＳテレビ
フジテレビ
テレビ朝日
東京12チャンネル
文化放送
ＴＢＳラジオ
ニッポン放送
ＦＭ東京
計三十一で、総額三千百万円！
それにしてもおもしろいのは新聞社に読売新聞と報知新聞がなく、テレビ局に日本テレビのないことですな。もうひとつは新聞社やテレビ局やラジオ局を除くと、他がすべて、近頃なにかの形で物議を醸した企業や施設や個人であること。つまり、汚れたイメージを、盲目の天才打者や日本盲導犬協会への寄付行為によって、すこしでも洗濯し直そうとしているわけですな。

「今夜の対巨人戦で田中選手が予告通りのホームランを打てば、日本盲導犬協会に三千百万円の寄付がもたらされるわけです。盲導犬を一匹育成するには百万円かかりますが、もし田中選手が一発打てば、一挙に三十一匹の盲導犬がふやせるわけで、田中選手の今夜のバッティングが大いに注目されます。一方、巨人軍の投手陣はどうやって田中選手の打棒を封じようとするか。長島監督にインタビューしてみました」

アナウンサーの声にかわって、例の、ややかん高い声。

「本当に今夜は辛いんですよ。現場の最高指揮官であるぼくにはなんの相談もなく、西本を出せ、でしょう。普通並みの誇りを持っている人間なら『冗談いうな。そこまで恥をかかせられて男が黙っていられるか』と、辞表を叩きつけて去るところですが、ぼくにとって巨人軍はすべてですからね、恥をしのんで、がんばっているわけなんです。で、そこへ巨人軍との試合にホームランを打つと予告する選手が出てきた。打たせないで……、たとえば全打席敬遠すれば、目の不自由な人たちに盲導犬が渡らないように細工したといって、またぼくが悪口をいわれるでしょうし、ホームランを打たれりゃゲームを落しかねない。ぼくの立場としては今シーズンはどうしても優勝しなければならない。かといって、悪者になるのは真ッ平ですし……、しかし、ぼくたちは勝つために試合をしているのですから、やはり敬遠しかないでしょうねえ。いや、断乎、敬遠します。これは戦いです。負けるわけには行きませんよ、ええ」

「……長島監督の談話でした。それでは三時のニュースを終ります」

永井さんはカーラジオのスイッチを切り、カローラのハンドルを左へ、つまり市谷駅の方へまわそうとしました。

「このへんに公衆電話はないでしょうか」

主人がいいました。

「NHKへ電話したいんです」

「右へ行けばちょうど日本テレビだ。ロビーかなんかにきっと四、五台並んでいるだろうと思うがね」

「じゃ、そこへ連れてってください」

「いいよ」

永井さんはあわてて右へ切り直す。後続の車がはげしくクラクションを叩いてきました。

「しかし、どこへ電話しようっていうんだね」

永井さんは後続車に、すまんと手を振りながらたずねました。

「どこへ、なんのために」

「ＮＨＫへかけたいのです」

「ほう」

「いまの会社や個人のなかに、いくつか問題になるのがあったでしょう」

「うむ」

「そういうところからは三百万とりたいのです。そうすればそれだけ日本の盲導犬が多くなります」

永井さんはおどろいてブレーキを踏みました。

「問題ある会社や個人には三百万出してもらう。すると六千万円近いお金が日本盲導犬協会に入ります。百万円で美談の主になろうだなんて虫がよすぎますよ」

予告つき勝ち越し満塁ホームラン

これは後で知ったことですが、その夜の巨人＝大洋第五回戦のテレビ中継の視聴率は、ビデオリサーチが七五パーセント、ニールセンで八一パーセントだったそうですよ。東京オリンピックの女子バレー決勝戦以来の、これはべら棒な視聴率であります。

彗星《すいせい》の如くデビューした盲目の新人打者が「今夜はきっとセンターオーバーのスコアボード直撃ホームランを打ちますよ」と予告した。これだけでも話題沸騰かつ騒然たるところへ、三十社をこえる大企業が百万円から三百万円の懸賞金を賭けた。つまり「田中一郎選手が予告どおりホームランを打ったら、お金を払いましょう」と申し出てきたわけで、これはもう騒ぎにならない方がおかしい。加えてわがご主人田中一郎選手は「懸賞金は一円のこらず日本盲導犬協会に寄付します」と宣言しましたから、美談好きの日本人、こぞってこの試合に熱中してしまった。その熱中度がこの高視聴率になってあらわれたのです。

中継キイ局は、後楽園球場での巨人軍主催試合ですから、むろん日本テレビですが、これまた後で聞いた話ですと、国家公安委員会から日本テレビ社長に次の如き要請が出されたといいます。

「至急、本夕の貴局番組の番組提供者《スポンサー》から了解をとりつけ、巨人＝大洋五回戦を初回から最後《ゲームセット》まで完全中継されたし。くれぐれも『せっかくでございますが、時間になりましたので、後楽園球場からお別れいたします』などと中継アナにいわせるようなことはしないように。田中一郎選手の全打席を民草《たみぐさ》どもに見せてやらぬと、暴動のおきるおそれあり」

そういうわけで、この試合は初回の大洋の攻撃から中継されましたよ。読者のみなさんも、この試合をテレビでごらんになったはずです。この試合でのぼく、なかなか恰好がよかったでしょ。別当監督の発案で、ぼく、犬用のヘルメットかぶっていたんでした。大洋の選手のみなさんは、ほら、ヘルメットに自分の打ったホームランの数だけ星印のステッカーを貼るでしょ。あの伝で、ぼくの犬用のヘルメットにも、ご主人の放ったホームランの数を示す星印が七個貼ってあるんです。ぼくの雄姿は何回も何回も大写しになりましたから、みなさんもぼくのヘルメットの星印をきっとごらんになっているはずです。

さて、ごぞんじのように、あの試合は静かにはじまりました。超満員のスタンドがシーンと鎮まりかえっていた。巨人の先発が新浦、わが方は二年目の遠藤一彦（東海大）。両投手ともすばらしい出来でしたな。スコアボードは七回まで「０」の行列。すなわち零対零。
わがご主人は三回打席に入りましたが、三回とも敬遠で歩かされた。そのたびごとにスタンドがドーッと溜息をつく。なかには「ばかやろう、打たせてやれ。相手は盲人じゃないか。盲人に予告ホームランなんて打てるものか」と怒鳴る巨人ファンもいましたが、これは怒鳴る方がまちがいです。敬遠も作戦のうちなのですから。
さて八回表、大洋が新浦から一点もぎとりました。この回の経過をちょいと書いておきましょう。
五番　田中一郎左翼手とその愛犬チビ、敬遠の四球で出塁。
六番　基満男三塁手、二塁ベース上へ痛打。しかし巨人軍の篠塚二塁手の超美技にはばまれて、ダブルプレー。
七番　福島久晃捕手、ほッとした新浦投手の第一球を左翼ポールぎりぎりのところへ打ち返しホームラン。
八番　山下大輔遊撃手、右翼の前へハーフライナーを放つ。が巨人軍の篠塚二塁手の信じられないような好捕にあい、チェンジ。
八回裏の巨人の攻撃で、ぼくはひとつミスをしました。まず打席に立ったのは、二番の篠塚二塁手ですが、再三の美技で気をよくしていたんでしょう、バットの振りが軽々と、かつ鋭くなっておりましてね、遠藤一彦投手の快速球をバシッとセンター前へ持って行った。三番はいわずと知れた「世界の王」。王一塁手は敬遠。無死走者一、二塁。ここで別当監督は投手を左の宮本四郎に替えました。その代りばなを、四番の「アジアの張本」が叩きましたが、これが叩き損いの平凡な左翼飛球です。上った瞬間、ぼくはそうと嗅ぎつけ、前方へ飛び出そうとしました。（ご主人の足で四、五歩、前進すれば難なく捕れる）と、瞬時に判断したわけであります。ぼくより百分の一秒ほど遅れて、ご主人も前へ出ようとなさった。このまま行けば、ぼくの判断とご主人の勘がみごとに一致し、そのイージーフライを捕って一死《ワンダウン》……となるところだったのですが、じつはこのときまことに不可思議なることが起ったのです。

レフトの守備位置と左翼線の中間のあたりの人工芝に、ピョコンと棒のようなものが垂直に立ったのです。テレビカメラも、また球場のお客さんの目も、すべて高々とあがったボールを追っておりましたから、その奇ッ怪な棒に気付いた方はいなかったと思います。それになにしろその棒の長さは五十糎あるかなしの、人間の尺度でみれば短いものでしたし……。

しかし、犬であるぼくにとってその棒は重大な意味を持っておりました。というのはその棒は電信柱のミニチュアだったんです。電線こそついていなかったけれど、天辺には横木が二本打ちつけてある。

ボクシングのタイトルマッチの会場で君が代が歌われるときは、つい起立してしまう、道で外国人に話しかけられるとおかしくもないのについニヤニヤしてしまう、大晦日の夜はべつにおもしろくもないのについ紅白歌合戦にチャンネルを合わせっぱなしにしてしまう。素面《しらふ》のときは大人しいのに酒が入ると、そして周囲に仲間がいるとつい高歌放吟してしまう等々、人間の皆様も「……つい……してしまう」という行動パターンをお持ちですから、理解していただけると信じますが、ぼくら犬にも〈電信柱をみると、このあたり一帯は自分の縄張りであるぞと宣言しようとして、その根もとについ小便をひっかけてしまう〉という癖が——というよりは本能でしょうが——あります。ですからぼくは前進するのをやめて、ついその棒のある方向へ走り出したのであります。このぼくの動きがご主人の勘を狂わせてしまいました。ご主人は盲導犬としてのぼくの能力を信じておいでだった。だから、〈この飛球、四歩半前に出れば楽に捕れるとおれの心眼は教えてくれている。だが、チビは真横へ、左翼線の方角へ走れと告げている。おれの勘は絶対的に正しい。が、チビのリードも常に正確だ。いったい、おれはどうすればいいのだ〉

と思い迷い、いわゆる判断中止の状態におちいった。そして球は、うろうろしていたご主人の四米前にポトンと落ちました。草野球にもないような大拙守、大エラー。これで満塁……。

（しまった。いま試合中なんだ。縄張り確認の小便なぞ引っかけている場合ではない。

それにこの後楽園球場は巨人の縄張り。大昔からそう決っているのだ。なにもいまごろ確認するまでもない）

とぼくは引きかえそうとしたのですが、そのときにはどういうわけか例の電信柱まがいの棒は、人工芝のなかにスポッとかくれてしまったんであります。犬の本能に巧みにつけ入った守備妨害ですわ。まったく汚い手を使いますよ。

「チビ、遊んでいちゃだめじゃないか」

ご主人はボールを山下遊撃手へ投げ返すと、ぼくをぐいぐい引き摺るようにして守備位置へ戻りました。

「ちがうんです、ご主人様。この球場での主催権を持つ連中がそこの人工芝に非道《ひど》いものを仕掛けているんですよ」

そう申し開きをいたしました。がしかし、残念ながらご主人様も人間です、犬語をお解しになりません。

「いつまで何を吠えているんだい。お客さんたちの笑っているのが聞えないのか。さっさとこっちへおいで」

思い切りぼくを引っ立てた。痛い、口惜しいで、あのときは涙が出ました。

五番打者は淡口右翼手でした。左打者ですから宮本四郎投手が続投します。しかしプロですなあ、淡口も。敵の左翼に穴があるとみてとってさっそく第一球をこっちへ流してきた。ずいぶん大きな当りでした。ぼくはご主人を引っ張って斜め左後ろ、ポールの真下まで走りました。またぞろ例の電柱もどきがピョコンと立ちましたが、二度続けて引っかかるほどぼくも馬鹿じゃない。構わず背走しました。そしてドシーンと塀に頭をぶっつけて、二十秒ばかり失神してしまいました。その間にご主人は塀に激突しながらも、その大飛球を捕え、懸命のバックホーム。主人の肩は馬鹿肩で遠投能力は百三十米です。しかもストライク返球だったんですが、なぜか判定は篠塚セーフ。つまり同点です。〈後楽園球場では、巨人軍は十人の選手で戦う〉というあの噂、やはり真実のようです。

がっくりきた宮本投手、次の柴田中堅手（この柴田、その日はなぜだか六番に入っておりました）に、一、二塁間を抜かれてさらに二点献上。佐藤道郎投手が出てきてシピンを投ゴロに仕止めてダブルプレー成立、チェンジとなりましたが、得点は3―1で巨人のリード。

ベンチへ戻るとご主人は別当監督に頭をさげました。

「恥しい守備をしてしまって、申しわけありません」

「つぎの打席で取り返すさ」

「はあ。でもこの回は九番からでしょう。ぼくは五番です。打順が……」

「まわってくるさ」

別当監督にかわってご主人に声をかけたのは、プロ野球選手会の会長をつとめる松原誠一塁手でした。

「みんなでなんとかしておまえのところまで打順をまわさなくちゃね。おまえが予告どおりに外野席へぶち込めば、日本盲導犬協会に六千万円の大金が転げ込む。そしてその金で六十頭の盲導犬がふやせる。黙って見のがす手はないぞ。みんながんばろうや」

「そういうことだ」

別当監督は頷いて、投手に代打を送ることを告げるためにベンチから出て行きました。

さて、この別当監督と松原一塁手との会話が選手たちに気合を入れることになったのでしょうか、
代打マーチン四球。

一番長崎中堅手右前安打。

二番ミヤーン二塁手三塁強襲安打。

たちまち無死満塁の好機が到来し、ご主人はダグアウトの前に出て、ブルッブルッとマスコットバットで素振りをはじめました。

「ねえ、監督……」

高木右翼手が打席に入るのを眺めながら土井ヘッドコーチが別当監督にいいました。

「ちょっと邪道ですが、高木と松原に〈故意に三振せよ〉というサインを出しましょう

か。どっちかがつまんないゴロを打ったりしたらダブられて、田中までまわってきませんよ。それに、高木と松原を連続三振で斬ったということになると、長島《ちょう》さんとしては『おっ、新浦の球がまた切れてきたぞ。あの調子で低目を攻めさせれば、いくら田中でも手が出まい』と、また十八番の希望的観測癖を出してくれるかもしれませんし……」

「なるほど。長島《ちょう》さんは楽天家の善人だ。気をよくして田中と勝負してくるかもしれませんな」

「日本盲導犬協会に盲導犬六十匹寄付してやりましょうよ」

「よしよし」

別当監督がタイムをかけ、高木右翼手と松原一塁手を呼び寄せました。

「二人とも立派に三振してこい」

二人の強打者はぎょっとなったようでした。別当監督は構わずに、

「いいか。新浦の球が山倉のミットにおさまった頃に、ぶーんとバットを振りまわすんだ。つまり新浦や長島監督に『球が速くて振りおくれてる』という芝居をぶつわけだ。見事、三振して帰ってきたら、特別褒賞金として五万ずつあげよう」

「監督、冗談じゃありません。ぼくらはプロの選手なんですよ」

松原一塁手が怒った声でいいました。

「特別褒賞金なんて餌がなくても三振ぐらいできますよ」

「その通りです」

高木右翼手も仏頂面《づら》で、

「特別褒賞金にする金があったら日本盲導犬協会に寄付したらどうなんです」

といい、打席に戻って行きました。

まあ、このへんのことをくどくどと申しあげてもはじまりませんね。もうみなさん、よくご存知なんですから。高木、松原と両選手を連続三振に討ちとった新浦投手、ご主人とその愛犬のぼくを打席にむかえ、第一球を低目に投げてきた。低目を攻め抜き、それで四球なら仕方がない。二死までとっているのだから次の基選手で勝負。そうすれば3―2で勝てる。こういう計算のようでした。ところがご主人はこの外角低目の速球をパシッと叩きました。凄いスイングでしたなあ。球は新浦投手の股間をロケット弾そこのけの勢いで抜けると、そのままぐんぐんと伸びて行き、柴田中堅手の頭上では五米ほどの高さになり、あとはぐぐぐッとさらに勢いを増しながらスコアボードの大時計の「4」の数字にドスッと突き刺さってしまったのでした。

焦げた打球

巨人＝横浜大洋五回戦、巨人に3―1とリードされた九回表二死満塁に、横浜大洋の五番打者田中一郎左翼手――かく申すぼく、野球盲導犬チビのご主人であります――が、巨人新浦投手から打った〔予告つき勝ち越し満塁ホームラン〕は、次のふたつの点で、世界野球史の上に永久に残るだろうと思われます。

第一に、完全予告ホームランは有史以来はじめてであること。――なんてことを申し上げますと。すぐさま、

「これだから犬畜生というやつは始末におえない。彼《か》のベーブ・ルースが、昭和七（一九三二）年の秋、対シカゴカブスとのワールドシリーズ第三戦五回表に右中間のフェンスへ予告ホームランを打ち込んでいるんだぜ。つまり田中一郎のは史上二人目の予告ホームランなのさ。仮にもおまえは野球盲導犬なんだから、それぐらいのことは勉強しておきなさい」

というお説教をちょうだいしそうでありますが、しかしぼくの調べたところによると、ベーブ・ルースの予告ホームランは、どうも眉唾《まゆつば》ものらしいですぞ。

〝伝説〟によれば、ベーブ・ルースはこの五回表、チャーリー・ルート投手（この投手は当時のアメリカ球界を代表する速球派でした）の第一球を、主審のロイ・バン・グラフランと共に声を揃えて「ストライク・ワン」と叫び、第二球も見送って「ストライク・ツー」と言い、次に右中間のフェンスを指さしてニカッと笑い、第三球を発止と叩くと、それが右中間のフェンスを越した、ということになっております。でも、これ、はなはだ曖昧ですな。ベーブ・ルースは言語をもって予告してはいないのです。仕草だけです。この仕草だって、ベーブ・ルースが「右中間にこれからホームランを打つぞ」という意味のそれか、あるいは「ああ、まったくうるさい秋の虻《あぶ》だな」と、虻を追い払うつもりでやったそれか、判然としませんぜ。そこへ行くとぼくのご主人の場合はちがいます。前夜のゲーム終了後のヒーローインタビューではっきりと全国に向ってホームランを予告しておるんであります。——なんてことを申しますとまたもや、

「おまえはじつに主人思いの犬である。その点はまことに感心である。だがね、チビ公、ベーブ・ルースのそのときの仕草が、予告の仕草ではなかったという証拠はあるのかい。ないだろう。だったら、やっぱりそれは予告の仕草だったかもしれないよ」

という外野席からの声がとんできそうだ。へへへ、じつは証拠があるんですよ。一九四八（昭和二十三）年、すなわちベーブ・ルースの亡くなった年に、ウィリアム・ベンディックスという肥満漢の俳優の主演で『ベーブ・ルース物語』（The Babe Ruth

Story）なる題の映画が製作されました。製作会社はアライド・アーチスツ、監督はロイ・デル＝ルース、助演はクレーア・トレヴァー（ルースの妻）、チャールズ・ビックフォード（ルースの恩師）などであります。さてデル＝ルース監督はこの映画にチャーリー・ルート投手の特別出演を依頼したのですが、そのときルート投手曰《いわ》く、

「あんなもの、予告ホームランでもなんでもありゃしねえ。考えてもみてくれ。もしはっきり予告されたら、だれが次の球でストライクを取りに行くもんか。一球か二球、外角の外れ球で遊ぶよ」。

ルート投手は、こう言って出演を断りました。これ、ベン・オーランという人の『大リーグ不滅の名勝負』（訳・宮川毅。ベースボールマガジン社）にちゃんと載っています。わがご主人こそ史上最初の予告ホームラン打者であると、しつっこくこだわる所以《ゆえん》であります。

第二に特筆すべきこと。それはご主人のホームランの打球の速さであります。前回も申し上げた如く、ご主人の打球は「……新浦投手の股間をロケット弾そこのけの勢いで抜けると、そのままぐんぐんと伸びて行き、柴田中堅手の頭上では、五米ほどの高さになり、あとはぐぐぐッとさらに勢いを増しながらスコアボードの大時計の『4』の数字にドスッと突き刺さっ」たんですな。この間、文字で記すとばかに長そうですが、じつは〇・五秒間の出来事。スコアボードがなければ二百米は楽に飛んだはずですから、

じつにご主人の打球は「マッハ数一」を超えたのでした。すなわち音速を超えたのです。

打球は球場係員によってスコアボードから掘り出されましたが、縫い目が焦げていたそうです。つまり空気力学的加熱現象がおこったんですな。球面が空気抵抗によって熱を帯び（つまり摩擦熱によって）、焦げてしまったんです。おそるべき打撃術です。

後楽園球場を埋めた五万余の大観衆は、キリストの奇蹟を目撃したときのパレスチナはガレリヤ湖畔の人びとのように、しばらく（そう、すくなくとも十秒間は）声を発するどころではなく、すっかり魂を奪われてポカーンとしておりました。風に乗ってかすかに水道橋駅の構内アナウンスが聞えてきます。

「……たいへんお待たせいたしました。間もなく各駅停車の三鷹行がホームに入ります。白線まで下ってお待ちください」

ぼくはこのアナウンスで我にかえり、当りのあまりのすさまじさに自分でも呆然としてホームベースで突っ立っていたご主人を引っぱって一塁へ向ってトコトコ歩き出しました。

ぼくのこの動きが、全観客を正気づけました。いやもうすごい歓声でしたな。耳を聾《ろう》するばかりの大音響とは、あのときの後楽園球場の観客の歓声のことをいうために作られた言葉にちがいない。この試合は、ご主人のこの満塁ホームランで5―3と逆転した横浜大洋が勝ちました。九回裏の巨人の攻撃を佐藤道郎投手が巧みに躱《かわ》して、無得点で押えたのです。
さて、恒例のヒーローインタビューがはじまりましたが、このときのご主人の発言が（みなさまも百もご承知ですが）「江川投手ＫＯ宣言」として有名になった例のやつなんであります。百年後、あるいは二百年後の「昭和史」研究家の便宜のために、あのときのヒーローインタビューを始めから終りまで、以下に掲げておきましょう。

――やりましたねえ。
田中　ありがとうございます。
――殺人的な当りでしたねえ。
田中　はい。会心のスイングができました。
――ほんとうに火を吹くような当りでした。いま、あなたの打ち込んだ球を手にとって見てきたところですが、実際に縫い目が空気との摩擦熱で茶色に焼けておりました。
田中　はあ……。
――そのボールは野球博物館におさめられることになるらしいですよ。コミッショナーがそう決定したんです。さて、田中選手、この予告ホームランをだれが一番よろこんでくれると思いますか。
田中　わかりません。ただ、もし全国の仲間がよろこんでくれれば、ぼくはとてもうれしい。

――仲間といいますと……。

田中　盲人たちのことです。

――つまり目の不自由な人たちのことですね。

田中　いいえ、盲人です。

――あのう……。

田中　ぼくは盲人です。それ以外の何者でもありません。盲人だから盲人というだけのことです。

――エー、九回表の劇的な一打で、日本盲導犬協会に六千万円の懸賞金が入るわけですが、それについてなにか感想は？

田中　六千万円で、協会が手に入れることのできる盲導犬は六十匹です。

――凄いですねえ。

田中　凄い？　なにがでしょう。

――だって、バットひとふりで、一頭百万円もする盲導犬が一度に六十頭でしょう。あなたのバットはまるで魔法の杖のようだ。

田中　盲導犬があれば、今より自由に活動し、行動できる盲人が、この日本に何十万人もいます。ぼくはそういった盲人たち全員に盲導犬が渡るまで予告ホームランを打ちつづけようと思います。

——再度のホームランの予告ですか。

田中　はい。ぼくは以下のことを予告します。江川卓投手から、第一打席にきっとホームランを打ってみましょう。しかし、そのためには、横浜大洋とのゲームに江川投手が投げてくれないことには話になりません。そこで長島監督にお願いいたします。六月以降の対横浜大洋戦に、どうか江川投手を登板させてください。

——まさに世紀の対決ですね。「十年にひとりの大物新人投手」と、同じく「十年にひとりの天才的新人打者」との対戦。いまから胸が躍ります。

田中　「十年にひとりの大物新人投手」はちょっと誇大広告ですね。この十年間に、セ・リーグだけでもスワローズの会田照夫さん、井原慎一郎さん、カープの池谷公二郎さん、タイガースの上田次郎さん、江本孟紀さん、ジャイアンツの加藤初さん、西本聖さん、ドラゴンズの鈴木孝政さん、ホエールズの斎藤明雄さん、門田富昭さん、すばらしい投手がデビューしています。江川投手がこれらの投手よりすぐれているという証拠がどこにありますか。

——いやそのう、マスコミでは「十年にひとりの素質」という評価がありますし、現に四百勝の大投手金田正一さんも、報知紙上で、そう太鼓判を捺《お》していますよ。

田中　大投手必ずしも名評論家ではない、と思います。これは前から考えていたことですが、日本には、選手出身の評論家が多すぎるのではないでしょうか。勿論、フジ系列の岡本さんや荒川さんや豊田さん、それから土橋さんに近藤（和）さんに宮寺さんに河村さんに吉田さん、またTBS系列の牧野さんなど選手出身でも、ちゃんとした評論家は大勢いらっしゃる。でも、現役時代に大選手だった人ほど、評論家としてはだめな人が多いみたいです。過去の大選手ほど、精神万能論をぶつんです。評論というより、あれは精神訓話ですね。K先生然り、A先生然り、そして金田正一先生然りです。江川投手が「十年にひとりの素質」であるかどうか、ぼくとの対決を見てから決めてもおそくないのではないでしょうか。

——自信満々ですね。

田中　ぼくに向って堂々と投げ込んで来てくれるよう、江川投手にもお願いしておきます。ぼくも全力を挙げて彼の球を打ちます。

——江川投手もきっとこの放送を聞いていることだろうと思います。田中選手の只今の挑戦を江川投手はどう聞きましたか……。

田中　とにかく彼が敬遠の四球で逃げないかぎり、ぼくは第一打席でホームランを打ってみせます。

——どこへ打ちこむつもりです？

田中　今夜と同じようにスコアボードの大時計に。

――ほう。

田中　そのときはスコアボードに消防隊を待機させてくださるようお手配ください。

――消防隊、というと？

田中　次は音速の二倍、「マッハ数二」の速さの打球となるでしょう。摩擦熱でボールが燃え出すかもしれません。ですからその用意ですね。

――……ヒ、ヒーローインタビューを終ります。

田中　もうひとつ、今夜と同じように、ぼくは予告ホームランのスポンサーを募集いたします。

――イ、インタビューを終ります。


ところで、これまたみなさんご存知のように、この夜のヒーローインタビューを境にぼくのご主人に対する評価が微妙に変りはじめました。

「新人の癖に、どうだ、あのでかい態度は。えっ、ずいぶん生意気じゃないか」

「同感だ。それに大きな声ではいえないが、なんか底の知れない怖さってのかねえ、不気味な図太さがあってさ、おれは嫌いだな」

「思い上ってやがるぜ、ホームランをいちいち予告してよ、それにスポンサーをつけようとしたり、まったく目にあまる。野郎、スポーツマン精神のかけらも持ってやがらねえ」

こういった声があがりはじめたんですな。そして翌朝の報知の第一面の見出しはこうでした。

これでいいのか！

天狗になった新人選手の厚顔無恥の大失言。

記事のなかには「予告ホームラン」の〝予〟の字もなかったんでした。そのかわりに次のような囲み記事が最下段に小さく載っていた。

横浜大洋ホエールズの田中一郎選手の打球は音速の壁を超えるほどの速さである。あのときの打球が投手の股間を抜けたからよかったものの、もし、あと十糎高いとしたらどうだったか。打球は投手のナニを直撃し、死に至らしめていたろうと思われる。すなわち、彼の打球はもはや打球ではない、凶器であり、弾丸である。他の選手の安全を守るために、コミッショナーはこのように危険な選手に対して、出場停止を命ずるべきである。

ご主人の打球を〈凶器〉としたところなぞ、なかなか巧みな作戦ですな。

一方、全国でラジオが売れはじめました。もっとよい状態でプロ野球の実況中継を聞きたいと願って、全国の盲人たちがラジオを買い換えはじめたんでありました。

ご主人様の爆弾宣言

野球史上空前の予告本塁打を後楽園球場のスコアボードに叩き込んだ晩、わたしのご主人田中一郎選手は、テレビの電波を通して、巨人の新人投手江川卓選手からも第一打席で本塁打を放つぞ、と予告いたしました。そしてこのあたりからご主人に対する風当りが強くなってきた。当時の世の中の雰囲気、これは皆様もよく御存知だろうと思います。

つまり、盲目の天才的打者田中一郎に対する世の中の反応が、

①盲目の打者だと？　フン、まさか！
②ほう、よく打つねえ。盲目なのにようやるねえ。たいしたものだ。
③目が見えないのによく打ちやがる。それに態度が太き《でか》いんじゃねえのかい。
④盲人がまことに生意気だ。

と、このように段階的に変ってきたのであります。いつも〈盲人の……〉という前置きのつくところが、ぼくは気になりましたねえ。世間というものは常になにか色眼鏡をかけてものをみる。口惜しいですな。

さて、ご主人に対する風当りが最も強く、きびしくなったのが五月の第四日曜日のこと、この日のナイターが午後から降り出した雨でお流れとなり、フジテレビ系列の『プロ野球ニュース』は、穴埋めのため「カネやんのベンチ訪問・緊急大特集田中一郎選手に聞く」というフィルムを放映したのですが、評論家金田正一氏との一問一答が、大問題となりました。ごらんになった方も多かったと思いますが、ここにそのときの一問一答を忠実に再録し、再現してみましょうか。活字化をご許可くださったフジテレビ運動部に、まず前もって厚く御礼申しあげます。

――よう、田中君。（ト田中選手に握手を求めて）わしが誰だか判るかな。

田中　野球評論家の金田正一さんでしょ。日本で唯ひとりの四百勝投手。

――ほう。よう知っとるなあ。

田中　十四シーズン連続二十勝以上。これも日本記録ですね。

――勉強しとるんだね、きみは。

田中　これは世界タイ記録でもあるんじゃないですか。たしか米大リーグでもサイ・ヤング投手が十四年連続二十勝しているはずです。一八九一年から一九〇四年までの十四年間だったかな。

――ヘエ、わしも知らなかったね。

田中　金田さんがデビューしたのは昭和二十五年の八月二十三日でしたね。

――そうそう広島戦にはじめて投《ほう》ったんだ。

田中　最初の打者が、後で巨人に入って、「代打満塁逆転サヨナラ本塁打」を打ち有名になった樋笠一夫選手です。金田さんはこの樋笠選手を三振に打ちとった。

――うん。あの頃のわしの球、滅法、速かったでえ。

田中　それで最後の打者が、昭和四十四年十月十八日の中日戦での、江藤弟……。このときは四球を与えてしまった。

――野球選手ちゅうもんは年齢《とし》には勝てんわ。これ、ほんま。じつはな、わしは江藤弟に速球を投げたつもりだった。ところが、わしの投げた球に蠅がとまるのがチラッと見えたんだわ。こりゃいかんと思うた。球に蠅が止まるようになっては投手落第や。わしはじつにあのとき引退の決意をかためた。

田中　そのときの金田さんの心中、お察しいたします。ところで金田さんは樋笠選手から江藤弟選手まで二万二〇七八人の打者と対戦していますね。

――二万二〇七八人か。あんた、よう知っとるなあ。

田中　ぼくを育てた永井増吉という人が、毎晩、宇佐美徹也さんの『プロ野球記録大鑑』を四ページずつ読んでくれたのです。講談社の木です。

――ほう。わしも買《こ》うて読んでみよう。

田中　ひとりの打者に五球ずつ投げたとすると、二万二〇七八人では一一万〇三九〇球。投手と捕手との間が十八米四十四糎ですから、二〇三六粁。

――二〇三六粁？

田中　そうです。金田さんは二十年間の投手生活で、二〇三六粁の彼方までボールを投げたことになりますね。

――（絶句）

田中　たとえば、北海道の最北端稚内《わっかない》からエイとボールを投げますとね、鹿児島の上を通り越して、沖縄の手前へジャポンと落っこちる。東京から西へ向って投げると、北京《ペキン》市街へワンバウンドでとびこみます。それも秒速四十五米の猛スピードで、ですよ。つまり金田さんはそれほどの大投手だったんだ。

――えらい。インタビュアーのわしのことをよくそこまで調べた。シャッポを脱ぎます。君のことを、小生意気だ、態度がでかいという人が大勢いる。じつは今の今まで、わしもそう思っとった。だがちがうね。君は野球界の先輩に対する礼儀作法というもんを、よう心得とるわ。感心した。わしは君に対して、投手としてボールを投げたかったな。きっとおたがい好敵手になれたと思うね。

田中　いやぼくに投げずにすんだことを金田さんは天に感謝すべきです。

――な、なんやて？

田中　ぼくと対戦していれば、金田さんの勝星は三百五十勝がせいぜいだったろうと思いますよ。

〔インタビュアーはここで白眼を剝き、CMフィルムが二本入った〕

——田中君、あまりキツイこといわんといてちょうだいよ。

田中　いや、ぼくは真実しかいいません。

——（小声で）やはり、こいつ、いやな男だったな、ま、いい。インタビューを続けよう。ところで田中君、君は、巨人の江川投手と対戦できれば、その第一打席にホームランを打つと予告したね。

田中　はい。

——そんな離れ業ができると思っとるの。

田中　軽いデスネ。ただし……。

——なんです？

田中　これはお願いですが、江川クンからの予告ホームランにスポンサーが出てきてほしいと思います。まだ、一社も名乗り出てきていないんですよ。

——そりゃそうですよ。君は反感を持たれているもの。野球選手ちゅうもんは謙虚でなきゃいかんですよ。巨人の王選手を見習いなさい。

田中　そこでぼくは方針を変えました。

——そうそう。稔《みの》るほど頭をたれる稲穂かな、これで行かなきゃならんです。

田中　そうじゃないんです。ぼくは日本政府と賭をしたいんです。

——な、なんと？

田中　まず、六月の横浜大洋＝巨人戦に江川クンが登板するよう、政府が命令すること。江川クンとの第一打席でぼくがホームランを打てなかったら、ぼくはその場でホエールズのユニフォームを脱ぎ、球界からサヨナラします。しかしもしぼくが予告通りホームランを打ったら……。

——わしゃ知らん。わしは……。

田中　金田さんを相手にしてるんじゃないんです。ぼくの相手は日本国政府なんだ。ぼくが予告通りホームランを打ったら、これからぼくが挙げる要求を実現してもらいたい。第一に、財団法人東京盲導犬協会に年間十億円の援助を与えること。金田さん、この東京盲導犬協会がどんな仕事をしているかご存知ですか。

——盲導犬協会ってぐらいだから、つまり盲導犬を育てているんだろ？

田中　そうです。生後一年から一年二ケ月までの、素質のありそうな犬に音響テストをして、これだという犬を選び出し、買い入れる。それから八ケ月間、各種の訓練を行います。いま、日本に二百頭の盲導犬がいますが、そのうちの六割を、この東京盲導犬協会が育成している。犬代、訓練費用で一頭平均八十万円以上かかる。そして盲人は協会から十五万円で買い入れる。

――そ、それじゃあ協会が損するなあ。一頭につき六十五万円以上の欠損だ。

田中　おまけにこの協会は、理事長個人の土地、預金、そして有志の寄付で運営されているんですよ。

――ほう。

田中　つまり、日本では盲導犬の育成はまったく個人の善意にまかされている。なにが福祉国家ですか。

――ちょっと。これは『プロ野球ニュース』の取材なんだ。報道番組やないで。

田中　アメリカに盲導犬が何頭いるか知ってますか。

――知るか、そんなこと。わしは盲導犬評論家やない。

田中　一万一千頭です。片や日本は二百頭足らず。数字がちがいすぎるとは思いませんか。東京に五十頭しかいない。そして盲導犬の一頭もいない県は、青森、秋田、山形、福島、新潟、滋賀、和歌山、広島、香川、徳島、佐賀、熊本、大分、鹿児島、沖縄の十五県にも及ぶ。西ドイツでは、盲導犬が健康保険で買えるんですよ。まったくなんてちがいなんだ。ＧＮＰ世界第二位が聞いて呆れますね。

――田中君、君に忠告しとくわ。スポーツの中に政治を持ち込んではいかんヨ。

田中　江川クンも持ち込んだでしょ。それから昨年の末に、東京プリンスホテルでヤクルトスワローズの優勝祝賀会が開かれましたが、来賓には与党の大物政治家がズラーッと並んでいた。祝辞を述べたのも大半がそれらの政治家だった。もうひとつ、金田さんが現役投手としてバリバリ、ビュンビュン投げまくっていた昭和三十五年六月、安保反対運動というのがあって、たとえば六月十五日には、国会へ十万人のデモが押し寄せ、全国では五百八十万の人たちが行動した……。

――知らんなあ。

田中　ところでその直前、時の首相岸信介さんはこう語ったそうですよ。「デモや院外の運動に屈すれば、日本の民主政治はまもれない。私は国民の〝声なき声〟の支持を信じている。だいたいね、今日も後楽園球場は満員ですよ。国民の大多数は野球に夢中なんだウンヌン」と。わかりますか、金田さん、このように野球ぐらい政治と関係の深いものはないんですよ。

――あーあ、頭がガンガンしてきよったわ。

田中　とにかくいますぐ盲導犬の必要な盲人がすくなくとも二万人はいるのに、その全頭数が二百足らずでは仕方がありません。ぼくは国家の助成を要望します。次に盲導犬指導員の問題がある。指導員には三年間の養成期間と二年間のインターンが必要だとされています。いってみれば医師や看護婦に匹敵する専門職です。なのに、いいですか、金田さん、訓練士の年間給与は、ボーナスを入れて百十三万八千八百円なんですよ。月十万円にもならないんだ。訓練士たちが、それでも仕事をやめないのは彼等に使命感があるからです。つまり、国は盲人行政についてなにも考えていないにひとしい。ぼくはそういういい加減な国家と対決したいのです。

――勝手にせい、もう。

田中　第二に、地方の私鉄やバスは盲導犬に導かれた盲人の乗車を制限している。こんな馬鹿なことがありますか。盲人にとって盲導犬は第二の目ですよ。もし、盲導犬に導かれた盲人の乗車を制限する運輸機関があれば、その運輸機関は晴眼者の乗車も制限しなければなりません。

――ちょっと待て。君は盲人の立場ばかり主張しとるヨ。他の乗客に犬がとびかかったらどうするんだい。

田中　盲導犬は決して人間には嚙みつきませんよ。

――どうして。

田中　そう訓練されているからです。

――しかし例外ちゅうものはあるでしょうが。

田中　ありません。

――いやにきっぱりと言うてくれたな。

田中　とにかく有り得ないんです。ぼくは全国の運輸機関に対し、政府から、盲導犬の乗車は自由たるべし、という命令を発するよう要望します。第三に……。

――いい加減にしてちょうだいッ！

田中　ホテルや劇場やホールへの盲導犬の出入りも制限されています。これもなんとかしてもらいたいと思いますね。第四は道路交通法の改正。この法律の第十四条第一項にこうあります。「目が見えない者は、道路を通行するときは、政令で定める杖を携えていなければならない」。さて、盲導犬に導かれる盲人は左手で引具《ハーネス》を摑んでいる。その上、右手に白杖を持たねばならないとなると、……金田さん、どうなります？

――両手が塞がっちまう。わかり切っているではないの、そんなこと。

田中　となると盲人は荷物も傘も持てなくなりますよ。そこで、ぼくは道路交通法の改正を国に要求いたします。引具に夜光塗料を塗れば、白杖と同じであるとみなす。そう改正ねがいたい。以上の四点、とりあえず要求します。巨人の江川クンの球を第一打席でホームランしたら、この四つのことに早急に手をつけてもらいたい。もし打てなければ……、ぼくは野球をやめます。さあ、この賭けを受けていただけますか（ト、見えぬ目でカメラを睨みつける）。

――カネやんのベンチ訪問、これでおしまいッ。もう疲れるわ、わし。

日本はまっぷたつ

五月の第四日曜日の『プロ野球ニュース』（フジテレビ系列）での、ご主人様の発言は、いやもうたいへんな反響をまきおこしましたな。野球はこの夜からスポーツではなくなったんであります。この番組が終了した途端、野球はもっとも政治的なイヴェントと化したのでありました。

ご主人様田中一郎選手は、『プロ野球ニュース』を通じて、日本国政府に対して次のようなことを申し入れた。

〈自分は近く予定されている対巨人戦でぜひとも江川卓投手と対決したい。江川卓投手との対決が可能であれば、その試合の第一打席で本塁打を放つであろう。もし、この予告本塁打が実現した場合は、日本国政府は盲人対策にもっと本腰を入れてほしい。すなわち、財団法人東京盲導犬協会に年間十億円の援助を与えること、盲導犬に導かれた盲人の私鉄やバスへの乗車を制限するな、ホテルや劇場やホールへの盲導犬の出入りも制限するべからず、そして道路交通法を改正し、盲導犬の引具《ハーネス》に夜光塗料を塗れば白杖と同じであるというふうにせよ……。なお、予告どおり本塁打が打てなかったときは、自分はその場で横浜大洋ホエールズのユニフォームを脱ぎ、プロ球界から去るであろう。さあ、日本国政府よ、この賭けに乗らないか。どうだね〉

詳しいことは前章でしゃべってしまいましたし、またあのころの新聞や週刊誌はこのことを大大的に書き立てており、したがって皆さんもよくご存知のところでありましょうし、これ以上の説明は不要であると愚考いたしますが、とにかくオソロシイさわぎになってしまいました。

いちばん多く出た意見は、

「野球は政治ではない」

というもので、これは一見、まともな考えのようですが、ぼく、犬の身をも弁《わき》まえずあえて言わせていただくとキレイゴトですわ。

というのは、このすこし前に毎日新聞が行った世論調査では、ちゃーんと、

「野球は政治である」

という結果が出ているからなんであります。この世論調査については五月十三日号の『サンデー毎日』が、その第三十六頁において要領よくまとめておりますが、それをさらに短かく要約しますと、こうなります。

まず、プロ野球に関心のある人は国民の過半数を超える。この世論調査と前後して行われた統一地方選の、たとえば都知事選での投票が、戦後九回の都知事選史上、最低の

五五・一六％。つまり今回の都知事選と同じくらいの関心をプロ野球は集めている、とこのようにいうことができましょうな。

さて、次にひいきの球団ですが、第一位が読売ジャイアンツで、じつに他の十一球団と匹敵いたします。プロ野球ファンの二人に一人がジャイアンツファンということにあいなります。おもしろいのは政党とひいき球団との関係です。

新自由クラブ支持者の四一％
公明党支持者の三八％
自民党支持者の三五％
民社党支持者の三三％

が読売ジャイアンツのファンなのであります。いずれも五〇％に達しておりませんが、「好きな、球団はとくにない」という人が各党とも三分の一以上もあり、この人びとを除くと、いずれも半数を超える。

一方、アンチ読売ジャイアンツは、つまり巨人ぎらいは、以下の如くにあいなります。

共産党支持者の三五％
社会党支持者の二八％
公明党支持者の一六％
自民党支持者の一五％

たとえていえば、保守・中道が巨人ファン、革新がアンチ巨人である。

江川問題になると、この傾向がさらにはっきりしてきますぞ、たとえば「江川問題の結末に対する評価」では、

共産党支持者の五七％
社会党支持者の五〇％
新自由クラブ支持者の二〇％
公明党支持者の一八％
民社党支持者の一六％
自民党支持者の一四％

が「納得できない」と答えております。べつに申せば〈江川のことはあれでよい、そして自分は巨人ファンである〉という共産党支持者や社会党支持者がいれば、それは変り者なのであります。逆に〈おれは江川も巨人もきらいだ〉という保守党支持者がいれば、その御仁は精神科医の診察及び精神鑑定を必要とするでしょう。と、このように、日本国においては、野球は選挙と同じぐらい政治的なのであります。下らぬこじつけをほざく犬儒学派の犬コロめ――とお腹立ちの方々もおいでになるだろうと思いますが、とにかくぼくは毎日新聞社の世論調査から、そのような結論を得たのでありました。

日本国政府は――当然のことながら――ご主人様の申し入れを柳に風と受け流しまし

た。梨のつぶて。黙殺したんであります。反応らしい反応といえば、首相がある茶話会で、

「田中一郎の申し入れ？　知らんなあ。アーウー、そのう、同じ田中でも角栄君からの申し入れならさっそく考えなくちゃいかんがウー、アーアー、ウー一郎君では話にならんなあ。アー、政府は盲人のことだけを考えとるわけにはいかんのだよ。アーそういうことですよ」

という談話を発表したのが唯一。

一方、巨人軍の長島監督は、スポーツ記者にこう語った。

「江川対田中、これはボク対金田正一投手以来の黄金の対決ですよね。ウーン、考えてみてもいいな。第十三節の巨人＝大洋三連戦に江川を予定しましょうか。六月二十九日の後楽園ナイター、そのあたりにどうかな。もちろん約束はできませんよ。ただ可能性は大いにあり得るということ。ええ、楽しみにしていてください」

さて、あれはたしか六月二十八日の正午、全日空で広島から羽田空港へ戻ったときのことです。ご存知のように二十六日と二十七日は、横浜大洋ホエールズ、広島市民球場でカープと二連戦を行い、一勝一敗だった。この二試合でご主人様は、

打数　四

安打　四（全部、本塁打）

打点　七

四球　六（全部、敬遠）

という成績をあげ、相変らず好調でした。

「どうも、長島監督は本気らしいよ」

空港ビルにある中華料理店で酢豚ライスの大盛をぱくつきはじめたご主人様のところへ、一足おくれてやってきた永井増吉コーチが申しました。

「ロビーで何人かの記者に会って探りを入れてきたのだが、明日のナイターに江川が出てくる可能性は高いね」

「望むところです」

ご主人様は顔色も変えずにいって、足許で骨をしゃぶっていたぼくに豚肉を一切れくださった。

「ヤクルトの松岡さんや中日の小松辰雄君の速球を打ってきたぼくのことです。江川君ぐらい打ち込めますよ」

「まあね」

永井コーチもうなずいて、

「江川の取柄はボールそのものよりも、むしろその投球術にある。一郎は彼の投球術のうまさに幻惑されずにすむから、目明きの打者よりはずっと有利さ」

というのはこういうことです。永井コーチによれば、江川は世間でいわれているよりはずっとマシな投手なんですってね。たとえば、大リーグのピッチングコーチは、日本のように投手のフォームをいじくったりはしませんが、

「投球の全行程を通じ、球を隠し続けろ。球をグラヴの中に入れておく時間をできるだけ長くしろ。そのために必要なら大きなグラヴを使用しろ」

と口を酸っぱくして教えるそうです。これはなぜか。《球が投げられる最後の瞬間まで球を隠し続ければ、打者が球に目を注ぐ時間はそれだけ短かくなり……（中略）打者に早々と球を読み取られ、うまうまと打たれる》ことがなくなるからなんですな。ウォルター・オールストンとダン・ワイスコップの二人が書いた『現代野球百科』（ベースボールマガジン社編訳・刊）にちゃんとそうのっている。投手のマウンドでの態度がすでに〔投球〕の一部なのである、というわけです。野球通のみなさまには釈迦に説法、猿に木登りを、河童に泳ぎを教えるような愚挙ですが、実例をもって申しあげましょう。

阪急の山田さん、この人は調子の悪いときにかぎってマウンドの土をスパイクでかきならす回数が多くなる。同じ阪急の山口さん、帽子が横を向くようになったらコントロールがなくなった証拠、打者としては待球に切り換えるべきです。近鉄の大エース鈴木さんは、帽子のヒサシに手が行く回数が多くなればなるほど、球が走らなくなっている証左であります。ロッテの村田さんの調子はお尻で見分けがつく。調子がよければお尻

がグッとあがる。南海の藤田さんは好調時に目が寄ってきます。

セ・リーグでは、中日の鈴木孝政さんの癖がおもしろい。捕手からの返球を、待ちかねたように、グラヴでバシッバシッと奪い取るようなら調子がいいから、注意せねばならん。広島の江夏さんが右足でマウンドの土をならしはじめると、次の一球は予想外のところへ来ますな。つまり、どうやったら打者の裏の裏をかいてやれるか、マウンドの土をスパイクでかいて考えているのです。ヤクルトの鈴木さんがタオルを出してメガネを拭きはじめる。これはほとんど自信をなくしている証拠です。

まだまだありますが、永井さんはこういった相手投手の癖からでも次の球が読めるという理論をもっている。ところが江川卓投手には、こういう癖があまりないのだそうで、それでずいぶん得をするのではないか、と永井さんはいうのです。ところがご主人様は盲目です。だから江川卓投手の長所は、ご主人様のバッティングにちっとも響かないわけで。つまり、投手の態度から次の配球を読みとるという心理戦術ができないかわりに、投手の態度や様子で幻惑されることもない、ただまっさらな気持で球をむかえ打つ。これがご主人様の打撃術のAにしてZなんです。

「江川の老練な投球術もおまえが相手では屁の支えにもならん。まあ、それはいいのだが、どうもひとつ気になることがあるのだ」

「というと」

「巨人は一昨夜、そして昨夜と神宮球場でヤクルトと戦った。江川は登板しなかったが、二晩とも試合前にブルペンで五十球ずつ投《ほう》っている。記者の話では全部、変化球だったそうだ」

「どうせスライダーでしょう。やつの球は、なにかというとスライダー回転するんだ。よく知っていますよ。ぼくなりにデータは集めてあるんです」

「それがどうも新しい魔球らしいぞ」

「……新しい魔球?」

「五十糎も曲るのだ」

「まさか、その記者の目の錯覚でしょう」

「はじめはその記者も、自分の目がどうかしたのではないかと思ったらしい。しかし何度みても同じ。五十糎は楽に曲る。江川の捕手をつとめていたのは、投手の調子をみるのがうまい所《ところ》憲佐《けんすけ》だった。所捕手は試合には出てこないが、ブルペンの司令官のような存在だ。コーチ補佐的な役割をつとめている。で、その所捕手は、江川の新魔球を全部受けそこねているのだ。老練の所捕手にしてさえ、新魔球が捕球できない」

「信じられないな」

ご主人様は箸を宙に浮かせたまま考え込みました。

「まったく信じられん」

永井さんは、注文をとりにきたボーイにも気がつかず、卓子に頰杖をついてぼんやりと前方へ煙《けむ》るような目付を向けておりました。

「五十糎のカーブなんて、物理的に有り得ないのだよ。火の玉投手といわれたボブ・フェラーの速球の秒速は四十五米だった。そしてバッテリー間（十八・四四米）をボールが二十回転したといわれる。で、彼が思い切りボールをひねって、回転数を三十回にあげたとする。するとボールは四十糎ぐらいは曲る。さていま、五十糎曲るカーブを投げようとした場合、どういう条件が必要か。秒速はすくなくとも七十米はなくちゃならん。つまり時速二百五十二粁……」

「人間には無理です」

「そうだ。好調時の村田兆治でさえ百四十五粁がせいぜいだものな。さらに回転数は六十回……」

「それも不可能でしょう」

「そう。つまり五十糎のカーブを投げるなんてことが人間にできるわけはない」

「やっぱりその記者の目の錯覚ですよ」

「ところがね、一郎。真実なのだよ。江川はたしかに五十糎のカーブを投げている。その証拠があるんだ」

「証拠……？」

「うむ。その記者はあまりにも不思議だったので、社のカメラマンを呼び出して、アイモで江川の球を写したのだ。三十分後に近くのホテルの一室でそのフィルムを見せてもらうことになっているのだよ。ほんとうに時速百二十粁程度の球が五十糎も曲るとすれば奇跡だな。そして、いくらおまえが天才でも、そんなカーブは打てやしない」

永井さんは深い溜息をひとつついたのでした。

変化球の秘密

空港近くのホテルに入ったとき午後一時をまわっておりました。六階の二間《スイートルーム》つづき。居間には一六粍《ミリ》用の映写機が、ブラインドをおろした窓の前には映写幕が用意されていました。

ぼくは犬でありますから、人間さまの邪魔にならぬよう行動するのが分際と申すもの。居間の、ソファと壁との間に身体をこじ入れ、床に這いつくばってフィルムのまわるのをじっと待つことにいたしました。

さて、居間で映写準備をしていたのは、さるスポーツ紙の記者であります。三十四、五歳の肥った男です。

「いろいろとすまんですな」

永井さんが記者に右手をさし出しました。

「むろん、この部屋代はわたしが持たせてもらいます。正確にいえばこの田中一郎君が払うわけですが」

「気にしないでくださいよ、そんなことは」

記者が永井さんとぼくのご主人の田中一郎さんにコーヒーを注いで渡しながら、

「というのは、ご存知かもしれませんが、新聞が売れているんですよ。今年の春まで、うちの発行部数は四十万部でした。さらにさかのぼると、去年の秋までは三十五万部だった。江川問題で五万部ふえたわけです。ところが、シーズン開幕と同時に田中一郎という大スターが彗星の如く登場して、おかげで現在は六十五万部です。ホテル代ぐらい安いものです。それに加えて……」

　記者は背広のポケットからタブロイド版の白い紙を取り出しました。

「うちは昨日から点字のスポーツ新聞を創刊しました。これ、五万部も出ているんですよ」

「なるほど、なるほど」

　永井さんはその白い紙を指先で撫でながらいいました。

「たしかに点字だ。一郎、読んでみるかね」

「はい」

　そこで永井さんは白い紙をご主人の手に持たせました。ご主人はぼくのすぐ横に腰をおろすと、さっそく点字を指でなぞりはじめました。

「全国の盲人野球ファンが田中一郎選手の活躍を点字で読んでみたいとおっしゃっている。そこへつけ込んだんですな。そういうわけですからね、うちは田中一郎選手のためならばお金を惜しみませんのさ。さてと……」

記者は部屋の電灯スイッチを消しました。

「これからお見せするのはふたつのフィルムです。ひとつは巨人軍江川投手のピッチングを真うしろから隠し撮りしたもの。もうひとつは東京大学の理工学研究所の実験フィルムです。江川投手のフィルムは一ケ月前、多摩川グラウンドでのピッチングと、昨夜、神宮球場ブルペンでのピッチングとをつないであります」

映写機にスイッチが入りました。スクリーンが明るくなります。がそれも一瞬、画面には倉庫の内部のようなところがうつりだしました。高い所から見おろす、いわゆる俯《ふ》瞰《かん》というやつです。画面の右端に投手がいて、左端に捕手がいる。

「まず東京大学理工学研究所製作の実験フィルムです」

記者が映写技師のほかに説明弁士をも兼ねます。

「撮影場所は理工学研究所の実験室」

「ずいぶん広い実験室もあったものだねえ」

永井さんは感心しています。

「岩波書店がむかし『岩波写真文庫』というシリーズを出版していたことがあります。中学校の図書室に揃えてあったので、ぼくもずいぶん愛読しました。その写真文庫の一冊に『野球の科学』というのがあった。じつにおもしろい本でした。当時の松竹ロビンスの監督新田恭一さんと東大工学部教授の谷一郎さんのお二人が監修なさっていた」

「新田恭一さんは知っている。日本には珍しい野球理論家だった。しかし谷一郎という名前ははじめて聞くな」

「すごい人です。アメリカに『ライフ』という雑誌があった。この『ライフ』誌がですな、一九四一年、ということは昭和十六年ですか、その一九四一年九月十五日号に〔カーブというものは眼の錯覚にすぎない〕という説を載せました。谷さんは、そんなバカなことがあるものか、とお思いになった。そして専門の流体力学の立場からライフ説をひっくりかえしてやろうとお考えになった。それでよろしいですか、永井さん。あの大戦争の間、ずーっと〔どうしたらカーブは眼の錯覚などではないことを証明できるか〕についていてお考えになっていた」

「たしかに豪傑だな」

「岩波書店から『野球の科学という題で一冊つくりたい。監修を引き受けてもらえないだろうか』という話が持ち込まれたとき、谷さんはこれはいい機会である、とお思いになった。十年来考えてきたことを実験してみよう……」

画面では相変らず単調なピッチングがつづいています。ぼくはこれでもプロ野球でたべておりますから、画面の投手が、素人だということがすぐわかった。もっとも素人投手のなかではかなり筋のいい方だけれど。

「そこで谷さんは理工学研究所の実験室のキャットウォークにカメラを据えつけ、レンズを真下に向けてこのフィルムを撮影した」

「キャットウォークというと」

「天井の通路のことです。投手は理工学研究所チームの吉岡武投手です。草野球で投げさせておくにはもったいないような筋のいい球をほうっています」

画面が暗くなりました。画面の上方から（ということは、俯瞰で、しかも投手板が右端ですから、三塁側からということになりますが）、照明が当る。捕手がポケットから別のボールを出して、投手に投げ渡しました。なんだか目がチラチラいたします。

「どうです、おもしろいボールでしょう。あのボール、半分を黒く塗り潰してあるんです。そして、高速度撮影でとると……」

投手はのろのろしたワインドアップモーションをはじめました。

「最初のは直球です」

投手の指先をはなれたボールは、チラチラと、白と黒の部分を交互にみせながら四秒ほどかかって捕手のミットにおさまりました。

「谷先生は、白と黒とが何回あらわれては消えるか、数えました。十八回転です。二十回転以上なら球は手許でホップするのではないか。これは実験に立ち合っていた新田恭一監督の、そのときの意見です。さて、次はカーブです」

投手がまたのろのろとふりかぶっております。やがて指先からボールがはなれました。

前回より、チラチラの度合いが多いような気がします。それに途中からボールが、弓なりに、ではあるが曲った。

「これで、カーブは眼の錯覚ではない、ということが証明されました。只今のボールの回転数は二十四回だった」

ここで記者は映写機をとめました。薄暗い室内に記者の声が響きます。

「ところで谷先生は、縫い目のない、つるつるしたボールでカーブを投げさせています。カーブは出ませんでした」

「するとカーブが出るのは、縫い目のせいである？」

「そういうことで。カーブが出るのは、空気の粘性による。つまり流体力学的見地に立つと、空気は粘っこいんです。ボールの表面に接して流れる空気の層を〈境界層〉といいますが、この境界層が非常に粘る。粘るおかげでこの部分のエネルギーが失われ、境界層の流れはボールの後側まで回り込むことができなくなる。別にいえば背後に渦ができる。この渦がボールのコースを曲げるんですな。縫い目の数が多ければ多いほど、また縫い目が高ければ高いほど、渦は大きくなる。まあ、ぼくはスポーツ紙の記者であって、流体力学の専門家ではない。ですから細《こまか》いところではちがっているかもしれませんよ。だが、大づかみにいうと、いま申しあげたようなことになる。さて、今度は巨人軍江川投手のカーブです。最初のが、一ケ月前、多摩川グラウンドで撮ったもの」

映写機がカシャカシャ鳴って、スクリーンに江川投手がうつった。手前に85をつけた捕手の、がっちりした背中が見えています。昼間で、空はよく晴れている。江川の投《ほう》ったボールがゆるくすとんと落ちた。

「いまのは、昔ならアウト・ドロップといったやつ。さて、同じ投げ方をしていながら、昨夜の神宮でのピッチング練習では……」

画面が夜になりました。江川が投げている。おどろいたことに、ボールが直前のフィルムのときと較べて三倍近くもよく落ちたのです。捕手はポロッとボールをこぼしました。あまりの大きな落差に、まごついているのです。

「同じフォームで、しかも同じぐらいの力の入れ方で、どうしてこうもちがうのか」

記者は映写機をとめて、それから室内灯を点けました。

「どう考えてもよくわからない。理論的には不可能なカーブを、江川は悠々と投げている。落差五十糎以上のカーブなぞ、ボールを六十回以上回転させなきゃ出っこないんです。しかしそれは東大の理工学研究所の実験でみたように、どんな大投手にも無理な相談だ」

「球速だって二倍以上ないとだめだと思う」

「その通りなんですよ、永井さん。まったくなにがなんだかわからない」

「質問はいかなる場合もすでに解答を隠している」

そのとき背後に声がしました。

「つまり問いのなかに答があるんだよ」

みると声の主は別当監督でした。

「おや、いつの間に」

永井さんがあわてて立ち上った。

「ドアをどうやって……」

「ドアは開いていました。計略《はかりごと》は密なるをもってよしとす、ですよ。ドアのロックも確認せずにブルーフィルムを写したりしてはいけませんな」

「ブルーフィルム?」

「いや、それは冗談ですが」

監督のうしろに少年がひとり立っていました。中学生ぐらいでしょうか。ご主人と同じように盲目です。顔面は蒼白。学帽と学生服が黒ですから、余計に顔の白さが目立ちます。

「さあ、こっちですよ」

監督は少年をソファへ案内します。記者がドアを閉めに行きました。

「星君、君の隣に坐っているのが田中一郎選手だよ」

監督が少年の左手をとってわがご主人の右手の上にそっと置いてやりました。

「ぼ、ぼく、星飛雄馬です。田中選手のファンなんです。横浜大洋ホエールズの試合のラジオ実況中継は欠かしたことがありません」

「あ、ありがとう。でも、星飛雄馬がホエールズファンだなんておかしいな。星飛雄馬とくれば巨人の星と相場がきまっているもの」

「劇画の主人公と偶然、姓名が同じだったというだけのことですよ。ぼくの叔父さんは大洋漁業のキャッチャーボートでよく南氷洋まで鯨をとりに出かけていました。だからぼくは幼いころからずーっと大洋ファンだったんです」

「なるほど」

ご主人は頷いてから、ふと額に皺を刻んで、

「君も目が悪いんだね」

「わかりますか」

「だってぼくと同じ、ある匂いがするもの」

「やっぱり」

「うん」

「ところで監督、監督はさっき、問いのなかにすでに答がかくされている、とおっしゃっていましたね」

記者が監督にたずねています。

「どういう意味ですか」

「ボールの縫い目がカーブの母であるといっていたでしょう。それから縫い目の数の多いほど、あるいは縫い目が高いほど、カーブはよく曲るともいっていた。そしてそれにつづけて江川がなぜ急にあんなによく曲るカーブを投げるようになったかよくわからんと首を傾げていた」

「ええ、その通りです」

「答はすでに出ているよ」

「というと……」

「昨夜、江川が握っていたボールには縫い目が多かったのさ」

監督はケロッと言い放った。

「ボールの縫い目は除夜の鐘と同じく百八ときまっている。ところが昨夜の江川は百五十も縫い目のあるボールを投げていた。うちの平松が同じボールでシュート回転させてごらん。カミソリシュートどころじゃない、スクリューボールになってしまう。それこそおもしろいように曲る」

「信じられない」

記者と永井さんが異口同音にいった。

「そんな、ばかなことが」

「いや、事実は小説よりも奇なりさ。明日の晩の大洋＝巨人戦に江川が登板する。江川はたぶんつづけざまに三振をとることだろう。それはなぜか。江川が特別製のボールを使うからさ。やたらに縫い目の多いボール。したがってよく曲るボール。江川だけは、そういうボールを使う。明晩の先発に斎藤明雄を予定しているが、斎藤明雄が使わされるのは、ごくごく普通の公式球……」

「どうもよくわかりませんね」

記者が首を振った。永井さんはいつものくせで額を軽く握った右手でコンコン叩きながら、

「まったく見当がつかん」

「詳しいことは、この星少年にきくさ」

監督は少年を指さして、

「じつは星少年がこの情報を持ってきてくれたんだ。さあ、星君、きみの話をここでもういちどくりかえしてくれるかい」

「は、はい」

少年は、ひとしきり、舌で唇を湿《しめ》すと、

「ぼくは昨夜《ゆうべ》の夜行で福島県の猪苗代湖畔の村から東京へ出てきたのです」

一気にしゃべりはじめました。

公式ボールは猪苗代産

「ぼくの父は十四年前に事故で死にました」

福島県の猪苗代から夜行で上京したという盲目の中学生、星飛雄馬君がハキハキした口調ではなしはじめました。

「出稼ぎで東京の地下鉄工事現場で働いていたときに事故にあったんです。それから母は田畑の仕事をしながら内職に精を出しました。それであのう、ぼくの村で内職というと、じつはボール縫いなんです」

「わたしは戦後の三十何年間、いわば硬式野球用ボールで飯《めし》を食ってきたわけだが、公式ボールの大部分が猪苗代湖畔の農家のおかみさんたちの手で縫われていたとは思ってもいなかった。星君の話を聞いてびっくりしたよ」

別当監督が注釈をつけました。わがご主人田中一郎選手、永井増吉コーチ、そしてスポーツ紙記者の三人はただ押し黙って、盲目の中学生と監督とをかわるがわる見つめていました。

（おそるべき江川の魔球、その背後にはなにか途方もなく深い、謎めいた闇がある）

ぼくにもそんな気がして耳をピンと立てました。窓の外を音もなくジェット旅客機が舞い立って行くのがみえました。羽田空港近くのこのホテルの窓ガラスには、厳重に防音の配慮がしてあるらしく思われます。

「あのう、これはだれでも知っていることだと思うんだけど、硬式ボールの芯はコルクです。そのコルクにゴムをかぶせて、その上に綿糸と毛糸を四百三十米、巻きつけます。そして縫い目の穴のあいた二枚の牛皮をかぶせる。ここまでは全部機械がやるんです」

「つまりオートメーションというやつだね」

「はい、監督さん」

「この縫い合せだけは機械にはできない」

「そうなんです、監督さん。それでぼくの母のような、農家の主婦のところへ縫い合せの内職がまわってくるんです。工賃は一個縫って五十円です。慣れた人でも三十五分はかかります。ところがぼくの母は、そのう、ボール縫いの天才なんです」

星少年はすこし胸を反《そ》らしました。

「二十五分で縫い上げてしまうんです。それに出来も一番いいんだ」

「ここでまたすこし補足しておこう」

別当監督がいいました。

「公式戦の一試合平均使用球数は約四打《ダース》だ。コミッショナー事務局に電話して聞いたばかりだから間違いはない。コミッショナー事務局は、そうやって縫い上ってきたボールを月に二回、東京と大阪で検査するんだそうだ。それも抜き取りのサンプル検査ではなく、一球一球について、反撥力、大きさ、重さの三つを検査する。一回に三百打《ダース》もやるんだからコミッショナー事務局も大変なんだよねえ」

「プロ野球の公認球が縫えるようになるには、たいてい一年半はかかるそうなんです。でも、ぼくの母はたった三ケ月で一人前の縫い屋になったといいます。よっぽど向いていたんですね」

「さて、星君の話はいよいよ、このへんからおもしろくなる」

「一週間ほど前のことです。そう、ちょうど田中選手が〈江川投手と対戦するような機会に恵まれたら、必ずその第一打席にホームランを打つ〉と予告して五日ほどたったある朝、東京から人が訪ねて来ました。その人は、太い声の、四十四、五歳ぐらいのおじさんです。ずいぶん偉そうなおじさんでした」

「君は盲目なのに、どうして『偉そうな』ということがわかったのだね」

質問したのはスポーツ紙の記者でした。

「その喋り方からです」

「なるほど」

「とても丁寧な喋り方をしているのに、どこかに命令口調のようなものがあるんです。

だから、ぼくは（このおじさん、きっと部下をたくさん動かしているんだなあ）と思ったんです」

　さて、それからあとの星少年の話を要約しますと、こうです。

　そのおじさんは、星少年のお母さんにいきなり、

「四日間で硬式ボールを四打《ダース》、縫ってもらえんでしょうか」

　と切り出したという。

「一個につき五百円の縫い賃を出しましょう。これは標準工賃の十倍ですが、引き受けてくださるでしょうな。一打縫って六千円、四打では二万四千円になるのですぞ」

「自分だけそんな高い工賃で縫ったりしては後で村の人たちから何かいわれるにきまっています」

　と星少年のお母さんは、はじめのうちは乗り気ではなかったそうです。するとおじさんは膝を進めて、

「縫い目が百八個の、これまでと同じボールに十倍もの工賃を払うといっているのではないのです。この四打のボールは縫い目が百五十個もある特別なやつです。じつは来シーズンからすこしボールを変えてみようという案が出ましてね、そのための試球なんですな。試験用ボールなんです。とても大切なボールなんですよ。あなたでないと、とても縫うことのできないボールです。それにこのことは一切口外していただいては困る。

もしお引き受けいただけないようなら……、こっちにも考えがありますよ」

　お金、おだて、そして断ったら仕事ができなくなるかもしれないよ、というおどし。星少年のお母さんはとうとう百五十個の縫い目のあるボールを縫うことに同意しました。

「母は三日で四打縫いあげました」

　星少年はここで見えない目をわがご主人に向けて、

「でも、ぼくはなんだかいやな気がしてしかたがなかった。これは田中一郎対江川卓の対決と関係があるかもしれない、となんとなく思った。盲人特有のカンでそう思ったんです。というのは、ぼくの村の、新米の縫い屋のおばさんがまちがって縫い目の百二十個もある出来損いのボールをつくることがあるんです。そういう失敗品は、作った縫い屋が引き取ることになっている。そこで縫い屋さんは出来損いボールをぼくたちに安く分ける。その縫い目の多いボールでキャッチボールすると、おもしろいように変化球が出る。ぼくは野球をラジオで聞くだけで、実際にやったことがありません。だから、縫い目の多いボールがどんな変化をするのか、よくわからない。でも友だちの話では、スゴイんだそうです」

「縫い目の多いボールを、どうして君は江川投手と結びつけたのだね」

　永井コーチが訊ねました。

「またしても盲人特有のカンかね」

「一昨夜《おととい》、神宮球場でヤクルト＝巨人戦がありました。ぼくはラジオの実況を聞いていたのですが、ゲストの元大《もと》投手が、江川と田中との対決は、江川の勝ちだろうといってました。その元《もと》大投手は『江川はごくごく最近、とんでもない魔球を開発した。ワシはこの目で見たんやが、信じられんような変化球や。いくら田中が天才というたって、あの新魔球は打てませんよ。だからワシの予想は江川の圧勝……』と、こう話していたんです。ぼくはピーンときました。お母さんの縫った、あの縫い目の多いボールで江川投手がピッチングしているところを、この元大投手は見たのだなって。それでぼくは昨夜、福島から出て来たんです。朝、上野に着き、球団事務所へ電話しました。そして正午前にみなさんが広島から羽田へ着くはずだと教わって……」

「今度はわたしがしばらく喋らせてもらいますよ」

監督は星少年の肩をやさしく叩いてねぎらうと、部屋の中をゆっくり歩きまわりながら、

「星君の話を聞いて、わたしはなるほどと思った」

と語りはじめました。

「じつは、ある時期まで、フロントが強硬にこう言ってきていたんだ。『巨人が江川を登板させたら、そのときは田中をラインナップから外してほしい』ってね。つまりフロントから現場へ圧力がかかってきていた。『田中一郎は野球を政治の道具と間違えてお

る。こらしめのために、しばらく二軍に落せ』といってくるときもあった。多分、フロントへもどこからか圧力がかかってきていたのだろうとおもう。わたしはそのたびにフロントへこう言ってやった。『わたしは監督だ、それもいわせていただくならプロ野球の全監督のなかで、千勝以上しているのは、これまで七人しか出ていないが、そのうちの一人、つまり大監督です。しかもこの七人、鶴岡一人、三原脩、藤本定義、水原茂、川上哲治、西本幸雄、別当薫のうち、日本シリーズに出場したことがないのはこのわたしただひとりなのですよ。監督はチームを優勝へ導かねばならない、とりわけわたしはぜひとも優勝しなければならない。それにはどうしても田中一郎のバットが必要だ。だからわたしは田中一郎を使いつづける。これでもまだ田中を二軍へ落せというなら、わたしは監督をやめるしかない』。こう答えてフロントの圧力をはねのけてきた。ところが、ある時からフロントが何もいわなくなった。『田中一郎を使いたかったら、どうぞどうぞ』ってわけです。そして、フロントの考えが変った時と、星君のお母さんが謎の中年男から縫い目の多いボールの注文を受けた時とは一致する」

「ははあ……」

スポーツ紙の記者が大きく頷きました。

「フロントへ圧力をかけていた連中が、それでは埒が明きそうもないと考えて、ボールに仕掛けをしようと方針を変えたんだな」

「そんなところでしょうね」

「江川に縫い目の多いボールを使わせるのは簡単だものな。審判を抱き込めばいい。横浜大洋の投手へは普通の公認球を渡し、江川がマウンドに立ったら縫い目の多いボールを渡す。これでいいんだ」

「その通りです。いつだって審判たちは巨人に甘い。つまり、彼等はごく巨人に有利な判定を下すことに慣らされている。だから、ボールのすりかえだって抵抗なくやるはずです。それにおそらく秘密のお手当がつくにちがいないし……」

「江川が一番、可哀想だな」

永井コーチがポツンといいました。みんな半ばギョッとし、半ばアレッ？　という表情で永井コーチをみました。

「江川を、わたしは世間より高く評価しているんです」

永井さんはつづけました。

「わたしの知人に、ある綜合雑誌の編集者がいるんですよ。この男がこのあいだわたしにこんな話をしてくれました。彼は法政大学時代から江川に興味を持ってせっせと神宮へ通っていたんですが、たとえばこんな光景を目撃している。江川が登板してそのシーズンの優勝を決めた。ベンチからどっと選手たちがグラウンドへとび出す。そして守備位置から戻ってきたレギュラーたちといっしょになって監督の胴上げをはじめる。スタンドの応援団が紙吹雪を降らせる。みんな熱狂している、なかには泣いている連中もある。だが、ただひとりさめているやつがいる。胴上げにも加わらず腕を組んでつまらなさそうな顔をしている。むろんこのひとり冷静な男こそ、江川です。自分が優勝の立役者なのに、どうして浮かない表情をしているのか。その編集者は後で江川に会って聞いてみた。すると江川は、こう答えたそうです。

『胴上げに加わって指を痛めたりするのはゴメンです。それにぼくが投げるんですから勝って当り前でしょう。だから、全然、感動がないんですよ、ぼくは』

江川という男は学生野球の選手じゃない。すでにプロフェッショナルだ、とその編集者は感動した。わたしもぐっと来ましたね、この話を聞いたときは。また、こんなこともあった。たとえば早法戦。その編集者は早稲田の応援団席で観戦している。法政の投手はむろん江川です。さて、珍しく早稲田の応援団席が沸く。ワンヒット、ワンエラーで無死走者二塁だ。次打者がバントを決めて一死走者三塁になった。スクイズで一点入るぞ。スタンドは大さわぎになる。ところがその編集者が周囲をみると、さわいでいるのは一年生ばかりなんですね。二年生以上は相変らず沈んだ表情でグラウンドを眺め下している。つまり、二年生以上は経験として知っているわけです、これから江川が本気で投《ほう》ってくるぞ、ってことを。だから一年生みたいに『チャンスだ、かっとばせ、オカダ』などとさわいでもなんの益もないってことをよく知っている。案の定、二者連続三球三振。その編集者曰く『これまでのベタベタした日本の野球がこの男によって多少変るかもしれないぞ。男の涙、栄冠涙あり、そういったコトバがこの男によって、死語廃語になるかもしれない……』。つまり江川という投手は本番にならないと、本気を出さない。そう、まだだれも彼の真価をつきとめていないのですな。そういう男のことだ、田中一郎に対してもなにか特別の攻め方を考えているかもしれない。だが、巨人軍首脳部が、そしておそらく日本国政府が、彼に縫い目の多いボールを投《ほう》らせようとしている。可哀想ですよ、これは。実力で対決させればいいのだ」

「政府としてはそうもいかんでしょう」

監督が申しました。

「万一、江川が田中君に打たれれば、政府は盲人福祉政策へ大幅に予算をまわさなくてはならなくなりますからね。予算はとにかく、そういう形で政策を変更しなければならないなんて政治家にとってこれ以上の恥辱はない。おえら方はもっと確率の高い方法で田中君を討ち取りにきたのです。さて田中君、落差五十糎以上のカーブをどうやって打ちますか」

「わかりません」

ご主人は静かな声で答えました。

「ただ、ひとつだけ可能性があります」

「というと……」

「監督さん、次の巨人戦にはぼくを打線のトップにおいてくださいませんか。そしたら、江川君のその魔球を、攻略できるかもしれません」

神風が吹いた夜

〔六月二十九日、後楽園球場で行われる巨人＝横浜大洋戦に江川卓投手を先発させてください。ぼくは第一打席に江川卓投手からホームランを打つでしょう。これは一対一の勝負ですから敬遠は困ります〕

これが、ぼくのご主人様、横浜大洋ホエールズ田中一郎左翼手の出した要求でした。この要求には次の如き〝付則〟があったことは、みなさま、どなたもよくご存知のところであります。

〔もし、ぼくが予告通り江川君からホームランを打ったら、国家予算で盲導犬を育成してほしい。具体的には、財団法人東京盲導犬協会に年間十億円の援助を与えること。ほかにも、盲導犬に導かれた盲人の、私鉄やバスへの乗車を制限するな、ホテルや劇場やホールへの、盲導犬に導かれた盲人の出入りを制限すべからず、そして道路交通法を改正し、盲導犬の引具《ハーネス》に夜光塗料を塗れば、それは白杖と同じであるというふうにせよ。なお、予告どおりにホームランが打てなかったときは、自分はその場で横浜大洋ホエールズのユニフォームを脱ぎ、プロ球界から去ります〕

その日の朝の報知新聞の第一面、凄かったですね。トランプのカードほどもある大きな活字で、それも赤インクで、こうです。

「江川よ、負けるな」

そして記事の書き出しの部分は、こうです。

「江川卓よ、君はいまこそ正義の使者となれ。神聖なグラウンドに政治を、そして汚い術策を持ち込もうとする小生意気な男を、君の快速球で永久に叩き出せ。江川よ、君の真価を本当に世に問う日が来たのだ。……（以下、余りにバカバカしくて引用は中止）」

グラウンドが神聖だって？　馬鹿いっちゃいけませんや。野球はゲームでしょう。だったら麻雀屋の雀卓と同じではないですか。恋愛がゲームであると信ずるカップルが肉闘をくりひろげる連込み宿のベッドの上と同じことでさ。王選手をごらんなさい、打席や一塁ベース付近で、よくペッペッと唾吐いてるでしょう。あれでいいんです、グラウンドは仕事場なんですから。もし、読売巨人軍の機関紙である報知新聞が、あくまでグラウンドは神聖であると主張したいのなら、まず、巨人軍選手の唾吐き行為をやめさせることだ。屁もさせてはいかん。

ぼくは犬だ。人間の忠僕ってことになっている。だからあまり人間様の悪口をいいたくないが、どうして人間様は「ナントカは神聖だ」といいたがるんでしょうかねえ。神聖なのはただひとつ、〔人間として生き抜くこと〕そのもの。神聖なものなんぞほかになにひとつありゃしない。つまり、王選手であれば、打席に立ってバットで球を捉える行為、これだけがいわば神聖なものであって、ほかのものは、グラウンドもバットもなにもかも、ただのものにすぎん。そこんとこ、ばしッとけじめをつけないと、またぞろ天子様の御真影を焼いてしまって申しわけないなんて割腹自殺する校長先生が出てきますわ。

「神聖なグラウンドに政治を、そして汚い術策を持ち込もうとする小生意気な男を、君の快速球で永久に叩き出せ」だって？　噴飯物な言い草ですな。そっくり江川卓という不貞腐れた青年に当てはまるじゃないですか。私利私欲のために政治家にすがったのは、いったいどこのだれですか。たしかにわがご主人様はグラウンドに政治を持ち込んだが、その動機には私利私欲の「シ」の字もない。そして、ご主人様は、だれにもすがっていない。自分ひとりの才覚と勇気とで、グラウンドを政治的要求の場にしたんでさ。小悪党のくせにいい子ぶる江川君とは、そこが大きにちがいます。

「君の快速球で永久に叩き出せ」とは、よくぞおっしゃいましたね。あれが快速球ですか。江川君が初登板したのは六月二日の対阪神戦ですが、このとき彼は百二十六球投げている。報知新聞によればストレートは、そのうちの七十球です。さて、この七十球の平均時速は百二十八・二七粁。報知新聞ではこの程度の球を「快速球」というんですか。平均時速百四十五粁の中日の小松辰雄君や、百四十粁の大洋《うち》の遠藤君は、するとどうな

るんでしょうな。この日の江川君の最高時速は、

報知新聞　　百四十一粁
日刊スポーツ　百三十七粁
平凡パンチ　　百三十八粁

で、報知だけは百四十粁を越している。おもしろいですな。小松君も遠藤君も最高時速となると百五十粁はこえます。「打者を威圧する球がみつからない。完全な技巧派だ。今日にかぎっていえば並みの投手。これからよくなっていくだろうと思うけど」と野球評論家の土橋正幸さんが『平凡パンチ』でおっしゃっていますが、まあこんなところが妥当なところでしょうよ。「快速球」はひいきのひきたおしです。

さて、いよいよ六月二十九日の巨人＝横浜大洋戦です。なんでも当日券売場の一番乗りのお客様は、午前一時から並んだそうで、江川君初登板のときより一時間早い。ご主人様と江川君の一騎打が人気を呼んだのですな。

永井コーチの車でご主人様とぼくが後楽園球場に入ったのが午後二時ですが、五百円の外野席券を、ダフ屋のおじさんが「一万五千円だよ」と、にこにこしながら売っていました。内野席券は五万円だったといいます。

午後三時に開門。警備体制がすごかったですよ。普段なら二百名なのに、この日は百五十名増員の三百五十名。ほかに、富坂署から警官が二十五名。機動隊が百五十名。装

甲車が九台。

　午後三時三十分。ご主人様はぼくと一緒に、外野フェンス沿いにランニング。左翼席に、

「アホの江川よ、打たれてしまえ」

「巨人の星屑・江川のバカ」

　と記した二本の垂れ幕がさがっておりましたな。右翼スタンドには、

「めざせ江川よ、巨人の星を」

「はばたけ江川」

「政治屋の田中一郎をキリキリ舞いさせてやれ」

「盲人になめられてたまるか」

「江川、今夜こそ本気をだせ」

「盲人だけの日本ではないぞ」

「つけあがるな」

「狼生きろ、盲人は死ね」

「田中一郎よ、今夜は貴様の最後の夜だ」

「チビ犬め、月の出ない晩に気をつけろ」

　と十本も垂れ幕がさがっておりました。

午後三時四十分。ご主人様とぼく、グリルで食事をとりました。ご主人様はブタの生姜《しょうが》焼とライス半人前、牛乳。ぼくはドッグフード。

午後五時四十八分。ベンチに入りました。

午後六時一分。スタメン発表。横浜大洋ホエールズは、
①左翼　田中
②二塁　ミヤーン
③右翼　高木
④一塁　マーチン
⑤中堅　長崎
⑥三塁　基
⑦遊撃　山下
⑧捕手　福島
⑨投手　遠藤
監督さんは、ご主人様をちゃんとトップに据えてくださっていた。これに対して巨人軍のスターティング・ラインナップはこうです。
①中堅　柴田
②遊撃　河埜

③一塁　王
④二塁　シピン
⑤左翼　張本
⑥右翼　淡口
⑦三塁　中畑
⑧捕手　山倉
⑨投手　江川

午後六時二十一分。試合開始。ぼくは引具《ハーネス》を引っぱって、ご主人を左バッターボックスへ案内しました。ご主人が足の位置をきめます。江川君が投球動作に入りました。そして振りかぶって投げた。ものすごいカーブでした。ご主人は空振り。その上、勢い余って尻餅をつきました。球場が七分と三分にわかれて歓声をあげ、溜息をつきました。むろん、ここは後楽園球場、七分が歓声です。

(江川君は、例の縫い目が百五十もある〝特別製〟のボールを投げている。だから今みたいなカーブがほうれたんだ。きっと次もカーブだぞ。江川君の取柄はコントロールだ。江川君はたぶん、内角と外角に今のようなカーブを投げ分けるつもりでいるにちがいない。ご主人は打てるだろうか)

ご主人は二球目も空振りしました。

「江川、いいぞ。すごい球だな。どうしていままでそいつを使わなかったんだよ」

一塁のベンチの上で巨人軍応援団のひとりが、よく透る声で叫んでいました。

「行け、江川。三球三振で打ちとっちまえ」

なにも知らぬくせになにをいってやがる。腹が立ったので、声のした方に向ってワンと吠えてやりましたよ。

江川君の今のカーブは、江川君の実力によって曲ったんではありゃせんのです。いってみれば、「一国民が国家の盲人対策にあれこれいうとはけしからん。この不心得者にひとつ灸《きゅう》をすえてやれ。そうでないと、第二、第三の田中一郎が現われる」と考えた政府がプロ野球機構上層部と結託し、その結果、あれだけ曲ったんです。つまり、根性の曲った連中が悪知恵をよせ集めて細工した分だけ、ボールもまたよく曲ったわけです。

それを知らずになにをほざくか、と腹が立ちました。

ご主人が打席を外しました。しゃがんで、手の平に砂をつけます。

「タナカ、アー・ユ・オーライト?」

ウェイティングサークルでバットを振っていたミヤーン選手が声をかけてきました。

「テーキットイージー」

「はい、大丈夫です」

ご主人が打席に入り直しました。江川の三球目は、真中の低目のカーブでした。ご主人のバットが一閃。ボールは右翼のジャンボスタンドをこえて場外へ。歓声と溜息がみたび球場全体をつつみます。大ファウルだったんですよ。主審が江川君にニューボールを投げて、試合続行です。ぼくは主審の足許まで行き、彼の靴にオシッコを引っかけてやりましたさ。だってそうじゃありませんか。主審が仲間に加わってはじめて〔江川が百五十も縫い目のある特別製のボールを投げる〕というインチキが成り立つんです。

さて四球目は外角低目へ入ってくるチェンジアップでした。ご主人はこれを左翼へ運んで行きましたが、やはりジャンボスタンドを越えて場外へ消えました。

五球目は内角高めの〝特別カーブ〟

六球目は内角低目の〝特別スライダー〟

ふたつとも右翼ジャンボスタンドへのファウル。

七球目は外角高目の〝特別シュート〟

八球目は同じところへ〝特別カーブ〟

いずれも左翼ジャンボスタンドを越す大ファウル。

エへへ……、このへんからご主人が何を狙っておいでか、ぼくにも見当がついてきましたよ。そう、ご主人は江川君の球を全部、左右両翼の場外へ大ファウルしてしまおうとお考えになったんですね。日本国政府とプロ野球機構上層部は、公認球の一大産地である猪苗代地方の一主婦（つまり例の盲目少年星飛雄馬君のお母さんのことですが）に、四打《ダース》、四十八個の〝特別製ボール〟を縫わせた。縫い目が百五十もあるから、そのボールは大変化する。田中一郎だって打てやしない。おえら方たちはそう計算した。そこでわがご主人は四十七個（一個は、練習用としてすでに江川君に手渡されております）の、そのインチキボールをすべて場外へ打ち出すことによって、おえら方たちに、「こういう汚い計画を二度とたてちゃいけないよ」

とさとそうとしていたんです。そしてここが大事なところですが、マウンドの江川君にこう語りかけていた。

「インチキボールは全部、場外へファウルしてしまう。そうすればインチキボールは種切れになり、主審は普通の公認球を君に渡さざるを得なくなる。江川君、そうなったとき、はじめて勝負が成り立つのだよ。そのときこそ、全知全能をふりしぼって投げてこい。ぼくは全知全能を傾けて君のボールを打つ」

ご主人が、監督に、トップを打たせてくださいと頼んだのも、インチキボールを自分ひとりの力で使えないようにしようと思ったからでしょう。

このぼくの推察、やはり当っておりましたよ。ご主人は四十七回、粘りました。つまり四十七球全部、場外への大ファウルにしてしまったんです。球場全体、もう割れんばかりの大さわぎになってしまった。四十八個目のボールを主審から受けとめたときの江川君の顔ったらありませんでしたねえ。顔面蒼白、汗たらたら。なにしろ、一死もとれないのにもう五十球近く投げている上に、これからは〝特別カーブ〟の出ない公認球で勝負しなければならぬのですから無理もない。

と、やがて杉下コーチがマウンドへやってきて山倉捕手をよび、バッテリーに何事か囁きました。江川君はホッとした様子で頷きました。山倉捕手が戻ってきてプレー再開。だが、このとき山倉捕手、立ち上って構えた。敬遠です。つまり巨人軍ベンチを遠隔操作しているおえら方は、〔勝負〕という約束を反故《ほご》にし江川君と巨人軍の顔に泥を塗っても、一国民に盲人政策にくちばしを突っ込ませまいと決心したのです。

たちまちカウントは2―3《ツー・スリー》になりました。

（ああ、次の一球で四球だ。結局、この国のおえら方たちは、盲人に対する国のやり方を変えよう、そう企てたご主人の計画を躱《かわ》すことに成功したのだ）

ところが次の一球で、ご主人は妙なことをなさいましたぞ。外側へ、高く外れて入ってくるウエストボールにバットを投げつけたのです。ボールはレフトへ飛んで行きました。張本選手が四、五歩、後退して構えた。万事休ス。ご主人の負けだ。ご主人はつまるところ江川君に打ちとられたことになってしまった！

ですが、このとき、みなさんもご存知のように、ホームからレフトに向って突風が吹いたんでした。ボールは風に乗ってフワフワと流されて行き、フェンスの上をかすめてスタンドにポトンと落っこったんですね。高田選手なら捕れた飛球だったかもしれません。

方言の謎

ぼくのご主人、横浜大洋ホエールズの田中一郎左翼手が、予告通り、巨人軍の江川卓投手から、その第一打席にホームランを打った。この事実は日本国のあちこちに大小さまざまな波をたてましたな。まず日本国政府は、盲人対策に熱心に取り組むというゼスチュアをとらざるを得なくなった。これは日本政治史に特筆されていい大革命です。

これまでですと大多数の日本人にとって「国会」というのは遠いところにあった。国政にどんなに正当な批判を述べようが、その批判は生かされることがなかった。噂に聞くと、一九六〇年の五月と六月、国会議事堂に何十万人という人間が集まって〔国の政治のやり方がおかしいのではないか〕と、異議を申し立てたそうです。ですが、その何十万、何百万人の真摯《しんし》な声でさえ、国政にいささかの影響を与えることはなかったんであります。いや、そういってしまっては大鉈《なた》ふるった乱暴きわまりない表現になる。あのとき熱心に活動なさった人びとに——あのときの全国のデモは、左翼だけでなく、日蓮宗、大本教、浄土真宗、キリスト教会、山岸会などから、ジャズ歌手、『太陽の季節』の石原慎太郎さん、テレビ映画『月光仮面』の作者の川内康範さんまで、動員したといいます。筑摩書房刊の『日本の百年』の第一巻によれば、群馬県では民商連が店を休んでゼネストに参加し、東京ではラーメン屋が店のノレンを旗代りにして国会周辺にあらわれた、といいます——申し訳がないが、とにかく「現実の壁」はびくともしませんでした。すなわち、日米新安保条約は国会で強行採決され、「馬面《うまづら》」で「ギョロ目」で「出ッ歯」の宰相は、こううそぶいたのです。

「院外の運動に屈すれば、日本の民主政治は守れない。私は、国民の『声なき声』の支持を信じている。『声なき声』とは、たとえば今日も後楽園球場に詰めかけて野球に夢中になっている人たちのことだよ」

宰相はまた別の、非公式の場所で、

「デモで国会周辺に二十万、三十万の人間が集まったと騒いでいるがね、天皇誕生日には皇居へそれ以上の人間が集まるよ。それに今年の正月元旦には、明治神宮に九十六万の人が出ている。デモ隊の二十万や三十万で世の中が変るものかね、ばかばかしい」

といってのけたそうであります。

〔世の中というのは各人の努力によって毛筋ほどずつではあるが、よりよい方向へ変って行く〕と信じる人たちにとっては、この宰相の述懐はじつに腹が立つ。がしかし冷静に考えてみると——ぼくは一介の盲導犬でありまして、冷静に考えたところでどうせたいした結論には辿りつけるはずはありません。ただ、「犬が遠吠えすれば火事がある」

とか、「犬が草を嚙めば晴」とか、「犬、土の高き所にのぼりて眠るは雨降る徴候《しるし》」とか、「犬の岡吠えは不幸の知らせ」とか、「犬も歩けば棒に当る」とか、人間界の古諺《こげん》が証明するように、まるで当てにならないということもないのでありますーーこの「出ッ歯の宰相」の放言にも、爪の垢ほどではあるけれど、真理がないわけではない。つまり、この宰相の発言の裏には、

「国の運命よりも、東京読売ジャイアンツの勝ち負けの方が大切だという人間が、デモ隊よりも数が多いうちは、あっちら保守党の天下なのさ」

という自信のようなものがある。

「野球場に行く連中が、デモに参加するようになったら、おれっちもすこしは考えるが、そうならないうちは保守体制は大盤石よ」

とこう考えて居坐っている。

ですから、ぼくは日頃から思うんですが、革新勢力がどうしてプロ野球団のオーナーになろうとしないのかふしぎだ。これほど人気のあるプロスポーツを利用しない手はありませんや。

たとえば代々木の共産党がプロ球団を持つ。球団名は、そうさなァ、思いつきですが、『代々木レッドフラッグス』なんてのはどうでしょうかね。広島カープなみに赤いヘルメット、それからユニフォームもストッキングもスパイクもグラヴもみんな赤。そんな

球団に入るのはお断りだというスター選手が多いでしょうから、三番、四番はキューバの選手を連れてくる。退職金も張り込む。そうして給料や労災手当を厚くするんです。選手組合も結成させてやる。きっと選手は思いっ切りやるはずだ。そうすれば、やがていい選手が集まるだろうと思う。なにしろいまのプロ野球選手の給与体系ときたらおはなしになりませんからね。そうしてレッドフラッグスが勝って、その試合のヒーローがお立ち台にあがる。アナウンサーがインタビューする。

「九回裏二死満塁に代打で起用されましたね。安打で二点入る。一点差ですから安打で逆転する。そのとき、なにを考えて打席に入りましたか」

するとヒーロー選手はこう答える。

「打席に入るとき、元号法の法制化について考えておりました」

「はあ……？」

「ぼくは共産党がオーナーになっている球団に所属していますが、党員じゃない。いやむしろ、選挙のときには新自由クラブに投票することからもおわかりいただけると思いますが、保守的な考えの持主です。ただ、元号法だけはよくわからない。元号法を強力に推しすすめた政治家たちが、海外へ出て行く。その時に旅券が必要でしょう」

「ま、まあね」

「その旅券には、本人の生年月日と旅券の発行年月日が記載してあります。あそこは西暦で書いてある。それから政治家たちは、あれほど元号法を強く推したのだから、元号にはよほどいいところがあると信じておいでのはずだ。なのに、自分の旅券の年月日は元号にしろとはおっしゃらん」

「それは……、元号は外国では通用しませんもの」

「つまり、国内ではいいものだが、国外では役に立たぬもの、そういうことでしょう」

「まあね」

「それらの政治家たちが外国で何かの条約にサインしてくる。そのとき彼等は元号で年月日の〝年〟を書くでしょうか」

「西暦に決ってますよ。だって元号は国外じゃ通用しませんでしょう」

「そこでぼくはこう考えたんです。《国内で役に立つが、国外で役に立たぬもの、また国内では通用するが、国外では通用しないもの、そういうものはどうもインチキくさい》とね」

「ちょっと待ってください。せっかくヒーローになった君に反論するのは悪いけど、それは大暴論ですよ。君の考え方で行くと、日本固有の文化はすべてインチキくさいという結論になりますよ」

「そうじゃないと思うけどな。柔道を習いたいと思う外国人がいる。なぜか。柔道は国境を越える何かがあるからです。刺身しかり、生花しかり、茶の湯しかり、日本語しかり。まともなものであれば、それはかるがると国境を越える。地名だってそうでしょう。『東京サミット』は世界中のどこへ行っても『トウキョウサミット』と呼ばれる。水俣は、どこでも『ミナマータ』、『広島』は『ヒロシマ』です。だが年号はちがう。国境を越えることは決してない。それはたとえばハーバード大学の日本史の研究者なぞは別ですよ。でも人間のレベルとしては決して国境を越えない」

「国境を越えることが、それほど重大事なのかなあ」

「では、人間の心から心へ伝わって行く、というようにいい直しましょう。こういうものには気をつけた方がいいと思うんです。その民族の根本的な病患がそういうものにかたまって出ていることがあると思いますから。法制化するなんてばかのやることですよ。使いたい人間が使うでいいじゃないか。そう考えて打席に立っているうちに、矢鱈無性に腹が立ってきた。そこへちょうど外角へ流れるスライダーがやってくるのが目に入った。ぼくは『こんチキショーッ。ばかな政治屋ども、くたばれ！』と、そのスライダーを政治屋どもの石頭に見立ててひっぱたいたんです。そしたら、打球が一塁の王さんの頭の上をライナーで飛び越して行っちゃったんです」

「なるほど。これで君は代打陣の切札ということになったと思うんですが、明日も行きますか」

「監督が行けというならいつでも行きます。そうだな、明日の晩は東京サミットの異常なほど厳重な警備体制について考えながら打席に入ろうかな。きっとカーッと燃えると思うんだ。いやそれよりも東京サミットそのものについて考えて打席に入った方がもっと燃えるかな。OPEC加盟国やソ連の入っていない首脳会談なんて、いったい首脳会談といえますかね。これからの世界がどうなるか。それを真剣に考えたけりゃ石油輸出国やソ連や中国を入れた方がいい。そうなってはじめて『サミット』というコトバを使うことが許されると思うんです。あれは田舎回りの芝居の座長会議だな。かーっ、燃えてきた、燃えてきた。明日もきっと打つぞッ」

「……ヒーローインタビューを終ります」

とまあ、こんな具合に、これまで〔国家がなにをどう画策していようが構わない。それよりも、おらがチームの勝負の方がよっぽど大事だ〕と考えて来、そのくせ国の政治の影響をまっさきにこうむってきた人びとにすこしは考える材料を与えることができると思うんだ。そしてあくる日の『赤旗』のスポーツ欄の見出しは、

〔元号法の法制化が巨人に土をつける〕

となって、まあ『赤旗』も売れると思うんだけれども、それはとにかく、ご主人のホームランは、出ッ歯宰相の言った、いわゆる声なき声たちに、ほんのちょっとであれ「政治」というものを考えさせるきっかけになったのではないか。たとえばあるスポーツ専門紙が「田中一郎との約束はどう果されたか」というコラムを常設しましたがね、

スポーツ紙に政治コラムが載るなんて、これは未曾有の出来事ですな。左様、ぼくのご主人はスポーツ紙の紙面を、ということはスポーツ好きの読者の意識を変えはじめたのでありました。

そのほかご主人のホームランはいろいろなことを変えました。巨人の張本選手の登録抹消も、表向きの理由は〔左の眼底にハレが出る中心性網脈絡膜症の治療〕となっていますが、ぼくは、ご主人のホームランの処理の拙さに対する一種のお仕置だったのではないかと睨んでいますぜ。ご承知のように、江川＝山倉のバッテリーは、ご主人にホームランを打たれまいとして、最後は敬遠策をとった。敬遠は江川投手の負けですが、同時にホームランを予告したご主人の負けでもある。そこでご主人は敬遠ボールめがけてバットを投げつけました。ボールはフラフラと左翼手張本の頭上にあがった。が、神はご主人を見捨てたまわず、そのとき、後楽園球場の左翼へホームラン風が、強い神風が吹いた。ボールはその神風に載ってポール際へ落ちた。高田選手なら捕っていたでしょう。そこで張本選手がお目玉を喰ったんじゃないか。気の毒ですよ、張本選手が。敬遠策を講じたベンチが責任を負うべきなのに、二十年間連続百本以上安打というもの凄い大記録の持主がお灸を据えられたのですからな。

さて、ご主人はオールスターゲームには出場できませんでした。ご主人のような「悪玉」は何となく敬遠されるんですな。監督推薦にも入らなかった。広岡監督はご主人を

入れようとしたが、上部から圧力がかかったらしい。そこで、

「田中一郎選手の場合は、盲導犬が必要である。だが、セ・リーグの選抜選手には犬ぎらいが多いので、ベンチ内の雰囲気を良好状態に保つためにも、同選手を割愛せざるを得なかった」

という何だかわけのわからない理由で選に洩れました。ご主人はそこで、七月二十日から二十六日まで、合宿でバットの素振り一日千本以上という目標を立てましたが、えーと、たしかあれは七月二十一日の正午すぎのこと、永井さんのコーチでご主人が素振りをはじめたところへ、お客様がみえました。年齢は二十七、八。背の高い、牛乳壜の底よりも部厚い眼鏡をかけた人でした。ワイシャツに膝の抜けたズボンをはいておりましたな。

「何ですか、あなたは」

永井さんが誰何《すいか》しますと、その人は、

「国立国語研究所の山崎といいます」

と答えました。

「ぼくの高校時代の友人に芹沢明子という眼科医がいるんですが、ごぞんじでしょう。いま、アメリカのボルチモア市にあるジョン・ホプキンス大学病院の眼科に招かれて行っていますけれども」

「あ、芹沢さんのお知合いでしたか。これは失敬。このごろ冷やかしのファンが多いもので、つい突っけんどんな言い方になってしまいます。それでご用件は……」

「あなたが永井コーチですね」

「そうです。永井増吉です」

「明子君から、とっつきは悪いが根はやさしいいい人だ、と聞いていたんですが、とっつきだってそう悪くない。さっそくですがね、田中一郎君の育ったところがわかりました」

「え？」

「田中君の生みの親は知れず、育ての親も行方不明。田中君は東北のどこかの山の中で、お婆さんと二人で暮していた。四歳から五歳のとき、田中君は囲炉裏に突んのめって、目が見えなくなった。田中君はどこかの病院に収容された。ところがお婆さんの方も、なぜか同じ日に、同じ病院の外科病棟に担ぎ込まれていた。……田中君は間もなく枕許で医者に看護婦さんがこう言っているのを聞いた。『先生《しぇんしぇ》、この童《わらす》の婆様《ばっちゃ》ァ、今《えま》し《す》方《がた》、外科病棟《げがびょーとー》で息《えぎ》ば引きとった』……」

「そ、それも明子さんからお聞きになったんですね」

　ご主人は素振りをやめ、見えぬ目でその山崎さんという人をみました。

「それでなにがわかったんです？」

「この方言が東北のどこで使われているか、調べてみましたよ。ぼくは方言学をやっているものだから、明子君からとてもおもしろい宿題をもらったと思った」

「で、どこだったんです?」

「山形県ですね」

山崎さんは、はっきりとそういいました。

ご主人様の生れ故郷

「田中一郎選手は、芹沢明子君にもうひとつ重要な手掛りを喋っていますよ」

国立国語研究所の山崎さんは、運ばれてきたコーヒーに砂糖を入れながらいいました。合宿所の前で立ち話というのも落ち着かない、それに暑い。そこで永井増吉コーチが気をきかせて近くの喫茶店に場所をかえたのでした。ぼくはトーストを、田中一郎選手、すなわちご主人の足許でいただいておりました。カリカリに焼いたバタートースト、これはぼくの大好物なんであります。

「その手掛りとは、田中選手が失明以前に見た故郷の風景です」

山崎さんはコーヒーを啜《すす》りながら膝の上のメモ帳をめくって、

「その風景というのはこうです。『家は山の中腹にあった。家の前から向うへ畑がひろがっていた。畑は、向うへ行くにつれて斜面が急になり下へ落ち込んで行く。イモ畑、豆畑、それから何も植えていない畑、畑の下方に小さな町が見えていた。町の中央を銀色の蛇のような川が流れ、町の向うはこちら側と同じような山畑だった。そしてその背後に高い山。大、中、小のみっつの山が重なり合っていた。夕陽はいつもそのみっつの山のかげに沈む』……。田中選手、君はたしかに芹沢明子君にそう言いましたね」

「はい」

とわがご主人はホットミルクを舐《な》めております。真夏の正午にホットミルクとは酔狂ですが、永井コーチはご主人にホットミルク以外の飲物を許可しないのです。

「明子さんは、ぼくの身上話をきいて『昭和三十八年頃に三圃《さんぽ》制をとっていた土地、そこがあなたの故郷ですよ』といっていました」

「芹沢先生の話によると、三圃制というのは畑を三つに分けて耕す農法なんだそうですな」

と永井コーチがつけ加えました。永井コーチもホットミルク党です。多汗症でもう首筋に汗粒が吹き出している。

「それで三等分した畑を、一年毎に、たとえば、①休み畑、②豆畑、③イモ畑と回転させて行く。だからいつも畑の三分の一は休んでいるわけで、つまり一年休んで地力を回復させ、次の年に豆科の作物を播く。豆科の作物というのは土地を肥《こ》やすんだそうですな。ですから地力はさらに豊かになる。そこへ小麦やイモを育てると、どっさり収穫があがる」

「ええ。そこでぼくは山形県の山畑で、昭和三十八年頃に三圃制をとっていたところがないか、調べてみました。むろん、そこは田中選手の幼い頃の光景ともぴたりと合致する土地でなければならない」

「ありましたか」

ご主人は明らかに硬くなっていましたよ。生れ故郷がどこか。それが山崎さんの次の言葉でわかるかもしれない。硬くなるのは当り前です。

「ありました」

山崎さんは、細かく畳んでメモ帳にはさんでいた山形県地図を、ひろげました。

「……と地図を出しても、田中選手には役に立たないか」

「ぼくの眼のことは構わずに先をおつづけください」

「あらゆる条件にあてはまるのはここ、鶴巻田です」

「鶴巻田……？」

「そう尾花沢《おばなざわ》市から奥羽山脈へ入った、山地の小集落です」

「尾花沢か。聞いたことがありますよ。ほれ、有名な民謡があったはずだ。花笠音頭といったかな、その何番かに《花の山形　紅葉の天童　雪を眺むる尾花沢……》というのがある。一番が《めでためでたの　若松様よ　枝も栄えて　葉も茂る》ってやつだ」

「正確には『花笠踊り唄』です。ぼくは昨日その尾花沢から帰ってきたばかりでしてね、土地の人から、同じように、『花笠音頭』ではない、『花笠踊り唄』ですよ、と訂正されました」

「ぼくの故郷を探しに、わざわざ行ってきてくださったんですか」

「まあ、そうです。ちょっと早目に夏休みの休暇をとって……」

「それはすみません」

「うるさいんですよ、明子君が。ボルチモアから毎週のように国際電話をかけてくる。いつも同じです、彼女の質問は。最初の質問が『田中一郎君の生れ故郷がわかった？』、で次の質問が『最近五試合の田中一郎選手の打撃成績は？』……。高校時代の関係がまだそっくりそのままで、ぼくは彼女の命令に弱い。高校の三年のとき、明子君が文化祭の実行委員長で、ぼくが副委員長だった。副委員長とはいうものの、その実体は彼女の執事か下男のようなものでした。さて、この尾花沢ですが、むかしは羽州《うしゅう》街道の宿場町として大いに流行《はや》ったところだったそうです」

ご主人に、地図は役に立たないと悟って、山崎さんは地図を隣の空席へ片付けてしまいました。

「それに江戸前期、近くの延沢《のべざわ》に銀山が開発されてじつに繁昌したといいます。また馬の産地でもあった。馬市も定期的に開かれていました。ところが、明治になって奥羽本線のルートから外れて衰えはじめた。外れた、というより当時の有力者たちが鉄道を毛嫌いしたらしい。鉄道を敷かせなかった、というのが本当でしょう。『鉄道は病気を持ってくる。灰《はい》といっしょに肺病《はい》をふりまく』という噂が当時、流されていた。そして有力者たちはその噂を信じ込み、鉄道に反対したといいます。ですから奥羽本線は、山形、天童、東根《ひがしね》、楯岡と来て、尾花沢の手前で左へ外《そ》れて新庄方面へ行ってしまう」

「すると、ぼくが見た町というのは、その尾花沢ですか」

「そうです。町の向うも山畑で、その向うに大、中、小の三つの山を見たと君はいった。夕陽がそれらの山かげに沈む。ではそれは何という山か。ぼくも鶴巻田に立って西を眺めてきました。小さな山はたぶん鏡山でしょう。これは海抜約千百米。中ぐらいの山は海抜千三百六十米の古御室山。そして大きな山は月山ですね。これは海抜千九百八十米。……羽黒派修験者、つまり山伏の信仰の中心地です」

「あの山が月山だったんですか、黒牛が寝たような形をしていたけど」

「黒牛が寝たような形……?」

「はい」

「では、やはり君は月山を見ていたんですね。土地の人たちは月山のことを犂牛山《くろうしやま》といっていますよ」

「そうだったんですか」

「そのうちにぼくは明子君から言いつかっていたことを思い出して市立病院へ行ってみました。『田中一郎君の生れ故郷が判ったら、その土地の病院へ行き、わけを話してカルテを見せてもらいなさい。昭和三十八年の夏から秋までの眼科入院患者を調べて、①

五歳、②途中で失踪……というのがないかよく見てきて。もっとも、もう処分されて、ない可能性の方が多いと思うけど……』と、これが明子君の言いつけだった」

「それでどうなりました」

「感心な病院でした。診療録は二十年間、処分せずに保存しておく、という方針をとっている。調べてみると、ひとり該当する幼児患者がいました。名前は荒木浩一……」

「荒木浩一、浩一……、浩一……」

ご主人は過去を呼び戻そうとでもするように、何度も呟きました。

「なにも思い出せないな」

「生年月日は、昭和三十四年五月一日。本籍も住所も、さっきの鶴巻田。保護者名はなし」

「祖母が火事で焼け死んだばかり、両親は行方不明。だから保護者はいなかった」

永井コーチが呪文《じゅもん》を唱えるようにいいました。

「たしかに条件に適《あ》う」

「その診療録には、ふたつの注目すべきことが記されていましたよ。ひとつは〈失踪ニツキ診療中断〉という赤インクによる記入事項……」

「もうまちがいない。一郎、その荒木浩一という子どもはどうやらおまえらしいぞ」

「もうひとつは病名です。すなわち角膜軟化……」

「……角膜軟化？」

「眼病のうちでも一、二を争う重いものらしいですね。じつは昨夜、帰京してからボルチモアの明子君へ電話をしたのです。明子君は『やっぱりね。思ったとおりだった。でも、一郎君が、自分は囲炉裏へ頭から突っ込み、眼に火傷を負ったのだ、と言い張るので、保留にしておいたんだけど……、ふーん、角膜軟化だったのね』といっていました」

　これからの話は全部、明子君の受け売りですからそのつもりでと念を押してから、山崎さんは次のようにつづけました。

　角膜軟化は乳児に多く、重篤な眼疾のうちのひとつである。幼児でもかかることがある。①角膜、および結膜が光沢を失って乾燥しはじめる。②角膜に混濁を生じ、潰瘍になる。③さらに進行すれば角膜は軟化崩壊して虹彩が脱出。④ついに眼球内容を露出し、失明に至る。とこのように進む、のだそうです。

「明子君は、原因は、ビタミンA欠乏だといってましたね。栄養障害の乳児がかかる。幼児の場合は麻疹《はしか》のときに栄養がわるかったりすると、角膜軟化になることがある。そこで明子君の推理はこうです。『一郎君は、記憶をごっちゃにしているのではないか。麻疹になり、角膜軟化にかかった。そのとき、囲炉裏に落ちた。たぶん、これが真相よ』」

「ま、それが真相かもしれません」

永井コーチがいった。

「角膜軟化だろうが、火傷だろうが同じことですよ。どっちにしたって一郎はもう失明してしまっている」

「それがどうも同じじゃないらしいんです。というのは、もしも角膜軟化なら、治る可能性はある」

「なんですと」

「角膜移植で治った例がいくらでもあるらしいんです」

「まさか……」

「とは思いますが、とにかく明子君はそういっていましたよ」

山崎さんは地図を畳んで立ち上りました。

「ぼくの報告は、これでおしまいです。コーヒー代は奢《おご》ってくださる、とおっしゃっていましたね。ご好意に甘えさせていただきます。そうそ、大事なことをひとつ忘れていました。明子君はもうボルチモアを発《た》っているはずです。つまり帰国の途中というわけです。もう一度、田中選手の眼を診《み》せてもらうんだ、といっていました。では……」

山崎さんは出て行った。永井コーチとご主人は、別れの挨拶もお礼も忘れて、ぼんやりしていました。そこで不肖ぼくが代理として、最初の曲り角まで山崎さんをお見送りしました。

　ですが、喫茶店へ引き返す途中、ぼくはあることに気づいて愕然《がくぜん》といたしましたな。なぜか。もし、ボルチモアのジョン・ホプキンス病院眼科の、若いが優秀なる眼科医芹沢明子博士がいうように、ご主人が角膜軟化であり、それが角膜移植によって治るとしてごらんなさい、ご主人にとってこんなにすばらしいことはありませんが、しかしぼくにとってはそのときが、クビを言いわたされるとき。こっちにはお払い箱になる、いやな可能性がでてきました。これはショックでした。

（いまの自分は、つまり窓際族犬なのだな。いつ肩を叩かれるか知れたものではないのだ）

　思わずよろけて電柱に頭をぶっつけてしまいましたよ。根もとに小便を引っかける気力もありませんでしたわ。

　しかし、間もなく、感心にもというか、気丈にもというか、けなげにもというか、

「主人の仕合せは、飼犬の仕合せ」

という諺を思い出し、その諺にはげまされて、ふらふらしながらでありましたが、喫茶店へ戻ったんであります。

「むしろ問題は、一郎が尾花沢の病院から失踪し、江戸川の土手に現われておれに会うまでの空白期間だな」

「ぼくもそう思います」

「この間《かん》、おまえはどこでなにをしていたのか。この空白期間に、おまえは石を投げて魚を獲る術を習得している。いったいどこでだれに習ったのだろう」

「月山かもしれません」

「月山……?」

「修験者に教わったのかもしれない」

「山伏が野球をやるかね」

「いや、これは当てずっぽうでいっているんです。ただの思いつきです」

「まてよ」

永井コーチはぼくの頭を機械的に撫でながら、半眼で宙を睨んでいます。これはなにか考えているときの、永井コーチの癖なんです。

「ただの思いつき。それが、じつはものごとの大事な鍵をにぎっていることがよくあるのだ。無からはなにも生じない。ただの思いつきであってもそれはそう見えるだけのことで、ちゃんと根っ子があるものさ。月山に山伏。ほかになにか思いつかないかね」

「それから俳句がいくつか」

「うむ。前にも俳句のことをなんかいっていたな。それ、その俳句をいってみろ。さあ、がんばれ、さあ……」

と、気合いをかけるたびにぼくの頭を叩くんですから、犬も仲々楽じゃありません。

金剛杖の雪払い

ぼくの告白録をここまでお読みくださっている読者の皆々様には、少々こうるさい話になろうかと思いますが、横浜大洋ホエールズの田中一郎選手、すなわちぼくのご主人について、そのときまでにぼくが知り得たことがらを整理して記せば、左の如くにあいなります。

①昭和三十四年五月一日、山形県尾花沢《おばなざわ》市在の、小さな集落・鶴巻田の農家に生れた。本名は荒木浩一。出生時の家族構成は、祖母、両親そして本人の四人であったと思われる。

②本人が五歳になるまでの間に、両親が失踪した。まず父親が出稼ぎ人夫として上京し行方不明となり、ついで母親がその父親を探しに東京に出て行き、これまた失踪した。

③五歳の秋、火事で祖母を失い、天涯孤独の身の上となる。本人も火傷を負って、尾花沢市立病院に収容された。が、このとき以前に、角膜軟化という重篤な眼疾によってすでに失明していたと思われる。角膜軟化になったのは、本人が長い間、栄養

障害にかかっていたせいか。つまり、祖母との生活は非常に貧しかった。
④医師と看護婦との会話から祖母の死を知った荒木浩一少年は、両親を探しに東京へ出ようと、尾花沢市立病院を脱け出す。
⑤そして一年後、荒木浩一少年は記憶喪失患者として、東京の東端を流れる江戸川の河畔に姿を現わし、元国民リーグ所属の大塚アスレチックスの選手・永井増吉に拾われ、田中一郎と呼ばれることになった。
⑥山形県の中部から江戸川河畔まで、なぜ丸一年もかかったのか。……たぶん、その間、荒木浩一少年は出羽三山の修験者たちと、なにか接触があったのではないか。
横浜大洋ホエールズ合宿所の近くの喫茶店で永井コーチがご主人を、

「前にも俳句のことをなんかいっていたな。それ、その俳句をいってみろ」

とせかしているところで、たしか前章は幕《チヨン》となったと思いますが、その俳句というのは、⑥の〈空白の一年間〉に、当時まだ幼かったご主人の脳味噌に刷り込まれたとおぼしきもの。前にもご主人は米国ボルチモア市のジョン・ホプキンス病院眼科の芹沢明子博士のたのみで、その俳句を思い出しておりますので、今回は簡単に、

「それは〈野も山も茂れば瑠璃《るり》の世界哉〉と〈色々の雪を畳んで物の音〉のふたつです」

と永井コーチに告げたのでした。

「俳句のことはよくわからんが、すくなくともたいした出来栄えではないね」

長い間、考えた末、永井コーチはがっかりした口調で申しました。

「とくに〈色々の〉の方は意味もわからん。さて一郎、おまえどうする」

「どうするっていうと」

ご主人が見えない目を永井コーチに向けました。

「おまえの生れ故郷がわかったのだぜ。尾花沢とやらへ行きたくないのかね」

「はあ。目でもみえるなら行ってもいいのですが。山の中腹からの尾花沢の市街の眺め、そしてその向うの出羽三山。その光景はぼくの心の底に焼きついています。もういちど見たい。でも……」

「悪いことをいっちまったな」

永井コーチは伝票を摑んで立ち上りました。

「芹沢明子さんが一郎の目は手術で治るといっている。となると尾花沢へ行くのは目が治ってからだな。しかし一郎、あまり期待は持つなよ。おまえはいまのままでも大打者なのだ。うちの遠藤一彦、中日ドラゴンズの小松辰雄、藤沢公也、宇野勝、読売ジャイアンツの中畑清、ヤクルトスワローズの尾花高夫などなどライバルは大勢いるが、新人王はまちがいなくおまえのものなのだ。いや、いまのままで行けば三冠王だって堅い」

「わかっています」

ご主人もぼくの頭を二回三回と撫でて、立ちあがりました。

さてわがホエールズの合宿所は横浜保土ヶ谷の横浜カントリークラブのすぐ横にあります。合宿所の建物は、横浜カントリークラブを所有する横浜スポーツマンクラブが、ゴルファーの宿泊用に建てたものです。かつてはゴルファーたち、泊りがけでゴルフをしにやってきた。がこのごろはどなたも車をお持ちですから、あんまりお泊りにならない。それではせっかくの宿泊設備がもったいない。宝の持ちぐされでありま す。そこで合宿所に転用と、こういう次第です。練習球場も広大であります。横浜スタジアムとそっくりに作ってあって、建設費は三億円という噂です。豪勢なものでさ。内野部分は人工芝です。観客席も出来ている。

試合日も、また練習日も、合宿所にいるときは、朝の五時半から一時間、ご主人はバッティング練習をなさる。投手はむろん永井コーチです。むかし「大塚アスレチックスの星」とさわがれただけあって、まだまだ投げる球に力がある。おまけにコントロールは抜群です。この永井コーチが、

「さあ、次の二十球は阪神の小林繁風に行くぞ」

「つづいて中日の小松辰雄式のスピードボールを五球」

「仕上げはスワローズの松岡弘《ひろむ》スタイルで十五球」

と、セ・リーグの代表的な投手たちを模して投げ込む。打撃の真髄は「間合い」です

から、永井コーチはこれらの看板投手の「間」を真似るわけですな。それをご主人、右へ左へと打ち分ける。野手はこのぼく。まあ、野手というよりも球拾いといった方が早いが、とにかく、ぼくらの朝はこの打撃練習で明ける。国立国語研究所の山崎さんという方が見えた翌々日の朝も、ご主人、朝のこの打ち込みをやっておったのですが、ちょうど二百本も打ったころ、さよう、時刻にして六時十五分ごろ、外野を右往左往していたぼく、懐しいあの華やかな匂いを嗅ぎつけ、思わず一声ワンと鳴くと、球拾いの仕事をほったらかし、バックネット裏に向って駆け出した。

「おいこらチビ、守備を怠けるやつがあるか。チビ、どうしたんだ」

永井コーチがぼくを叱った。

「それともサカリがついたのかな。牝犬でもそのへんをウロチョロしてるんだろうか」

そうじゃない。高級香水、ヴァージニア産の煙草、洗濯石鹸とジーパン、かすかなクレゾール消毒液、以上をひっくるめた匂い。芹沢明子博士が近くまでやってきているにちがいないんです。

「やァ、チビ、おはよう」

ぼくら犬族の鼻は決して誤りを犯すことがない。向うからぼくに手を振りながらやってくる女人は余人にあらず、芹沢明子博士その人、その御本人であります。ぼくは尻尾を千切れんばかりに振って、おむかえしましたが、途中で馬鹿馬鹿しくなってやめちゃった。この眼科医がご主人の眼を治せば、ぼくは失業してしまう、少くともご主人を引具《ハーネス》で案内しながら、何万という観衆が見守るなかを、ゆっくりと、そして堂々と打席の近くへ歩いて行くという特権を失ってしまう。そのことに気がつき、尻尾を振るのをやめたのでした。

「一郎君、オールスターには選ばれなかったんだって」

明子さんがバックネット越しにご主人へ声をかけました。

「お帰りなさい」

ご主人はネット裏に向っていい、それからマウンドの永井コーチの方へ右手をあげた。

「永井さん、芹沢さんです。今朝の打ちこみはこのへんで切りあげましょうか」

「いいだろう」

永井コーチがこっちへ戻ってきました。

「二百本以上は打ったんだから。しかも半分は柵越えだ」

ご主人と永井コーチはネット裏の観客席に腰をおろして汗を拭きます。

「で、いつ着いたのです」

ご主人が明子さんにたずねました。

「昨夜《ゆうべ》よ。四谷のわが家に辿りついたのが、ちょうどフジテレビの『プロ野球ニュース』の終ったとき」

「じゃァほとんど真夜中ですね」

「四時間ばかり眠ってから東名高速を飛ばしてきたってわけ。どうしても知らせたいことがあってね、苦手な早起きをしてきたの」

「どうしても知らせたいことというと」

「まず五歳の秋から六歳の秋までの一年間、一郎君がどこにいたか、それがわかったの」

「そのことなら、こっちにも大体の見当がついている」

永井コーチは上半身裸。アンダーシャツを絞っております。

「一郎は出羽三山の修験者と暮していたんだ」

「それで」

「ま、いまのところはそこまでしかわかっとらんがね」

「じゃ、わたしの方がずっと突っ込んだところまで判っているんだわ。現在《いま》、日本に修験道ということを看板に掲げている教団は、神道系、仏教系を合わせていくつあるかごぞんじかしら」

「わからん」

「三十以上よ。出羽三山には六つか七つ」

「ほう」

「小さな教団まで勘定に入れれば十を越えるそうよ。さて、出羽三山のうちの羽黒山の西の麓を中心に修行をしている教団に天狗派というのがあるの」

「……天狗派？」

「そう。羽黒山の開祖は能除仙という仙人。神がかりの状態になって神々のことばを伝える、まあ『神々の侍者』ってところだけど、当時の人たちは仙人、仙人とあがめたてまつり、英雄化し、伝説化した。天狗派はこの能除仙の弟の、才除仙が創始したといわれている。はじめは異端視され、迫害されたらしい。ところが、江戸の中期に瑠璃仙という偉大な行者が出て盛り返した。盛り返したといっても、七、八名だった天狗派の行者数を、三十名ちょっとに殖やしただけだけれど。そしてこの瑠璃仙が悟りを開いたときによんだのが、例の『野も山も茂れば瑠璃の世界哉』という俳句」

「すると一郎はその天狗派の……？」

「そう、おそらく後継者だった」

「後継者？」

「すくなくとも後継者の候補ではあった」

「どうしてそんなことがわかるのかね」

「一郎君の打撃術。それがその証拠よ」

「また、わからなくなってきたぞ」

「瑠璃仙は天狗派の筆頭行者の血を、常に新鮮で、強いものにしようとして、一派のリーダーを実力本位の選抜制ということに決めたのよ。一派の行者の師弟であれば、誰でもその選抜試験に参加できることになった。それで、その試験だけど、九月二十日から大晦日まで百日の行《ぎょう》を積み、結願の日に、百日の修行によって得た霊力を競い合う。これを『験くらべ』とも『天狗相撲』ともいうんですって」

「それで？」

「優勝者は三十歳になるまで、天狗派の全行者から、筆頭行者はどうあるべきか叩きこまれる。つまり三十歳になるまで帝王学の習得にはげむわけ。そして三十歳になると新しい筆頭行者として一派を率いる。ところでその『天狗相撲』のなかに〈金剛杖の雪払い〉という種目があるの」

「相撲をとって決めるのではないのだね」

「それはそうよ。学科試験もあれば体力試験もある。十数科目に及ぶさまざまな試験をパスしてはじめて天狗派の指導者になれる。ところでその〈金剛杖の雪払い〉だけど、大人が八人、八方から受験者めがけて雪玉を投げつける。それを受験者は金剛杖一本で打ち払い、打ち落す」

「なるほど。いってみれば八人の投手相手にフリーバッティングをするようなものだな」

「そういうことね。雪玉を一個でも打ち損じ、身体に雪玉が当った場合は失格。きびしいのよ」

「むずかしすぎる。全員失格だろうな」

「全員失格のときは翌年また『天狗相撲』が開催される。そして合格者が出たところで終る」

「ぼくはきっと落第組だったんだろうな」

ご主人がぼそっといった。

「合格していたら、今頃はその帝王学とやらを授かっている最中だったでしょうから」

「わからないわ、それは。一郎君は両親を探しに尾花沢の病院を抜け出した。けれどもなにかの理由で羽黒山の方へ出てしまい、天狗派の行者、つまり山麓居住の修験者に拾われた。盲目の少年は神仏のお使い、という信仰が天狗派にはあるらしいから、拾った行者は大張切りで一郎君をきたえた。そして一郎君は修行をし、験くらべに参加し、見事、合格した。でも一郎君の心には『東京というところに両親がいる』ということばがたえず引っかかっている。そこで或る日、ふらりと羽黒山の麓を出て南へ、東京へ向った。そういうことだって考えられるでしょう」

「おそれいったね」

永井コーチは溜息をついた。

「いつ、そこまで調べあげたのだろうね」

「ニューヨークでね、イーニッド・ライセイヤーって学者と逢ってきたのよ。この人はコロンビア大学の助教授なんだけど、出羽三山修験道について論文を七つも八つも書いている。日本にも十年近くいたんじゃないかしら。全部、イーニッドが教えてくれたことよ。さて、そこでこんどは他人《ひと》からの受け売りではなしに、わたし自身がずっと考えてきたことをお話しするわ。一郎君、あなたの眼は治るわよ」

さあ、いよいよきなすった。ぼくは坐り直し、耳をぴんと立てた。俗にいうところの聞き耳を立てたってわけです。

暗殺予告

「一郎君は栄養失調からきた角膜軟化で視力を失った。だから角膜を別のと取り換えれば視力は戻るの」

「別のと取り換える?」

わがご主人田中一郎選手が鸚鵡《おうむ》返しに訊きました。米国ボルチモア市のジョン・ホプキンス病院眼科の芹沢明子博士はすこし顔を赤くして、

「『角膜を別のと取り換える』という言い方はいささか穏当を欠くわね。医者は言葉遣いが乱暴なの。だから気にしないで。そう、角膜移植と言いかえましょう。ねえ、一郎君。あなた、角膜移植手術を受けてみない? 手術としては大したものじゃないわ。それこそあッという間にすんじゃう。執刀はこのわたしよ」

「そう簡単に角膜が貰えますか」

永井コーチが口をはさみました。

「というのはね、このわたしも一郎に視力を取り戻させてやろうと思って、ちょっとばかり眼球銀行について調べたことがあるんですよ。角膜は死者によって提供される。そ

うでしょう」

「その通りよ」

「ところが日本人の場合、死体の損傷を嫌う傾向がある。それで角膜提供を遺言する人が少ない。一方、申し込みは多い。そこでなかなか順番が回ってこない。わたしは、これは容易なことでは角膜手術は受けられはしないぞ、と思いましたよ。いっそ盲人のままで一郎の打撃の才を伸ばしてやろうと考え、その通りにしたのだが……」

「米国では角膜が余っているわ」

「すると一郎をそのジョン・ホプキンス病院とやらへ連れて行こうというのですか。不可能だな。いまは七月下旬、シーズン中ですよ」

「ジョン・ホプキンス病院から角膜を持ってきてあるの。わたしはそのためにアメリカへ戻ったのよ」

正直にいうとそのときハテナ？　と首をひねりましたね。いくらアメリカでは角膜が余っているといっても、そう簡単に国外へ持ち出せるものでしょうか。ぼくは〝不正〟の匂いを微かに嗅ぎつけ、警告の意味で「キャーント、キャーント」と吠えました。can't, can't, すなわち can not、そんなことはできやしないぞと騒ぎ立てたわけであります。

「おやおや、チビ君が妬《や》いてるわ」

芹沢明子博士はぼくを抱き寄せ、やさしく頸筋を撫ではじめた。

「一郎君の目が見えるようになると、チビ君は失業する。だから妬いているんでしょ」

ちがいます。ぼくは芹沢明子博士の愛撫の手を振り切って、「ご主人様、この話には乗らない方がよろしいですよ。なんとなくインチキくさい予感がしますよ」と警告を発しつづけようとしたのですが、そこが畜生の浅ましさというのでしょう、芹沢明子博士に抱かれてうっとりし、鼻の下をビローンと長くしておったのでした。ヘエ、なにしろ、この女医先生、年は二十九歳、女の盛り。おまけにシャネル五番かエルメスのカレッシユかなんだか知りませんが、佳《い》い匂いの香水をプンプンさせている。その濃厚な色香に、ぼくはついポーッとしてしまっていたのであります。

「失業したらね、チビ君。わたしの家で飼ってあげるわよ」

「ぼくはもう一度、鶴巻田の高台から、あの懐しい尾花沢の町並みを眺めてみたい」

ご主人が申しました。

「それが出来たら死んでもいい。だけど永井さん、目が見えるようになったら、かえって打てなくなるんじゃないでしょうか」

「そのときは今まで通り目をつむってバットを振り回せばいいじゃない」

何か言おうとした永井コーチの口を封じようとでもするかのように、芹沢明子博士が急いで申しました。

「だから打撃面でのマイナスはないはずだわ。そして守備面ではハッキリとプラスがある。なにしろボールが見えるのだもの。ファインプレーだってなんだって出来るというものだわ。そしてもうひとつ、凄く大きなプラスがある。わたし、アメリカで日本の新聞や週刊誌をじっくり読んだわ。で、その印象をいうと……」

「アメリカでそんなことが可能ですかね」

永井コーチが訊ねると、芹沢明子博士は大きく頷いて、

「オーバーシーズ・クーリエ・サービスという世界的な新聞雑誌の発送代理店《センディング・エージェント》があるの。そこと契約すれば、数日は遅れるけれど、日本の活字は何でも読めます。さて、日本の活字をじっくり研究して得たわたしの印象を一言でいうとこうよ。田中一郎選手は危い所にさしかかっている。盲目の天才打者というので、最初はファンの同情を買っていた。ところが予告ホームランの頃からファンの心理が微妙に変化してきた。『盲人の癖に小生意気な……』というように変ってきたのよ。そして一郎君が江川投手を叩きのめし、国家を相手に次々に政治的な要求を突きつけるようになるとファンは一郎君にソッポを向きはじめた。江川投手も悪者視されていた。でも彼には《ぼく、憧れの読売ジャイアンツのユニフォームを着たいんです。そして、尊敬する長島監督の下で、『世界の王さん』と一緒にプレーしたいんです》という泣き節《ぶし》があった。本心はどうだかわからないわよ。ジャイアンツのユニフォームを着てコマーシャルに出演すれば一気に数億のお金

が荒稼ぎできる。つまりお金に彼のホンネがあったのかもしれない。でもとにかく表向きは《憧れのジャイアンツのユニフォームを着たい》と純情そうに装うことが出来た。そしてファンもそう装う彼を許した。ところが一郎君はコワモテ一本で押し通してきている。しかも《スポーツは純粋である》という国民の通念を冷笑でもするように、ホームランを予告し、そのたびに政治的な要求を通そうとする。右翼が騒いでいるっていうじゃない？」

「たしかに脅迫状が多くなってきたね」

「この国では本物の悪玉は通用しないのよ。別にいうとね、一芸に秀でれば秀でるだけ、いい子ちゃんのお利口ちゃんでなくてはだめなのよ。王選手をごらんなさい。あの人は国籍は日本にないのに、日本人以上に日本人らしいでしょ。その上、たいへんな人格者。彼は、そうしなければ日本のファンには受け入れられないということをよく知っているのね。一郎君に野球をつづけて行くつもりがあるのなら、まず晴眼者になることよ。日本人の心の底にはまだ《盲人にはどこかよくわからないところがある》という考え方が潜んでいる。晴眼者になって、そういう暗いイメージを払拭する必要があると思うな」

「一郎がオールスターの監督推薦から外れたとき、わたしは球団代表を摑まえて文句をいった。『打撃ベストテン第一位、打点もホームランもトップ、目下三冠王の一郎をいくらなんでも落すってことはないでしょう。球団から広岡監督に、抗議してください』

ってね。すると球団代表の曰く『オールスターは夢の球宴ってぐらいでねえ、暗い印象を持つ選手には向かないのだよ』。芹沢さんはそのへんのことをいっているんだな」

「そう。晴眼者になり、お利口さんになる。一郎君の実力をもってすれば、第二の王貞治になれる。発言力も出てくる。なにか要求したいことがあるなら、そのときでも遅くはない。とにかくこの国では、プロ野球選手も芸能人も、また作家も『みんなから愛される』という帽子なしには生きのびることはできない。これは鉄則。さあ、一郎君、どうする」

「ぼくは尾花沢の町並みをもう一度見たい。それだけです」

「ありがとう。じゃあ、今夜、うちへ来て。四谷の芹沢眼科医院よ。永井さん、あなた、一度うちへ来てくださったことがあるからごぞんじね」

芹沢明子博士はぼくのお尻をペタペタと叩いて膝から追い下すと、すっくと立って赤いポルシェの方へ歩いて行きました。

「たしかに芹沢さんの言う通りかもしれん」

木立の間を縫って去るポルシェを見送りながら永井コーチがいいました。

「一郎はそろそろ『いい子』になってもよい時分だ。この四ケ月間、おまえはこの国の盲人政策のために野球でもって大いに弁じた。ファンたちは一郎のおかげでこの国の盲人がおかれている状況をよく知ったはずだ。たいしたキャンペーンさ。これからは自分のことを考えるんだな」

「でも、選手労働組合のことはどうなります。あの一件はまだ手つかずですよ」

ぼくもご主人と同じ意見でした。永井コーチは（前にも申しあげましたが）昭和二十二年の一年間だけ存在した国民リーグの「大塚アスレチックス」の若手有望投手でした。ある日、親友の西上という投手が練習中にグラウンドで負傷するのを見て、球団側に、

「これは公傷だ。球団が治療費と入院費を出すべきである」

とかけ合った。がしかし球団側の返答たるや冷たいもので、

「試合中ならとにかく、練習中の事故にまで責任が持てるか。だいたいぼけーっとして練習しているから、そういう目に遭うのだ」

でおしまい。腹を立てた永井コーチは国民リーグに選手の労働組合をつくろうと決心します。ところがその下準備中に国民リーグはあえなくも解散。永井コーチを金星スターズが買いにくるが契約寸前でだめになってしまう。「労働組合を結成しようなどというアカをプロ野球に入れてはいかん」といった、〝プロ野球の大立者〟がいて、金星スターズの経営陣がこの大立者に遠慮をし、永井コーチを放り出したんですな。以来、永井コーチの悲願は、《プロ野球にも労働組合を》だったはずです。永井コーチはその悲願を、成就寸前の現在《いま》、なぜ引っ込めようとするのでしょうか。

「オールスター戦が終って最初の巨人戦に、ぼくはまた予告ホームランを打つつもりで

いたんです。《ぼくは次の対巨人三連戦に一試合に三本ずつ、計九本のホームランを打つ。この予告が成就したときは、文部省は即日、選手会の法人化を認めてほしい。なお、予告通りに打てなかったときは、その場で横浜大洋ホエールズのユニフォームを脱ぐ。もちろん、以後はどのチームのユニフォームも着ない》とこう宣言する決心をしていたのです。永井さんはぼくの恩人だ。恩返しのためにぼくは命がけで九本の予告ホームランを……」

「もう予告ホームランはよせ」

永井コーチは沈んだ声でいいました。

「一郎、これからはいい子になるんだ」

「なぜです。悪党としてまっとうしろが永井さんの口癖だったはずでしょう。どうしてそんな弱気になったんです?」

「脅迫状が来ている」

「珍しくないでしょう、脅迫状なんて」

「それが只の脅迫状ではない」

永井コーチはユニフォームのズボンの尻ポケットから一通の封書を取り出しました。表書は黒字です。差出人の所書はありません。

「心配させてはいけないと思って握り潰していたのだが、こうなっては仕方がない。中身を読んでやろう」

中身は薄い紙、和文タイプでびっしりと活字が打ってあった。頸をのばして文面を読むと、こうでした。

たかが一本や二本の予告ホームランで大日本帝国の政治を変えようなどとするな。大日本帝国はこのまま右傾化し、保守化するのが一番いいのである。野球選手は野球のことだけ考えていろ。以上、忠告する。
オールスター戦以後の公式試合において、若《も》し貴様がホームランを予告し、それによって何等かの政治的要求を通そうとするならば、我々もまた貴様に次のことを予告する。貴様が予告ホームランを打つ寸前に、我々も貴様を射殺する。
七月二十日
右傾化歓迎保守化促進血盟会

血盟会の下に血判が五箇、捺してありました。永井コーチはご主人に小声で読んできかせ、終ると百円ライターで封筒もろとも火をつけました。

「これは本気だぜ、一郎」

「球場でぼくを射殺するというのですか」

「らしいね」

「そんなことができますか」

「できるさ。四百粍の望遠鏡レンズに銃身を短く切った銃を仕込んでおく。で、カメラマン席にまぎれ込み、打席の一郎を写すと見せかけて引金をひく。一巻の終りさ」

「しかし……」

「しばらくいい子で居ろ。そして王貞治に勝《まさ》るとも劣らぬ大打者になれ。選手会の法人化運動はそれからでも間に合う」

「……はあ」

「夕飯をすませたら四谷まで車を飛ばそう。角膜移植手術を受けてみるのだ。さあ、一郎、まだ五十本ばかり打ち残しているぞ。打席に立て」

「はい」

　ご主人はのっそりと立って打席に入りました。永井コーチはマウンドに向いました。ぼくはご主人の打球を拾うために外野右翼へ走って行きましたが、そのとき彼方の松林に黒い人影を見ました。そいつはゴルフ装束で身をかためておりましたけれども、首からは大きな双眼鏡をぶらさげている。こっちの様子を窺っていたに相違ありません。試みにワンと吠えてやりますと、案の定、ぼくをキッと睨み返し、悠々と松林の奥へ姿を消してしまいました。

（やっぱりご主人は見張られ、狙われているのだな）

暗い気持になってそう思いながら、ぼくはご主人の打球の飛んでくるのを待っておりました。

チビの失踪

ぼくのご主人田中一郎選手と、ご主人の育ての親である永井増吉コーチは、その日、すなわち七月二十三日の午後、四谷の芹沢眼科医院に出かけることになりました。もちろん芹沢明子医学博士から角膜移植手術を受けるためであります。芹沢眼科医院に出かける前、ご主人が合宿裏口の犬舎へみえて、ぼくの頸《くび》を撫でながら、

「チビ、三、四日留守にするよ」

と大好物のポテトチップスを下さった。

「留守の間はおとなしくしているんだぞ。ぼくの留守中は、合宿所のおばさんを飼主と思ってお利口さんにして暮すんだ。間もなくおまえの顔を見ることができる。それを思うとうれしくて仕方がないんだ。おまえはどんな顔付きをしているんだろうねえ」

そのときのぼくは、心の中で、涙をとめどなく流しておりました。そりゃ情に厚いご主人、そして永井コーチのことでありますから、ご主人の角膜移植手術が成功し、ぼくという盲導犬なしでプレーができるようになっても、ぼくをお払い箱にするようなこと

はなさらんでしょう。ぼくが何歳まで生きるかわかりませんが、とにかくぼくに息のある間は面倒をみてくださるにちがいない。つまりご主人の許にいれば一生楽隠居という、野良犬諸君がきいたら涎《よだれ》をたらたら流して羨ましがる身の上に、ぼくはある。

しかしぼくは並の犬と、犬がちがう。盲導能力を備えた犬なんです。盲人の手となり足となって働く能力を有しておる。たしかにご主人とお別れするのは死ぬより辛い、そして楽隠居の生活に未練がなくはない。けれどもぼくには盲人の杖となって生きつづけなくてはならぬという大使命があるのです。ご主人の目が見えるようになり、ぼくが必要ないということになれば、ぼくは別の盲人に仕えなければなりませぬ。

「じゃあ、チビ、しばらくお別れだ。七月二十六日の正午までには戻ってくるつもりだ。翌日の二十七日の夜は広島球場で試合がある。だから二十六日にはきっと帰ってくるからね」

そう言うとご主人は永井コーチの運転する例のおんぼろカローラの助手席へ乗った。

ぼくは、

「さようなら」

と尻尾を千切れんばかりに振りました。

「ぼくは市川へ帰ります。ほら、市川に盲人の方たちの学校がありましたでしょう。あそこへ行って新しいご主人を探すことにいたします。そうするほか盲導犬の生きる道はないのです。どうかお許しくださいまし」

もちろん、ご主人も永井コーチも犬語を解しませぬ。

「チビが啼いている。甘ったれ坊主だな」

「なあに、一郎、おれたちのことなどすぐ忘れるさ。一時間も経《た》ってみな。近所の雌犬に尻尾振っているから。単純なものさ」

こんなことを言い交しながら合宿所を発《た》って行ってしまわれた。長い間、同志だった盲導犬がいま啼き声にどのような思いをこめているのか。それが判らぬ永井コーチの方がよっぽど単純無比の単細胞だと思うのですが、まあいいでしょう。とにかくぼくは夜間の強行軍に備え、ビールを飲んで、ひと寝入りすることにした。裏口に並んでいるビールの空瓶を咥えて、裏口のコンクリ製の沓《くつ》石の角にコンと叩きつける。瓶が割れる。そこで底の方にお猪口《ちょこ》に一杯分ぐらい残っているやつをペロペロと舐める。最後にビール瓶の底を前の両肢で、こう、捧げ持ち、レンズの代用にして太陽の光を集め、革ひもを焼き切っちゃった。あとは革ひもの、焼き切った部分を身体の下に敷き——合宿所のおばさんに見つかってはコトですからな——夕方までたっぷり眠りました。そして晩御飯をちょうだいしてから、横浜大洋ホエールズの合宿所をあとにしたのであります。

懐しい江戸川橋の袂《たもと》に辿り着いたのは、翌七月二十四日の午前九時でした。もうくたくた、五体綿の如く疲れ果てておりました。そこで江戸川の水を朝食代りに鱈腹《たらふく》のみました、対岸の和洋女子大学の構内にもぐり込んだ。大学は夏休みに入っており森閑としているることだろう。とすれば、ぼくの眠りをさまたげるものはなにもあるまい。かように愚考したわけです。

大学寄宿舎の裏手、欅《けやき》の大木の根元で十二、三時間も眠りましたか、目をさますと、もうとうの昔にあたりは暗くなっていた。ぼくは食物を探しに、市川駅に向って歩き出しました。なにせ、夏の夜のことでありますから、人間の皆々様、窓を開け放し、網戸を通り抜けて入ってくる微風に吹かれながらテレビをごらんになっておる。なかには新婚のご夫婦でしょうか、布団の上でお相撲をなさっている方なんぞもありましたが、ぼくはそういう光景を覗いてよろこぶ趣味はない。犬ですから、まあ当然ですが。

それにしても人間とはふしぎな種族ですな。新婚夫婦の〈天悦〉を覗きながら受験生らしい少年が〈大悦〉をなさったりしておる。第一次信号系の記号――つまりシグナルですな――しか持たぬ犬と、第二次信号系の記号――シンボルのことです――をお持ちの人間とのちがいが、このへんに表われるもののようです。

はあ？　〈天悦〉ってなんだ？　〈大悦〉とはどういう意味だ？

へエ、文字謎でございますよ。天悦の「天」を分解しますと「二人」になりましょうが。そして大悦の「大」は「一人」というように分解できます。ですから天悦とは「二人で悦《よろこ》ぶ」の意、大悦は「一人で悦ぶ」の意。新婚夫婦のなにを覗きながら、少年がなにしていたわけでありまして、これ以上註釈が過ぎますと、この告白録の品が下がりますから、ここで打ち止め。

さて、駅に近い時計店の窓の下を通り抜けようとしたときに、テレビが、次のように言っているのが聞えた。

「プロ野球ファンならどなたもご存知のあの野球盲導犬チビ君が姿を消しました」

佐々木信也さんの声でした。この時刻にこの声。ハーン、フジテレビ系列のプロ野球ニュースだな、とぴんときました。窓の下には盆栽の松がズラッと並んでいた。これは恰好の踏台であるわいと、松に後肢でよじのぼり、前肢を窓の縁にかけて家の中を覗き込みました。六畳間。正面にテレビがある。そしてテレビの画面には、ご主人田中一郎選手を導きつつ塁間を走るぼくの雄姿がうつっておりました。

「昨夜のこの時間に、横浜大洋ホエールズの田中一郎選手が角膜移植手術を受けたというニュースをお知らせしましたが、チビ君の、この突然の失踪は、田中選手の手術が原因だろうといわれております。つまり田中選手の目が治ればもう盲導犬はいらなくなる。犬の身ながら、チビ君はそのことを悟って、大いに将来を悲観した。そして失踪したのではないか。ほんとうに利口な犬ですね。それにしてもチビ君はどこへ消えてしまったのでしょうか。では、今夜、神宮球場で行われたオールスター第三戦をお送りしましょう。解説は豊田さんと荒川さんです。どうぞ」

盆栽の松の木から降りると、塀の隅の破れ穴を潜って通りへ出ました。その通りを直進すれば、駅の北口、一杯のみ屋や焼鳥屋や焼肉屋などがごちゃごちゃとかたまった一角に行き着ける。そしてそこにはこの三月まで、永井コーチが店主兼調理人をつとめ、ご主人田中一郎選手が調理助手をしていたラーメン屋小人軒がある。四月から永井コーチは小人軒を友人に任せていますが、とにかくそのあたりでなにか残飯にありつけるはずです。

行ってみると、案の定、ありましたぞ。小人軒の裏手に、縁《ふち》の欠けたラーメン丼《どんぶり》が一個投げ出してあった。中身はたべかけの冷し中華ですわ。嗅いでみるとまだ腐ってはおらん。丼の中に鼻を突っ込み、夢中でたべました。がしかし、後で考えてみるとこの冷し中華が罠《わな》だったんです。半分ぐらいたべたところで、頭の上から、江戸川辺で川漁に使う投網がばさっと降ってきた。そう、ぼくは生捕られてしまったわけで。あんなにおなかが空《す》いていなければ、それと察して近づかなかったんでありますが、とにかくみっともない話であります。

小人軒の主人は、ぼくの首輪に鎖をつけ、その鎖の別の端《はし》を店内の柱に巻きつけると電話にしがみついた。

「芹沢眼科ですか。横浜大洋ホエールズの田中選手か、コーチの永井さんをお願いします。こちらは市川駅前の小人軒です。ええ、そう言っていただけば判ります」

なるほど。ぼくは思わず唸っちまいましたね。ご主人は、ぼくが市川へ戻ることをお見通しだったんだ。ぼくは思わず唸っちまいましたね。


よう頼んでおいたんだ。永井コーチはこうなるのをあらかじめ読んで、友人に罠を仕掛けるよう頼んでおいたんだ。さすが万物の霊長だ。その永井さんをつかまえて「単純無比の単細胞」などと悪口を叩いたのは浅墓であった。単細胞はこっちであったわい。ぼくはつくづくそう反省しました。

「やあ、永井さんか。来たよ、来ました。永井さんの予言通り、チビがやって来ましたよ。犬は必ず元の家へ帰る。それがワン公のワンパターンだ。永井さんはそう言ってたけどずばり的中だよ。うん、冷し中華が大好物というのも当っていたね。もちろん、鎖をつけて店に繋いである。チビの様子？　別に変ったところはないね。元気そうだよ。怪我もしてないな。何だか、妙に感心したような面《つら》つきをしておれを見ているよ。よし、わかった」

小人軒の主人は送受器をおくと、冷蔵庫の中から牛の骨付き肉を取り出し、

「さあ、おたべ」

ぽんとぼくの前へ投げてきた。

「田中選手と永井さんの奢りだよ」

骨付き肉をしゃぶりはじめて間もなく、コンコンコンコンコンという音が小人軒に近づい

てきました。はてな、と思って音のした方を見ますと、盲学校の生徒さんが、白い杖で地面を探りながら小人軒へやって来るところでした。十六か七の娘さんです。髪をふたつに分けてお下げにしています。ご主人田中一郎選手がデビュー戦を二打席連続満塁本塁打の、日本プロ野球新記録で飾って、この小人軒に引き揚げてきたとき、わざわざご主人を迎えに出て、ひっそりと、まばらに、でも心から嬉しそうにペタペタ、ペタ、ペタペタと拍手をしてくださった五人の生徒さんがおりましたが、この娘さんはたしかその五人のうちのひとりだった。

「あのう、冷し中華……」

「へい、毎度どうも」

さっそく主人が支度にかかります。

「しかし、節ちゃんも宵っぱりだねえ。余計な差出口をきくようだが、明日にさしつかえるでしょうが」

「そうなんです。十時には床に入るんだけど、どうしても眠れなくて」

「不眠症ですか」

「そうじゃないの。プロ野球ニュースを聞かないと眠れないんです。プロ野球ニュースには毎晩のように田中一郎選手の話が出るでしょ。それが聞きたくて」

「あ、そうか。節ちゃんは田中選手の大ファンだったっけね」

「そう。それで点字の本を読みながら十一時十五分まで待っているの」

「よし。じゃあ耳よりのニュースを教えてあげよう。田中選手が今夜、ここへ来ますよ。握手をしてもらったらどうです」

「まさか……」

「節ちゃんにだれが嘘なぞつくものか。じつはね、そのへんに犬がいるでしょ」

「ええ。さっきからわたしの足の先をペロペロ舐めているわよ」

「節ちゃんの足を……？　ちえっ、調子のいいワン公だ。へへへそのお調子者のワン公が彼《か》の名犬チビ先生で」

「ほんと？」

「野球の神様にかけて誓いますよ」

「でも、チビは失踪しているはずよ。たしか昨夜からずーっと」

「ところが、先刻、そのチビが小人軒にひょっこりあらわれたんだ。そこをこのおじさんが投網で捕えたの」

「わあ、すごい」

娘さんはカウンターの椅子からおりて、ぼくの前へしゃがみました。ああ、ぼくはこの娘さんの盲導犬になりたいな。

「田中選手がそのチビを引き取りに来るんですよ。そうさな、この時間だ。道は空《す》いている。まあ、あと二、三十分てとこかな」

「でも田中選手は昨日、手術したばかりよ」

「眼の手術だもん、どうってことありませんよ」

「こうしちゃいられないわ」

娘さんはぼくの頭をひと撫でして立ち上り、カウンターの腰板に立てかけておいた白い杖をとりました。

「わたし、寮へ行ってくる」

「冷し中華、出来ましたよ」

「皆を連れて戻ってきます。おいといて。だって皆、田中選手の大ファンなんだもの。このことを知らせなかったらもうたいへん。二、三日、口をきいてもらえなくなっちゃうわ」

「じゃ、こうしましょう。わたしが寮へ行ってきますよ。節ちゃんはカウンターに坐って冷し中華をおたべなさい」

「それじゃ悪いわ」

「いつも贔屓《ひいき》にしてもらっているから、そのお礼ですよ。お安い御用だ」

小人軒の主人はエプロンをつけたままの恰好で戸外へ飛び出して行きました。

「田中選手が来る、田中選手が来る。夢じゃないんだわ」

坐るどころではないらしく、娘さんは土間でくるくる回っています。

選択の余地なき選択

ぼくのご主人田中一郎選手と、ご主人の育ての親である永井増吉コーチが、総武線市川駅の北口にあるラーメン屋小人軒へかけつけてきたのはその一時間後、すなわち七月二十五日の午前一時のことであります。

ぼくはそのとき、盲学校の生徒さんたちと遊んでおりました。前に申し上げましたように、ご主人は米国ボルチモア市のジョン・ホプキンス大学病院眼科の芹沢明子博士の執刀で、前夜すでに角膜移植手術を受けておりました。もはや盲人ではない。繃帯《ほうたい》がいつとれるのか知りませんが、繃帯がとれた瞬間から、晴眼者の仲間入りすることになる。一方、ぼくがお相手しているのは盲学校の生徒さんたち。ご主人がきているのは匂いでわかっておったのですが、ぼくはこれでもプロフェッショナル、プロの盲導犬であります。ご主人の足許へ尻尾振って駆けよりたいのは山々ながら、晴眼者なんぞ相手にしない。そのまま、盲学校の生徒さんたちの手を、かわりばんこにぺろぺろと舐めてさしあげておったんでした。くどいようですが、ぼくら盲導能力を有する犬は、その一生を盲人に捧げるためにオギャアワンワンとこの世に生をうけてきているのですから、このときにぼくがご主人にたいしてとった冷たい態度を、どなたも非難できますまい。

「チビ？　そこにいるのはチビだね」

ご主人も勘のいいお方ですから、気配でぼくがどこにいるのかおわかりになったらしい。

「ぼくだよ、チビ。おまえの主人の田中一郎だよ」

上半分は繃帯で隠れてしまっている顔を空地のぼくに向けながら近づいておいでになった。

「そうか。チビ、おまえはぼくに腹を立てているんだね。ぼくが晴眼者になるのが気に入らないんだね」

ぼくは例の盲目の娘さんの背後に隠れた。

「どうしたんだい」

ご主人は猫撫で声でぼくをお呼びになった。

「チビ、これまでのおまえがどんなにぼくの役に立ってくれたか、それを忘れるようなぼくじゃないよ。おまえはいままで通りぼくの傍にいていいんだ」

猫撫で声でふにゃふにゃとなるようなぼくじゃありませんぜ。盲人の杖となって生きつづけるという使命を自覚しているぼくに甘いことばは通用しませんや。ぼくは娘さんの足許でよりいっそう身体を縮め、馬耳東風ならぬ犬耳東風の構えをとりました。だいたいね、猫撫で声でふにゃふにゃになるのは猫だけです。こっちは犬だ。びくともしません。

「チビ、おまえは命尽きるまでぼくの飼犬なんだよ。この田中一郎がおまえの飼主なんだ」

「おめでとう、田中選手」

このとき、娘さんが両手を突き出して前を探りながら、ご主人の方へ覚束《おぼつか》ぬ足さばきで寄って行った。

「プロ野球ニュースで、田中選手の角膜移植手術が成功したということを知りました。よかったですね」

娘さんのこの祝福のことばがほかの生徒さんにきっかけを与えたようでした。

「ほんとうによかった」

「これからもがんばってください」

「ホームランの日本新記録を期待していますよ」

「西武ライオンズの野村捕手、読売ジャイアンツの王選手、張本選手のように、できるだけ長い間、現役でいてください」

「そうよ、田中選手。日本の打撃記録を全部塗りかえてくださいね」

生徒さんたちも杖でコツコツ地面を探りながらご主人に近づいて行きました。

「たとえ晴眼者になっても、あなたはわたしたち盲人の星なんです」

娘さんがいいました。

「わたしたち、この三ケ月間、とてもたのしい思いをさせていただきましたわ。たのしい、ではことばが足りないわ。そう、わくわくしてすごしました。あなたがホームランを打つたびにわたしたちは仕合せになりました。この三ケ月間のあなたの活躍ぶりを、わたしたち、一生忘れません。そしてこれからもあなたのファンでいつづけます」

ご主人は一瞬、ぼくのことを忘れたようでした。ただぼーっと突っ立っていた。

「それであのう……」

「な、なんでしょう」

「一生のおねがいがあるんです。ご迷惑ならいいんですけれど、えーと、わたしたちにあなたの顔を触《さわ》らせていただけませんでしょうか」

「ぼくの顔を……?」

「はい。もちろん、眼と、眼のまわりには絶対に手を触《ふ》れないようにします。五つ数える間、あなたの頬や鼻や口や顎に触《さわ》らせてください。おねがいします。あなたのお顔をこの手を通じて視《み》たいのです」

きっと結ばれていたご主人の口許が、やがてかすかにほころびました。

「どうぞ。いくらでも触ってください」

「ありがとう」

娘さんの手がゆっくりとご主人の右頬へ差し出されました。生徒さんたちの手がそれにつづいた。

とそのときです。空地へ乱暴に車を乗り入れてきたものがあります。車種は黒塗りのベンツ。

「それじゃおやすみなさい」

車の音で我にかえった娘さんがご主人の右頬から手をはなしました。

「無理なおねがいをきいてくださって、ほんとうに感謝してます」

「おやすみなさい」

生徒さんたちも一斉に叩頭《こうとう》してご主人からはなれ、白い杖で地面を叩きながら空地を出て行きました。ぼくは、娘さんの盲導犬になろうと決心しておりましたから、生徒さんのあとにくっついて空地から暗い路地へ出た。すると娘さんがいいました。

「チビ、お帰り」

でもぼくは盲導犬なんだ。晴眼者のもとに飼われて、のんべんだらりと日を送ることは許されない。

「いいから、田中選手のところへお帰り。田中選手に暇を出されたらわたしのところへいらっしゃい。でもそれまでは、チビは田中選手の飼犬なのよ。さ、はやく」

きびしい口調でした。そのままついて行くべきか、はたまた引き返すべきか、大いに迷いましてな、空地と路地との境い目でうろうろしておりますと、さきほどのベンツから禿頭の老人のおりるのが見えた。ほら、あいつです。「日本プロ野球のＶＩＰ」とか奉られている老人。老人につづいて、これまた見覚えのある中年男。こっちは「セ・リーグ某球団の広報担当」です。二人とも、四谷駅に近い小路に囮の雌犬を使ってぼくをおびき寄せ、取っ捕まえて毒殺しようとした憎いやつ。ぼくはこれでも盲導犬のはしくれです。人間に向って吠えてはならないってことは充分承知しておりますが、このときばかりはかっとなって吠えました。もっともすぐさま反省し、低く唸るだけにとどめたけれど。

「ほう。われわれを尾行《つけ》ておられたようですな」

永井コーチが小人軒から出てきていった。

「ご苦労様なことで」

「永井君、きみは三千万円の小切手をみたことがあるかね」

セ・リーグ某球団広報担当が背広の内ポケットからうやうやしく紙切れを一枚とりだした。

「これがその三千万円の小切手だがね」

「ふん。鼻をかむには固そうだな」

「この小切手、ことによったら、きみのものになるかもしれんのだよ」

「ほう」

「こちらの遠縁に腕の立つ眼科医がおいでだ」

と広報担当は禿頭のＶＩＰに愛想笑いをして、

「その眼科医は女医さんなのだが、昨夜、さる青年に角膜移植手術を行った。そして見事に成功した」

こんどはご主人に顎をしゃくった。

「青年は視力を取り戻すだろう」

「いや味なお人だ。遠まわしの間接話法でごちゃごちゃいっていないで、いいたいことがあれば、ずばっと切り出してこい。その調子でやられては、話をみなまで聞きおわらぬうちに夜が開けてしまわあ」

「よろしい」

禿頭のＶＩＰが広報担当を押しのけ、永井コーチの前へずいと出た。

「手短かに要点をいおう。その女医というのは芹沢明子だ。わしは明子を焚きつけて、田中君に角膜移植手術をやらせた。『盲人に光を与える、それが明子の眼科医を志した動機じゃろ。それなら田中君にさっそく光を与えてやれ。現在、日本の盲人諸君のなかでもっとも光を必要としているのは田中君だぞ』といって彼女をのせたのだ」

「それで」

「そこの田中君は間もなく目明きになる」

「だからどうしたてんです」

「まあ、聞け。これはきみたちの球団のフロントもすでに納得していることだが、来シーズンから田中君はジャイアンツの三番を打つ」

「なに……？」

「移籍するのじゃよ。柴田に高田に平田に吉田、この四人プラス一億円のトレードマネーで、田中君をホエールズからジャイアンツへ取る」

「おれたちはまだ何も聞いていないぞ」

「だから今、聞かせてやっとるじゃろ。ジャイアンツには、柴田、高田、平田、吉田、原田、柳田と、二字の苗字の下の方に『田』のつくのが多いんだねえ」

「もうひとり二軍に岡田忠雄というのがおります」

広報担当が忠義面《づら》して補足した。

「中京高出身で、捕手です」

「そう、あんまり苗字の下の方に『田』のつく選手が多いと、長島君がおぼえ切れんので困る。そこでこの際、下に『田』のつくのをトレードに出すことにしたのじゃ」

変梃な理屈だと思いましたねえ。そんなことといってたらヤクルトスワローズなんか大変です。松岡、松村、松崎、松井、若松、谷松、大杉、杉浦、杉村。「松」と「杉」ばっかりじゃないですか。阪急なぞは、梶本、山本（コーチ）、水本、松本、笹本、福本、岡本、金本（二軍投手）、藤本（二軍内野手）と「本」の字づくしだ。

「一郎の苗字は田中だよ。やっぱり『田』の字がつくでしょうが」

「だから苗字の上につくのは構わないんじゃ。それよりなにより、ジャイアンツは強打者を必要としとる。王選手ようやく老い、張本選手はもう使えぬ。どうしてもジャイアンツに大打者が欲しい」

「ほかのチームだって同じでしょう」

「特にジャイアンツには欲しい。なんとなれば、ジャイアンツあってのセ・リーグだからじゃ。そしてセ・リーグあってのパ・リーグじゃ」

「古いな」

「古かろうがなんだろうが、これが真理なのじゃて。そこで、さっきもいったように明子の医師魂なるものをおだてて田中君を目明きにした」

「なるほど。盲目の選手はジャイアンツには適《あ》いませんか」

「しかり。肌の色にしてからが白い黄色いまではよいが、黒はいかん。赤はもう絶対にいかん。そして頭髪はスポーツ刈りに限る」

「打撃フォームは馬鹿のひとつおぼえのダウンスイングですか」

「とにかくジャイアンツは強くあらねばならん。そのためにはどうしても田中君に来てもらわにゃならん。そしてまたそのためには目明きでなければならなかったのだよ。さて、永井君、きみには三千万円の報償金を進呈しよう。そのかわり来シーズンからは、田中君から一切手をひいてもらおう」

「なにもかも金で片付けようって肚か。薄汚ねえ手を使うね」

「田中君には、五千万円の支度金」

「へーい、これがその五千万円の小切手で」

広報担当がまたしても胸の内ポケットから小切手を抜き出し、ご主人の耳許でそれを小旗のように打ち振った。

「いい音するでしょ」

「ぼくは横浜大洋ホエールズに骨を埋めるつもりです」

ご主人がいった。

「ぼくを拾ってくれたチームですから」

「これは選択の余地なき選択なのじゃ。断ると、二人とも間もなく事故にぶつかることになるぞ」

「どういう意味だ」

「とにかくウンと首を縦に振ってほしい。それが身のためじゃぞ」

「オールスター明けの第一戦は広島遠征だったですな」

広報担当は二枚の小切手を内ポケットに戻した。

「いまの話、承知なら対広島戦の第一打席で三振しなさい。そしたらその日のうちにこの小切手をお二人のもとへとどけますからな」

「ホームランを打ちます」

「よしなさい」

禿頭のＶＩＰはベンツに乗り込みながらいった。

「打球が外野観覧席へとびこんだ瞬間から、きみは二度と野球のやれない身体になってしまうことだろうよ」

最後の教え

ぼくのご主人田中一郎選手の顔面に巻かれていた繃帯がとれたのは、広島遠征に出かける前日の、午後もおそくのことであります。

もっともぼくは、四谷の芹沢眼科医院へお供をしたわけではありませんので、ご主人がどういう手当を受けたのか、繃帯のとれた瞬間のご主人がどんな様子だったのか、そういったことについて何もお話しできません。物語の語り手としては失格です。しかし、ぼくの心中《しんちゅう》もお察しください。たびたび申しあげているように、ご主人の視力の恢復は、すなわち盲導犬であるぼくの失職と直結している。それなのにのこのこご主人のお供なぞできますか。さてぼくは市川駅前のラーメン屋小人軒の裏で自棄《やけ》酒を呷《あお》って寝ておりました。小人軒の棚から紹興酒の壜を咥え出し、中身をしたたかに舐めたのです。そうして壜を枕に眠ってしまいました。夢の中で「花咲爺」や「小犬のワルツ」や「雪やコンコ」など、犬の出てくる歌をさかんにうたっていたような記憶があるが、どうも定かではない。とにかくぼくは、だれかが頭を撫でている気配ではっと目を覚ましました。

「想像していた通りだったよ、チビ」

ご主人がぼくを撫でてくれているのでした。日はとっぷりと暮れて、あたりは夜になっていた。ご主人はサングラスをかけておりました。眼鏡の奥で眼球が動いている。眼球の動いているご主人の顔を見るのは初めてです。なんだか赤の他人のような気がして仕方がなかった。

「しっかりした顔付きをしているけど、でも何となく愛嬌があるんだな。九〇パーセントの利口さに、一〇パーセントの間抜けな部分。ほんとうに思っていたとおりの顔だよ」

あんまり嬉しそうじゃありませんでしたね、ご主人は。だいたい晴眼者になってすぐぼくに会いに来るなんてどうかしてます。ご主人は五体健全なる成年男子、まずできるだけたくさんの若い女性を見ようと思うのが人情ではないでしょうか。ぼくがご主人だったら、そう、帝国ホテルかホテル・ニューオータニのロビーかコーヒーテラス、あるいは赤坂か青山にある通りの見える高級喫茶店にまっさきに駆けつけて、曖気《おくび》の出るほど若い女性を見て、見て、見尽してやろうとしますな。そして、「おお、あれが噂に聞いていた胸のふくらみというものなのか」、「うむあれがおくれ毛であるのか」、「やあぁの歩き方こそモンローウォークというのではあるまいか」と、それまで想像していたことと「現物」とをつけ合わせます。あるいはもっと荒っぽくトルコへ乗り込み、ありったけの金を出し、「これから一時間、きみは部屋の中で好きなことをしていていいんだ。

ぼくはきみの一挙手一投足をじっと見ている。それがぼくには本番にもまさる最高のもてなしなのだよ」などといい、綿密に女体というものを観察する。でなければキャバレーに行って……、どうもぼくは思いつくことが下品、かつ、さもしいですな。とにかくご主人はたのしそうじゃなかった。

「一郎、乾杯だ」

そのとき、小人軒から永井コーチが裏庭へ出てきました。右手にコップをふたつ、左手にビール壜を持っている。

「ビールの一杯ぐらいなら、目にもそう影響はないだろう」

「はあ」

あいかわらずご主人は気勢のあがらない声でいい、コップを受けとりました。

「おまえが何を考えているか、おれには察しがついている」

永井コーチはご主人と自分にビールを注ぎ、

「が、まあ、とにもかくにもおめでとう」

とコップを目の高さに掲げ、

「なあ、一郎。物事をあまり深く考えるのはよせ。おれも過去は忘れて、素直に現実を受け入れることにした」

一気にコップを空《から》にした。

「どういう意味ですか」

「私怨は捨てた。個人的な恨みは屑籠へポイさ」

「私怨というと、例の……?」

「そうだ。昭和二十二年の夏、おれはその年、一年間だけ存在した国民リーグに、野球選手による労働組合を創ろうとした。さまざまな妨害に遭った。しまいには『アカ』のレッテルを貼られ、国民リーグの崩壊後、日本プロ野球リーグに移ろうとするのを徹底的に邪魔された。そのときの親玉が『日本プロ野球の父』とかいわれていた某大新聞社の社主だった。だから恨んでいたのよ、その社主を。そしてその新聞社に所属する球団を、いやもっといえば日本プロ野球全体を憎んでいた。なんとかして仇を討とうと思った。盲目の天才打者田中一郎を武器に、プロ野球に労働組合を結成してやろうと考えていた。だが、もうどうでもいい」

「どうでもいい?」

「そうさ」

「どうしてですか」

「おまえが英雄になったからさ。それも、ただの英雄じゃない。王貞治の後を継ぐに足る大英雄になったんだ。おまえはできるだけ長い間、大英雄で在《あ》り続けるべきだ。そのためには労働組合がどうのこうのといった次元で行動していてはだめだ。ひとまず政治的に無色になれ」

「信じられないな、コーチがそんなことをいうなんて」

ご主人の、コップを持った手に力が入ったらしい。手の中でコップがぐしゃっと音をたてて潰れた。手の平からは血は流れない。一日最低二千回の素振り、これがご主人の日課だ。だから手の平は胼胝《たこ》だらけでサッカー用スパイクシューズの底のように凸凹しており、言うまでもなく堅い。日本刀を力いっぱい握ったところで何てことないだろう。いや、ひょっとすると日本刀のほうがかえって刃こぼれしかねないくらいだ。コップの一個や二個、どうということもないのです。

「まさか、あの禿頭のＶＩＰから金をもらったんじゃないでしょうね」

「アインシュタインという物理学者を知ってるかい」

「ええ、もちろん。でも、いまの話とアインシュタインとどんな関係があるんですか」

「バッティング理論の参考にならんものかと思い、彼の理論を啓蒙書でちょっと噛《かじ》ってみたのさ。ついでに伝記も読んだ。理論のほうは難しすぎてチンプンカンプンだったね。ただ伝記の或る個所に非常に惹かれた。おれの考えでは、彼の一般相対性理論より、あるとき彼の語った言葉のほうがはるかにすばらしい。ずっと素敵だ。一九五三年というからアインシュタインがこの世を去る二年前のことだが、バークスという彫刻家がプリンストンにある、この大物理学者の家を訪ねた。バークスはアメリカ政府からの依頼で、アインシュタインの銅像をつくることになったのだね。ところがこのバークスがなかなか辛辣《しんらつ》な皮肉家で開口一番、こう言ったというんだ。

『博士、あなたも結構俗っぽいんですねえ。あなたが銅像になりたがっているとは意外でしたよ』

　アインシュタインはにやりと笑って、

『人間というものは、いつも英雄を必要としているのですよ』

　と答えた。

『大衆は英雄なしには生きられないのです。だとしたら、ヒットラーやムッソリーニよりも、私のような無害なものが英雄になっているほうがずっといいでしょう。そうは思いませんか』

　どうだい、一郎、すばらしい言葉だろう」

　なるほど、とぼくも感心しました。たしかに人々はときおり自分たちを地獄へ導くことになる悪魔を、それとは露知らず、英雄に仕立てあげることがある。つまり人々なるものは賢くもあり、また同時に救い難いぐらい愚かなところもある、矛盾した存在なのですな。この「人々」の愚かな部分に訴えて成功したのがヒットラーでありムッソリーニであった。アインシュタインはそこで、自分から進んで人々の愚かな部分をうつ矢弾《やだま》になろうと決心した。自分が英雄に祭りあげられてやろう。自分が英雄として通用しているような世の中なら、まだましというものではないか。まあ、いくら利口だとはいえ、ぼくは所詮は「犬」ですから、言い足りないところがあると思いますが、永井コーチによれば、アインシュタインはこう考えたらしいですね。

「一郎よ、英雄になれ。ぴかぴかの大ヒーローになれ」

永井コーチは話をつづけます。

「できるだけ大勢の人間に支持されるよう、これまで以上に天賦の才にみがきをかけるんだ。そして、これは重要なことだが、ここぞというときに腹の底から自分の意見を言え。そう、弱い者が不当に苛められているとき、強い者が思いあがって威張り散らしているとき、冷静に、かといって決して柔かさを失わずに堂々と世間に向って意見を言え。人々はおまえの意見をきくはずだ。いつだったか、長島がこういったことがある。『社会党が天下をとったら野球がやれなくなります。だからぼくは自民党を支持します』。この長島のことばに、いったい何人が影響されたことだろうか。百万人ではきくまい。そこでたとえばおまえが、いつか天下分け目のときに、長島とは逆に……」

「わかりました」

ご主人がいいました。

「考えてみます」

「たのむ。おれはそのほうが話のわかりがよかろうと思い、政治のたとえを持ち出したが、これにはこだわるなよ。とにかくここだと思ったら、堂々と自分の意見をいうんだ。これまでのスポーツ選手にはこの大事な一点が欠けていた。そして結局は『政治』に手なずけられてしまう。一郎はその轍《てつ》を踏んじゃいかん。いいか。常に人間でいろよ。豚になってはいけない、狼にもなるな」

「むずかしいことをいうんだなあ、今夜のコーチは」

「これが最後さ」

「最後……?」

「ああ。おまえは晴眼者の仲間入りしたんだ。もうおれの助けはいらない。おれやチビなしでもやっていけるさ」

「するとコーチは?」

「ラーメン屋の親父に戻る。そしてチビは別の盲人の目となり、杖となる」

「コーチ、それはひどいですよ」

「本音を吐けば、もうおまえに教えることはなにひとつなくなってしまったんだよ。さあ、明日は広島遠征だ。もう寝床へ行ったほうがいい。おっと言っておくが、最初の打席では忘れずに三振するんだぜ。でないと巨人軍の選手にはなれない。おれのいう『英雄』になるためには、巨人軍のユニフォームを着るのが一番の早道なんだ。そのことを胆に銘じておけ」

永井コーチは小人軒へ引き返して行きました。しばらくの間、ご主人はぼくの背中を静かに撫でながらじっと考え込んでいましたが、そのうちに突然立って、

「このぼくに三振が出来るだろうか」

謎めいたことを呟くと、裏庭の隅の〈打撃練習箱〉に閉じこもってしまったのです。打撃練習箱についての詳しいことは前にも申しあげましたが、ここでもう一度、簡単に説明させていただきます。それは四帖半ぐらいの大きさのビニールハウスです。床はなく、底は地面です。中央からすこしずれたところに高さが四十五糎ほどの木箱が置いてある。その木箱の蓋の中央に穴がある。この穴を直径五糎の玉杓子《たまじゃくし》が覆っており、これは地面に設置されたペダルと連動している。ご主人はバットを構えて、右の爪先でペダルを踏みます。すると玉杓子の蓋がひょいと持《たか》ち上る。木箱の内部には残飯の入ったポリバケツが入っていまして、わんさと蝿が集っている。で、その蝿が「あっ、蓋が外れた。いまなら箱の外へ出ることができるぞ」と、穴から飛び出してくる。この蝿をご主人、バットで発止《はっし》と打つ。ご主人は、十五分ばかりバットを振っていましたが、やがて沈痛な面持でビニールハウスから出てきました。そうして、

「やはりだめだ。どんなに空振りしようと思っても、バットの方が勝手に蝿を打ってしまう」

ぶつくさいいながらしゃがみ込んでしまいました。

（そうか。そういうことだったのか）

ようやくぼくにも事の真相がのみこめてきた。永井コーチに拾われてから今日までの十五年間、ご主人が徹底して叩き込まれたのはバットの真芯で球を捉える技術です。つまりご主人にとって、空振りは盗みや人殺し同様、絶対にやってはならぬことだった。そしてこれがご主人の第二の天性となり、いまでは、たとえばぼくらが電柱をみると自然《ひとりで》に後脚のどちらかを持ち上げるように、また読者のみなさんであれば、地面に財布の落ちているのをみると思わず拾ってしまうように、ご主人もストライクゾーンへ球がきたら自然《ひとりで》に、そして思わずバットの真芯でスコーンとひっぱたいてしまうようになった。本能的にそうしてしまうんですな。

「明日の試合の第一打席に、ぼくはきっとホームランを打ってしまうぞ」

ご主人は頭をかかえ、泣きそうな声でひとりごとをいっております。

「そうなるとぼくは巨人に入れない。永井コーチには申しわけないことになってしまう。ああ、どうにかしてうまく三振する方法はないかしらん」

開眼

　ぼくのご主人田中一郎選手の育ての親である永井増吉コーチの「人間というものは、いつも英雄を必要としている」ということばは、犬の分際で口幅ったいことを申すようですが、まことに至言であります。「大衆は英雄なしには生きられない。それならばヒットラーやムッソリーニよりも、野球選手のような無害なもののほうがよかろう。ただし、そのときがやってきたら心田からものをいうのだぞ」と、永井コーチのことばはなおも続くのですが、ここまではこれまた正しい。でも問題なのはこの次の発言だと思うんだなあ。「英雄になるためには、巨人軍に入団した方がいい」だなんて、ぼくはずいぶんおくれた考えだと思うんだ。なにも巨人軍にこだわる必要はないんじゃないかしら。だいたい最近の日本人は銘柄《レッテル》にこだわるんだよねえ。大学や会社からはじまって鞄や酒に至るまで、なんでも銘柄がものをいうんだから、どうかと思うねえ。これは滑稽な中流意識のなせる業であると愚考いたしますが、まあ、ほかの分野の話をすると、犬のくせに生意気な、と罵《ののし》られるおそれがある。そこで話題を野球に限ると、銘柄や伝統が野球をしますか。プレーするのは人間ですよ。堀内が投げ、高田が守り、王が打つ。これが巨人軍のいくさなんです。「巨人軍の伝統」とかいう得体の知れないものが野球をするんじゃない。伝統で勝てるのなら巨人軍は常に第一位のはずでしょ。ところが現実はそうじゃない。広島が勝ち、スワローズが勝つ。ぼくはご主人は横浜大洋ホエールズの選手のままでいいと信じる。まずご主人は横浜地方の小英雄になる。それが仕事のはじめでいいんじゃないか。

しかしぼくは犬です。ぼくの考えをご主人に伝える方法を持っていないのです。ですから、なおも素振りをつづけるご主人を黙って見ておりました。

「こんばんは」

間もなくぼくたちのいる小人軒横の空地へ涼しい声が入ってきました。その声の持主は盲学校の女生徒さんでありました。二日に一度、あるいは三日に一度、夜食に小人軒のラーメンをたべるのを無上のたのしみにしている例の盲目の少女です。

「ぶん、ぶんという素振りの音が聞えるわ。田中一郎選手が戻ってきたのね」

少女は白杖でコンコンと地面を叩いて空地へ、その覚束ない足を踏み入れた。

「角膜移植の手術は済んだんですか」

「ああ……」

ご主人はバットをお尻に当てがい突っかい棒にして、タオルで首筋の汗を拭いはじめました。

「それで手術の結果はいかがでした」

「きみの顔が見える」

　ご主人がいった。

「きみはとてもきれいだねえ」

　すると少女は微《かす》かに笑って、

「考え方まで晴眼者みたいになってしまったのね」

　と申しました。少女の声音には皮肉な響きがあった。

「じゃあ手術は成功だったのね」

「どうして『きれいだねえ』といってはいけないんだい。この言い方がなぜ『晴眼者みたい』なんだろう」

「外見のことをいわないのが盲目の人間の鉄則でしょ。そのことまで忘れてしまったの」

　ご主人の汗を拭く手が止まりましたな。

「わたしたちにとって外見は問題じゃないわ。きれいだろうと醜かろうとわたしたちには関係ないもの。問題は心の目にどう見えるかってことだけ」

「そうか。そうだったね。うーん、これは一本やられたな。それできみ、ラーメンをたべに来たのかい」

「そう。でも、いつもの麺を茹《ゆ》でる匂いがしないわね。もしかしたら今夜はおやすみかしら」

「うん。今夜だけじゃない。当分、休みかもしれないよ。永井さんがまたこの小人軒をやることになったんだ。しかし永井さんは疲れている。そこで秋口まではゆっくり休みたいといってた」

「いっぺんにたのしみが二つもなくなってしまうなんて、ひどい話だわ」

少女は肩を落として戻りかけた。

「たのしみが二つも？　ひとつが小人軒のラーメンだってことはわかるが、もうひとつのたのしみって何なの」

ご主人が少女に待ったをかけました。

「ちょっと気になるんだが」

「いえないわ。だって田中一郎選手に関係があるんだもの」

「だったらなお聞きたいな」

ご主人は店から椅子を運び出してきました。

「ぼくにはいまちょっと迷っていることがあるんだ。きみの話は、ぼくのこれからの生き方にひょっとしたらなにかヒントを授けてくれるかもしれない。たのむ」

ご主人は少女の手を引いて椅子に坐らせた。

「簡単なことなの。夜のプロ野球ニュースを聞かなくなるだろうってこと」

少女はいいました。

「だって田中一郎選手はもう盲人じゃないんだものね。でも、かえってその方が気は楽だわ」

「気が楽……」

「そうよ。今までのように毎日の生活を無理にひんまげることがなくなったのだもの。今年の四月末からオールスター戦の前まではたいへんだったわ。ナイターを聞くために、生活のスケジュールを変えなきゃならなかったもの。試合の実況中継がおわると、今度はプロ野球ニュースでしょ。翌朝は寮のおじさんに頼んで、スポーツ紙の、田中一郎さんに関する記事を全部読んでもらう。そう、一日に五、六時間はあなたの活躍を知るために使っていたんじゃないかな。それがすべて必要がなくなるのだもの、これからはずっと楽になるわ。寮の住人でもっと楽になる人もいるわよ。この人はね、ラジオの実況中継の虫よ。そして田中一郎選手が打席に立つたびに、アナウンサーの声をテープに録音するの。それから、さっきいった翌朝の、寮のおじさんの田中一郎選手関係記事の朗読の声、これも録音する。そうしておいてこのテープを朝から晩まで繰り返し繰り返し聞いている。あの人も田中一郎選手が晴眼者になったと知ったらほっとするんじゃないかしら。もう田中一郎選手の打率や本塁打の数を気にしないでいいのだから。たのしみは減る。でも生活に静けさが戻ってくる。それでいいんだわ」

「ぼくにそんな熱心なファンがいたのか。ぼくは合宿でもファンレターはすくない方なんだ。だから……」

「自分自身に向ってわざわざ手紙を書く人間なんていると思うの。いるはずないわ。田中一郎は他人ではなかった。田中一郎はわたしたち自身だったのよ。同時に、晴眼者たちには盲目の天才打者田中一郎はなんとなく怪物じみて見えた。この二つの理由から、あなたにはファンレターがすくなかったのだわ。わたし、そう思う」

　ご主人は凝《じっ》と唇を噛んで聞き入っておりましたよ。

「田中一郎選手が巨人軍に移籍するかもしれないという噂があるわ。わたし、個人的な意見をいえば、とても悲しい」

「なぜ」

「巨人軍は人間に対して差別の心や偏見を持っているんだもん」

「そうだろうか」

「では巨人軍はどうして黒人選手を入団させないの。黒い肌の人間は、白い肌や黄色い肌の人間より、ぐんと落ちるという気持があるんじゃないのかな。そして盲人も、彼等にとっては黒人と同じようなものなのよ。でなくちゃ、どうして盲人時代の田中一郎に声をかけてこなかったのよ。晴眼者になったとたんでしょ、巨人軍から口がかかってきたのは」

「そうだ。というよりは巨人軍は、ぼくを巨人の一員とするために、芹沢明子というすぐれた腕をもつ眼科医を、ぼくの前に放ってきたんだ」

ご主人のこの低い声での呟き。これが少女の耳に届いたかどうかは疑わしい。ぼくは犬の余徳、耳がいいから、はっきりと聞えましたがね。

「それだけよ、田中選手。だれにもあなたにこうしろとかああしろとか指図がましいことはいえやしない。あなたは自分で、これしかない、という生き方をすればいいんだわ。あなたは自分のやり方で、自分の仕合せを摑めばいい」

「わかった」

鋼鉄よりも強い声でご主人はいった。

「ぼくは意地悪をしてやるぞ」

「意地悪？」

「そうさ。きみの生活を滅茶苦茶に搔き乱してやる。きみの寮の、その田中一郎狂いをもっと狂わせてやるんだ」

「すると田中選手は、まさか……」

「晴眼者の野球選手は大勢いる。というより野球選手の全員が晴眼者だ。それじゃつまらないじゃないか。盲目の打者がひとりぐらい居た方がプロ野球らしくていいんじゃないかな。ぼくのほかにも、松葉杖をついた片足の盗塁王や、難聴の名外野手や、小人の名一塁手がどんどん出てくればいい」

「すてきだわ」

「ようし、きみの前でこの両眼を摑み出してやろう。ぼくには目は要《い》らない」

「ばかねえ。そんなことをしたら折角の角膜がもったいないじゃない。病院できちんと手術を受けて、角膜をアイバンクへ返納すべきだと思うわ。その角膜は別の盲人の役に立つのよ」

「ははは、きみの前でこの両眼を摑み出してみせるといったのは、つまり一種の表現さ。明日の朝、さっそく市川病院の眼科へ行くことにする」

「わたし、寮へ帰る。このニュースをみんなに知らせなくちゃ。みんな大よろこびするわ」

　ぼくは千切れるほどに尻尾を振りました。尻尾の横にダンボールの空箱がありましたからな、尻尾がドラムのスティック代りになってドンドコドンドコ、ドドドコドンと空箱が鳴りました。少女はそのとき空地を出かかっておりましたが、ぼくの空箱ドラムの演奏に、こっちを振り返り、

「でも、なんといっても一番よろこんでいるのは彼、野球盲導犬のチビ君ね」

　といいました。

「チビ君は失業しないですんだわ」

「そうか、ぼくが晴眼者になったのを一番残念がっていたのはチビかもしれないな。こ

「こいつ、チビ、おまえをはらはらさせたお詫びに、骨付き肉をごちそうしてやろう。たしか冷蔵庫のなかにスープの出し用の骨付き肉があったはずだ」

　ご主人は少女を見送ってから、ぼくの首輪を摑んで、

「さあ、おいで」

と小人軒の店内へ引っぱって行きました。うれしかったなんてもんじゃありませんや。ぼくは自分のことながら、浅ましくなるほど興奮して、ご主人の顔を舐めるやら、前足の爪でご主人のシャツを引っかくやら、大さわぎを演じましたよ。

「悪くはねえ決心だぞ、田中一郎」

　店の暗がりで、永井コーチがビールを飲んでおりました。

「ビールの肴《さかな》に、おまえたちの話を聞いていたんだよ」

「それなら説明の手間がはぶけていいや」

　ご主人はカウンターの内側に入って、

「永井コーチ、ぼくはそういうわけで晴眼者の打者になるのはやめにしました」

　いいながら冷蔵庫から骨付き肉を出して、土間のぼくにポイと投げてくれました。

「いいでしょう」

「もちろん、構わないさ。ただし、おまえがひとつ忘れていることがあるな」

「そうかな」

「そうさ。巨人軍入団をご破算にして、明日の広島でのナイターで、予告どおりホームランをかっ飛ばしてみろ。きっとよくないことが起るから。ひょっとしたらおまえは明晩のうちにライフルかなんかで狙撃されるかもしれん。あるいは刃物でぐさり。わかっているだろう。おまえの巨人軍移籍のお膳立てをしたのは、もっと上の、漠《ばく》としてよくは摑めないが、とにかくこの日本国を、野球を通じて動かそうとしている大黒幕どもなんだ。じつをいうとおれはそれをおそれて、おまえの角膜移植手術にOKしたぐらいでね」

「永井さんもひとつ忘れていることがありますよ」

ご主人は永井コーチの前の空のコップにビールを注ぎながら、

「はっきりいえば、ぼくはいわゆる不具者に戻るんです。栄光の巨人軍とやらが、盲人を欲しがると思いますか」

「あ、そうか」

「ぼくが盲人に逆戻りしてみなさい。向うからことわってきますから。巨人軍が〝開かれた球団〟に脱皮するには、まだまだ時間がかかるんじゃないかな。たとえば例のスポーツ刈りの頭髪が各人各様の刈り方になり、黒人選手が入団し、『栄光の』だの、『不滅の』だのといわなくなったとき、たぶん、ぼくにもう一度勧誘の手がのびてくる。でも、たぶんぼくはそのときには選手としての峠をこしていると思うけど……」

「なるほど、向うから振ってくる、か。よし、明日の朝は早起きして病院行きだぞ」

「ええ」

「おれも今夜はこの一杯で打ち止めだ」

永井コーチは、ひといきでコップを空にし、それから店の戸締りをはじめました。そして、そう、これでぼくの告白録はおしまいです。その後の田中一郎選手の活躍については、みなさんのほうがよくごぞんじだ。ぼくはあの年のオールスター戦以後、打席の田中一郎選手に一段と凄味の加わったその理由《わけ》を、みなさんに知っていただきたくて蜿々《えんえん》としゃべりつづけたのであります。長い間のご静聴を心より感謝いたします。

解説

菊池雄星
（シアトル・マリナーズ）

ある日突然、「井上ひさしさんの本の解説をお願い出来ないか」という話を頂いた。自分にとってはじめての解説が、日本を代表する文豪井上ひさしさんの本、それも復刊する本の解説と聞き、大きな責任と同時に不安を抱いての始まりだった。

その不安の正体とは「数十年前の野球界を題材にして描かれた物語を、数世代も離れた現役選手である自分が理解し、言葉にすることなど出来るのか」

というものだった。

しかし、その不安は最初の数ページで消え去る。リズミカルでユーモアがあり、かつ優しい言葉で訴える井上節。著者の調べ上げた膨大な資料から来る根拠のある数字の数々。特に野球ボールの回転数や変化球に対する考察は、現代になって浸透してきたものであり、それを数十年前に文章として残していたことに驚いた。

また、野球界を憂えた作者の想い。盲導犬を必要としている人々を取り巻く環境。正しいものを正しいと称《たた》え、間違ったものに屈しない姿勢。それをあえて盲導犬チビの目線で描いた新鮮さと、厳しくも優しいメッセージ性のある著者の言葉の力に魅了され続けた。

著者が残した様々なメッセージは現代に通じるものがとても多く、いつの間にかノートがメモで埋め尽くされていた。

そして膨れ上がったメモを見つめると、今度は違った不安がこみ上げてきた。「これは井上ひさしさんが残した野球界へのメッセージであり予言だ。井上さんが伝えたかったことをしっかりと言葉にしなければいけない」といった、ある種の使命感のようなものだ。

スポーツはよくNonessentialと言われる。生活に必要不可欠なものではなく、娯楽としての産業であると言われてきた。確かに、スポーツがなくても人間の生死には直接的には関係しない。我々野球選手も、災害や人災の度に「野球をしている場合なのか」と世間から言われ、自分自身も何が正解なのかを問うてきた。

しかし、盲目の天才打者、田中一郎の活躍により、もっとよい状態でプロ野球中継を聞きたいと願い、全国の視覚障がい者がラジオを買い換えはじめた。

これはいわゆる「小説の世界の話」ではなく、似たようなことは現実世界でも起きている。オリンピックやW杯の度に最新のテレビが売れ、様々な視聴コンテンツが誕生する。これもアスリートの活躍を楽しみにしてくれている人たちの多さを物語っている。

さらに大きな枠組みで見ると、経済の活性化にも少なからず影響を及ぼしている。つまり娯楽としての要素と社会の歯車のひとつとしての要素がスポーツにはあるのだ。

ファンレターが少ないことで悩む田中に、視覚障がい者のファンが「自分自身に向ってわざわざ手紙を書く人間なんているとと思うの。いるはずないわ。田中一郎は他人ではなかった。田中一郎はわたしたち自身だったのよ」という言葉から、我々スポーツ選手も、プレーや生き様に自分自身を重ね合わせ、同じ境遇や想いを抱えている人にとっての『自分自身』になれているのではないかと感じた。

二〇一一年三月、東日本大震災で、私自身の地元、岩手県でも知人の多くが被災した。その時知人達が言っていたのは「辛《つら》い時に、スポーツと音楽が気持ちを前向きにさせてくれた」というものだった。

やはり、スポーツや音楽は生きるために必要不可欠とまでは言えなくても、人生を豊かにしてくれるものであり、人種や障がいの壁を越え、人類をひとつにしてくれる役割があると思う。


話が進むにつれて徐々に浮き彫りになる田中一郎の生い立ち。同じ山形県出身で様々な困難を乗り越えた井上ひさしさんと田中一郎。この物語は井上さんが、田中一郎に自分自身を重ね合わせ、田中一郎に夢を乗せた物語なのだと思った。

一見、現実的ではないと思えるような圧倒的な成績や予告ホームランの数々。しかし、どれもあり得てしまうのではないかと思わせてくれるのも文豪井上ひさしさんの力なのか。

最後には井上さんの「ぴかぴかの大ヒーロー像」が描かれている。

できるだけ大勢の人間に愛されるヒーローでありなさい。常に人間でいろ、豚や狼《おおかみ》になるな。政治に手なずけられるな。

といった痛烈な言葉が並ぶ。

一方で「できるだけ」とあえて言ったところに井上さんの哲学とこだわりを感じる。譲れないところ、見過ごせない事柄に関しては、反対意見があろうとも貫くことがあっていい。まさに世間への嘆き、問題提起をペンを通して表現し続けた井上さんの生き様そのものである。

全員に愛されたヒーローは、誰よりもみんなを愛したヒーローだった。

少々哲学的かもしれないが、愛されるために生きるのではなく、愛するからこそ愛されるのだ。田中一郎は、誰よりも野球を愛し、誰よりも視覚障がい者のファンを愛した野球選手だった。そして、誰よりも「心の目」で人を見たのだ。

一番大切なこととして、

「ここぞというときに腹の底から自分の意見を言え。（中略）人々はおまえの意見をきくはずだ」

SNSの普及と共に世界中の人々がメディアを持ち、自由に発信できるが故に、言葉の重みと責任が消えた。

発信者は「言葉」ではなく世論の「空気」に動かされ、風見鶏《かざみどり》のように発信をせざるを得なくなった。このメッセージは、腹の底から意見をいう人々が減ったことへの予言であり、警鐘なのかもしれない。

顔も名前もわからない匿名記事、SNSの匿名コメントは公衆トイレの落書きと一緒だ。

言葉はその人の人生が乗っかってこそ輝く。

今こそ、激動の人生を生き抜いた井上ひさしさんのメッセージに耳を傾けよう。

それが私の腹の底からの意見である。

初出　「週刊小説」（実業之日本社刊）　一九七八年七月七日号～一九八〇年一月二十五日号連載
単行本初刊　一九八六年十一月　実業之日本社
文庫本初刊　一九八九年十一月　文春文庫

本文中に、今日では使用の許されない不適切な語句や表現が一部にありますが、著者が故人であること、当時の時代相を映す資料として、原文のまま掲載いたしました。

（編集部）

実業之日本社文庫 い15 1

野球盲導犬《やきゅうもうどうけん》チビの告白《こくはく》

2020年10月15日　初版第 1 刷発行

著　者　井上《いのうえ》ひさし

発行者　岩野裕一
発行所　株式会社実業之日本社
〒107-0062　東京都港区南青山 5-4-30
CoSTUME NATIONAL Aoyama Complex 2F
電話 [編集]03(6809)0473 [販売]03(6809)0495
ホームページ https://www.j-n.co.jp/
印刷所　大日本印刷株式会社
製本所　大日本印刷株式会社

フォーマットデザイン　鈴木正道(Suzuki Design)

ISBN978-4-408-55615-4（第二文芸）